Karl Gutzkow

Das Urbild des Tartüffe

Ein Lustspiel in fünf Aufzügen

Karl Gutzkow

Das Urbild des Tartüffe
Ein Lustspiel in fünf Aufzügen

ISBN/EAN: 9783744603515

Hergestellt in Europa, USA, Kanada, Australien, Japan

Cover: Foto ©Andreas Hilbeck / pixelio.de

Weitere Bücher finden Sie auf **www.hansebooks.com**

Französische Übungs-Bibliothek

Nr. 5

Gutzkow

Das Urbild des Tartüffe

Lustspiel in fünf Aufzügen

Zum

Übersetzen aus dem Deutschen in das Französische

bearbeitet von

Dr. A. Peschier

ordentlicher Professor in Tübingen

Dresden

L. Ehlermann

1895

Perſonen.

Ludwig der Vierzehnte[1], König von Frankreich.
Lionne, Miniſter.
Delarive, Kammerherr.
Präſident[2] La Roquette.
Parlamentsrath Lefèvre[3].
Leibarzt Dubois[4].
Chapelle, Akademiker.
Molière.
Armande, } Schauſpielerinnen.
Madeleine, }
Matthieu, Bürger von Paris.
Germain, Bedienter des Chapelle.
Louiſon, Armandens Mädchen.
Lakai[5] des Königs.
Bedienter[6] des Miniſters.
Ein Offizier.
Zwei Commiſſäre.
Theaterdiener.
Abgeordnete.
Volk und Publikum hinter der Scene.

Ort der Handlung: Paris[7]. Zeit[8]: 1667.

1. XIV (pron. quatorze). 2. le président 3. L., conseiller au parlement. 4. D., médecin ordinaire du Roi. 5. un laquais. 6. un domestique. 7. la scène se passe (*ou* est) à Paris. 8. en.

Erster Aufzug.

Zimmer bei[1] Chapelle.

Erster Auftritt.

Germain (trägt[2] eine Schüssel und[3] Serviette). Lefèvre.

Lefèvre. Guten Morgen, lieber Germain. Ist Chapelle zu Hause?[4]

Germain. Ich bedaure[5], Herr Parlamentsrath. Herr Chapelle ist schon in aller Frühe[6] ausgegangen. Aber — vielleicht Madame Chapelle? Wünschen Sie nicht einzutreten —? Das Frühstück wird eben servirt[7].

Lefèvre. Ah! — Ich werde nicht verfehlen. Uebrigens hab' ich Herrn Chapelle eine Nachricht zu bringen, die ihm außerordentlich viel Vergnügen machen wird. Ist er vielleicht in der Akademie[8]?

Germain. Die Akademie hat Ferien[9], Herr Parlamentsrath. Mein Herr schlug den Weg nach dem Palais-Royal ein[10].

Lefèvre. Nach dem Palais-Royal? So ist er wol gar ins königliche Theater gegangen[11], um der endlichen Prüfung seines Trauerspiels beizuwohnen. Wie heißt es doch?

Germain. Nebukadnezar.

Lefèvre. Nebu — Komischer[12] Titel für ein Trauerspiel! Es ist bald 1 Uhr. Ich will nicht hoffen, daß sein Stück Längen hat[13].

Germain. Wenn es gefällt, Herr Parlamentsrath, so hat es Herr Chapelle im Grunde nur Ihnen zu danken[14].

Lefèvre. Das ist wahr! Ich habe diesem Nebukadnezar die Möglichkeit seiner Existenz gerettet[15]. Molière wollte ihn nicht für die Darstellung annehmen[16]. Ich glaube, er fürchtete, daß sich der Darsteller der Titelrolle weigern würde[17], im fünften Act über die Bühne zu kriechen und Gras zu fressen. Ich bestritt Molièren das Recht, die Tragödie eines Akademikers zurückzuweisen, und verklagte den

---

1. une chambre chez. 2. portant. 3. et une. 4. Ch. est-il chez lui, ou y est-il? 5. je suis bien fâché. 6. de grand matin. 7. on sert en ce moment même le déjeuner. 8. à l'académie. 9. a ses vacances. 10. a pris le chemin du Palais-Royal. 11. alors il aura poussé jusqu'au théâtre royal. 12. plaisant ou singulier, ou drôle (de)! 13. j'espère bien que sa pièce n'a pas de longueurs. 14. Mr. Ch. au fond n'en est redevable qu'à vous. 15. ce Nabuchodonozor me doit de pouvoir vivre. 16. ne voulait pas le recevoir ou l'admettre. 17. que l'acteur chargé du rôle (ou de représenter le personnage) qui sert de titre à la pièce ne se refusât (ne refuserait).

kühnen Alleinherrscher unserer Bühne [1]. Ich lebe nur für die Gesetze. Jurist mit Leib und Seele [2] setzte ich es gerichtlich durch, daß sich Molière wenigstens zu einer Prüfungslecture vor dem Comité der versammelten Schauspieler verstehen mußte [3]. Und Sie glauben, daß diese [4] vielleicht heute stattgefunden hat?

Germain. Wenn ich nicht irre, hör' ich Herrn Chapelle schon zurückkommen.

Zweiter Auftritt.

Die Vorigen [5]. Chapelle.

Lefèvre. Guten Morgen, guten Morgen, lieber Chapelle!

Chapelle (tritt nachdenklich ein und zählt an den Fingern [6]).

Germain. Herr Chapelle scheint Verse abzuzählen. (Bei Seite.) Er ist so geizig, daß sich bei ihm nur Verse finden, die zu wenig, nie welche, die zu viel Füße haben. (Ab nach innen [7].)

Chapelle (wie aus einem Traum erwachend.) Wer sprach da [8]? Ah, lieber Freund, ich bemerkte dich nicht.

Lefèvre. Du schienst in einer poetischen Vision zu schweben.

Chapelle. Wo ist meine Frau? Dank deinen Bemühungen, ich komme aus der Prüfung meines Stückes.

Lefèvre. Und wie ist sie ausgefallen [9].

Chapelle. Freund! Wenn ich alle Aeußerungen der Schauspieler zusammenfasse [10] — wenn ich mich mit Bescheidenheit auf den Eindruck, den mein Werk im Ganzen genommen [11] hervorbrachte, besinne — so denk' ich — glänzend.

Lefèvre. Nimm meinen Glückwunsch [12]. Ich komme, dir ein anderes Resultat zu bringen, das du weniger deiner bewunderungswürdigen Bescheidenheit und meiner Rechtskunde, als deinem Glücke verdankst. Die Besorgnisse über die Gefährlichkeit des biblischen Inhalts deines Stückes sind glücklich beseitigt [13].

Chapelle. Du kommst —?

Lefèvre. Vom Almosenier des Königs! Er äußerte sich [14], es wäre [15] ja selten die Geistlichkeit selbst, die sich der Behandlung bi-

---

1. l'audacieux qui règne en souverain sur notre scène. 2. de corps et d'âme. 3. j'ai obtenu du tribunal que Molière serait tenu du moins de faire examiner la pièce par les comédiens réunis en comité de lecture. 4. que cette lecture. 5. les précédents *ou* les mêmes. 6. entrant d'un air pensif et comptant sur ses doigts. 7. il rentre dans l'appartement. 8. qui vient de parler ici (nicht qui parla ici)? 9. et quel en a été le résultat *ou* comment s'est-il terminé? 10. si je résume tout ce que les acteurs ont dit. 11. à tout prendre *ou* en somme. 12. reçois mes félicitations *ou* mon compliment. 13. la crainte des dangers que pouvait faire naître le sujet biblique de ta pièce est heureusement dissipée. 14. il a déclaré. 15. que c'était (nicht serait).

blischer Gegenstände [1] widersetzte. Gefährlich nur wär' es, das Mißfallen gewisser weltlicher Personen zu erregen, die mit der Religion
auf einem vertrautern Fuße [2] leben, als die Geistlichkeit selbst. Von
diesen nannte mir der edle und wahrhaft fromme Mann vorzugsweise einen allmächtigen Namen, der sich möglicherweise über die Wahl
deines Stoffes im Nebukadnezar ungünstig äußern könnte [3].

Chapelle. Den Präsidenten La Roquette?

Lefèvre. Den Präsidenten La Roquette! Ich bin zu La Ro-
quette, sondirte [4], horchte [5], ließ dies und jenes fallen [6], was ihn angenehm berühren mußte [7], und erreichte dann das erfreuliche Resultat,
daß das Haupt [8] unserer allmächtigen Frommen, der Chef [9] aller wohl-
thätigen Vereine und Armenkassen, der gefürchtete Verketzerer [10] aller
Sünder und Sünderinnen unseres sündigen Jahrhunderts [11], sich nicht
nur über die obschwebende Differenz, dein Sujet betreffend, auf das
wohlwollendste [12] äußerte, sondern sich sogar bereit erklärte, selbst zu
dir zu kommen und dir über die günstigen Aussichten deines Talents [13]
Glück zu wünschen. Du mußt wissen, daß er die Absicht hat, sich
für den nächsten erledigten Stuhl in der Akademie zu melden [14].

Chapelle. La Roquette kommt zu mir? Der allgewaltige La
Roquette? Der Präsident des obersten Tribunals [15]! Meine Stimme ist
ihm gewiß [16]. Nun wohl [17], es läßt sich ja alles vortrefflich an [18].
Ich denke, Molière soll nicht länger der Alleinherrscher [19] des Geschmacks
sein. Heut' bei der Leseprobe [20] war er todtenstill [21]. Ich sah's ihm an [22],
der Geist meiner Schöpfung warf ihn zu Boden [23]. Die übrigen Schauspieler lasen ihre Rollen mit stiller Gelassenheit. Es war eine feier-
liche, polizeilich anbefohlene Leseprobe [24].

Lefèvre. Und das Endresultat, die Meinung des Comité, ob
das Stück gegeben werden könne [25] oder nicht?

1. à ce qu'on traitât des sujets bibliques. 2. sur un pied plus intime. 3. dont il se pourrait bien qu'on eût à attendre un jugement défavorable sur le sujet que tu as choisi. 4. je l'ai sondé. 5. je l'ai
écouté attentivement. 6. j'ai laissé tomber tel et tel mot. 7. qui pouvait chatouiller ses oreilles. 8. le chef. 9. celui qui est à la tête de.
10. l'homme redoutable qui fulmine l'anathème contre (ou qui met au
ban de l'Église ou signale à l'indignation des fidèles). 11. de notre
siècle pervers. 12. avec la plus grande bienveillance. 13. sur les
brillantes perspectives qui s'offrent à tes talens ou sur le brillant avenir
littéraire qui s'ouvre devant toi. 14. de se mettre sur les rangs pour
le premier siège vacant à l'académie. 15. du tribunal suprême. 16. ma
voix lui est assurée ou je voterai pour lui. 17. eh bien. 18. tout
s'arrange à merveille. 19. l'arbitre suprême. 20. pendant la lecture de
la pièce. 21. il ne disait mot ou il est demeuré muet ou il n'a pas
ouvert la bouche. 22. je lisais dans ses traits que. 23. le foudroyait.
24. c'était une lecture solennelle faite par ordre de la police. 25. peut
(nicht puisse).

Chapelle. Das Comité wollte sein Urtheil gleich nach den Schlußworten fällen[1], aber Molière fürchtete, der Eindruck möchte noch zu frisch, zu günstig sein[2], und schob die Abstimmung einige Stunden[3] auf. Sie wird mir sogleich überbracht werden. Freund, wir haben gesiegt[4]! Meine Frau wird glücklich sein. Frühstücken wir jetzt!

Dritter Auftritt.

Germain (war inzwischen ab- und zugegangen und kommt[5] jetzt von außen rasch mit einem Briefe). Die Vorigen.

Germain. Herr Chapelle, soeben kommt dieser Brief, wenn ich nicht irre, durch denselben Boten des Theaters, der Ihnen früher die abschlägliche —

Lefèvre. Stille!

Chapelle (erbricht und liest).

Lefèvre. Dein Recht mußte dir werden[6]. Das Gesetz ist nicht dafür da, daß es umgangen wird[7]!

Chapelle (schwankt an einen Sessel, auf den er niederfällt[8]).

Lefèvre (nimmt den hingefallenen Brief auf und bedeutet[9] Germain zu gehen). Was ist?

Germain (für sich[10]). Literarische Familiengeheimnisse? (Ab.)

Lefèvre (liest). „Protokoll über die Prüfung des Trauerspiels Nebukadnezar von Herrn Chapelle, Mitglied der französischen Akademie. Da sich diese Dichtung weder an die vorgeschriebenen Gesetze des überlieferten Dramas hält[11], noch in den neuen Regeln, die sie aufzustellen scheint (scheint unterstrichen!), irgendeinen Anspruch auf Originalität, Reiz und Interesse machen kann[12], ferner, da durch die Aufführung dieser im Ganzen sowol wie im Einzelnen mislungenen Arbeit dem Publikum keine angenehme Unterhaltung[13], wohl aber der Kasse ein empfindlicher Nachtheil erwachsen würde[14], so lautete das einstimmige Urtheil des versammelten Personals: Nicht angenommen[15]! Unterzeichnet: Das Comité der königlichen Schauspieler zur Prüfung dramatischer

---

1. sein Urtheil fällen, énoncer son avis *ou* porter son jugement.
2. möchte sein, ne fût. 3. de quelques heures. 4. la victoire est à nous.
5. qui est allé et venu pendant ce temps, entre. 6. il a bien fallu faire droit à ta demande. 7. pour être éludée. 8. s'approche en chancelant d'un siège sur lequel il se laisse tomber *ou* s'affaisse. 9. fait signe.
10. à part. 11. ni ne s'appuie sur les lois qui régissent le drame tel qu'il nous a été transmis. 12. ni n'a le moindre titre à l'originalité, et qu'il est complètement dépourvu de charme et d'intérêt. 13. comme la représentation de cet ouvrage, aussi défectueux dans son ensemble que dans ses détails, non-seulement n'offrirait aucune jouissance au public. 14. mais encore causerait un dommage sensible à la caisse.
15. le personnel réuni a décidé à l'unanimité de le refuser *ou* que la pièce ne serait pas reçue.

Erzeugniſſe[1]. Secretär[2]: La Grange." War La Grange nicht der-
jenige Künſtler, der bereits früher einmal gelegentlich einige deiner
Verſe für zu kurz erklärte?

Chapelle (ſchweigt).

Lefèvre. Aus wie vielen Perſonen beſtand doch dein Trauerſpiel?

Chapelle (ſchweigt).

Lefèvre. Ich hätte nicht geglaubt, daß dein Stück eine ſo
tragiſche Wendung nehmen würde! Du ſcheinſt ſprachlos geworden[3].

Chapelle. Nein, ich werde reden — reden, wenn ich mich
räche! Ich werde dieſen Schauſpielern ihre Blößen aufdecken[4], ich
werde dieſen Molière bis in ſein Nichts zergliedern[5], 'ich denunciere
die gegenwärtige dramatiſche Literatur an alle Akademieen der Welt
— nicht angenommen[6]'!

Lefèvre. Die beſte Rache, die du nehmen könnteſt, wäre, daß
du ein gelungeneres Trauerſpiel ſchriebeſt[7].

Chapelle. Gelungeneres? Dieſe Hiſtrionen würden den So-
phokles durchfallen laſſen, wenn ſie zufällig von ihm beleidigt worden wären[8].

Lefèvre. Unſtreitig beſitzeſt du mehr Geiſt als Molière.

Chapelle. Leider!

Lefèvre. Mehr Witz.

Chapelle. Leider!

Lefèvre. Mehr Kraft des Ausdrucks.

Chapelle. Das iſt es eben[9]!

Lefèvre. Stürze[10] Molière auf ſeinem eigenen Felde! Ihr
Herren[11] von der Akademie, ich bin nur ein Notar, ein Juriſt, aber
ich glaube an eure großen Verdienſte[12], doch ihr wißt ſie nicht im
zeitgemäßen Sinne auszubeuten[13]. Die Bühne ſoll das Leben mit
der Kunſt, die Kunſt mit dem Leben vermitteln[14]. Stellt doch Men-
ſchen hin[15], die nicht vergangenen Jahrhunderten, ſondern der Gegenwart, nicht den Aſſyriern und Babyloniern, nein, euern Umge-
bungen[16] entnommen ſind[17]. Chapelle, ſchreibe auch du einmal ein
Stück über — was ſoll ich ſagen[18] — über —

Chapelle. Die Juriſten?

---

1. chargé de l'examen des œuvres dramatiques. 2. le secrétaire.
3. on dirait que tu as perdu l'usage de la parole. 4. je mettrai a nu
les défauts de ces comédiens. 5. je ferai rentrer ce Molière dans le
néant. 6. refusé! 7. serait d'écrire une tragédie mieux réussie. 8. s'ils
avaient (nicht auraient) été. 9. c'est cela même! 10. terrasse. 11. vous
autres messieurs. 12. mérite. 13. mais vous ne savez pas en tirer parti
d'une manière conforme à l'esprit du temps ou qui corresponde aux
besoins de notre siècle. 14. chercher à concilier. 15. montrez-nous
donc des hommes. 16. non, mais aux personnes qui vous entourent.
17. die nicht ... entnommen ſind, empruntés, non. 18. que dirai-je?

Lefèvre. Das ist anzüglich. Nein, nimm dir irgendeine un-
verfänglichere Thorheit der Zeit heraus [1], z. B. den Gelehrtendünkel!
Chapelle. Unverfänglich?
Lefèvre. Oder den Geiz —
Chapelle. Hat Molière bearbeitet [2]!
Lefèvre. Und die Prahlerei auch — und die Eifersucht auch
— Aber rächen mußt du dich! Edel rächen! Was fällt mir ein [3]!
Wenn man (mit halber Stimme [4]) einen Scheinheiligen auf die
Bühne brächte [5]!
Chapelle. Einen Scheinheiligen?
Lefèvre. Einen Menschen, der äußerlich fromm und innerlich
ein Fuchs ist — Einen Schleicher, der sich in die Familien drängt [6]
— mit den Augen blinzelt — überall nur Sünde wittert [7] und bei
Licht besehen [8] — ein rechter Heuchler ist —
Chapelle. Der Stoff ist gut —
Lefèvre. Das Ganze muß auf irgendeiner Intrigue beruhen —
Chapelle. Allerdings —
Lefèvre. Es müssen verschiedene pikante Charaktere auftreten [9] —
Chapelle. Ja wohl, ja wohl —
Lefèvre. Das Ganze muß ein Spiegel unserer Zeit sein, man
muß glauben, die Menschen mit Händen greifen zu können [10] —
Chapelle. Vortrefflich [11]!
Lefèvre. Ich weiß, du wirst das machen, du hast Geist,
hast Beobachtungsgabe, kennst die Menschen — du würdest in einem
solchen Charakterbilde, etwa genannt: Der Scheinheilige — Großes
leisten [12] —
Chapelle. Möglich [13], möglich!
Lefèvre. Mir fällt dieser Stoff nur so zu deiner Genugthuung ein [14]; Chapelle, ich mache keineswegs Prätensionen damit [15] —
Chapelle. Bitte, Lefèvre! Ei, du bist ja einer der geist-
reichsten Menschen in Paris! Du hast Ideen, du hast Stoffe. Ja,
wenn der Dichter mit solchen Menschen umgeht, mit praktischen Lebens-
kennern [16], die uns Anregungen geben [17], die unsere schlummernde Dri-

---

1. empare-toi de quelqu'une des folies contemporaines dont la
peinture soit moins embarrassante. 2. Molière l'a déjà traitée. 3. j'y
pense! 4. à demi-voix. 5. mettait (nicht mettrait)! 6. qui s'introduit
dans l'intérieur des familles. 7. va partout flairant le péché. 8. et vu
au grand jour. 9. on doit y voir figurer ou paraître. 10. il faut qu'on
croie voir des hommes en chair et en os. 11. à merveille! 12. du
würdest Großes leisten, tu ferais quelque chose de grand ou de remarquable. 13. c'est possible ou cela se peut bien. 14. ce sujet m'est venu
ainsi à l'idée uniquement pour ta satisfaction personnelle. 15. je n'en
suis pas plus fier pour cela. 16. qui savent mettre en pratique leur
connaissance de la vie. 17. qui nous stimulent.

ginalität wecken; ich sagt' es immer [1] — ein Freund [2], ein Mitarbeiter, und ich gebe meinem Jahrhundert etwas zu rathen auf [3]!
Willst du nicht zu meiner Frau gehen? Wir frühstücken zusammen.
Wir besprechen das Sujet noch einmal [4] — bei einem Glase Wein [5],
da ist man angeregter [6] — verschweige aber meiner Frau noch das Un-
glück mit meinem Nebukadnezar, und sollte sie's ahnen [7], die Treue,
Treffliche [8], so tröste sie, Freund, hörst du? Sollte sie weinen, so
— so frühstückt nur immer einstweilen zusammen — und tröste sie!
(Geleitet ihn an die Thür.)
Lefèvre. Vergiß dein Couvert nicht! (Ab nach innen.)

Vierter Auftritt.

Chapelle (allein). Dann [9] Matthieu und Madeleine.

Chapelle. Ja, ich will mich an [10] Molière rächen — durch ein
Stück in seiner eignen Manier [11]! Ha, ha! Hörst du, Molière, durch
ein dramatisches Sittenbild —: Der Scheinheili — (Es klopft [12].)
Wer klopft? Doch nicht bereits der Präsident [13]?
Matthieu (steckt den Kopf herein [14]). Niemand da [15]? Ah (herein-
tretend) Herr Chapelle! Nur näher, werdende Künstlerin [16]! Hier
tritt ein! Hier ist das Heiligthum eines großen Mannes! —
(Madeleine tritt ein.)
Matthieu. Herr Chapelle, Sie erinnern sich Ihres Lands-
mannes, des Gewürzkrämers Matthieu, Rue du Coq, zu ebner
Erde [17].
Chapelle. Womit kann ich Ihnen dienen [18], Herr Matthieu?...
Matthieu. Mit Bewilligung einer Gnade [19], um welche selbst
die berühmtesten Dichter zuweilen bitten müssen, um die Gnade,
mich anzuhören. Madeleine, hierher!
Chapelle. Was soll das junge Mädchen [20]?
Matthieu. Madeleine, nähere dich ehrfurchtsvoll diesem großen
Manne! Siehst du, das nennt man einen Dichter!
Madeleine (knixt.)
Chapelle. Bitte, Herr Matthieu, Sie werden je reicher, je
komischer [21]. Was verschafft mir die Ehre Ihres Besuchs? (Bei Seite.)

---

1. je l'ai toujours dit. 2. que j'aie seulement un ami. 3. et je
donne à mon siècle un problème à résoudre. 4. nous reparlerons de
ce sujet. 5. le verre en main. 6. on s'anime davantage. 7. et si elle
s'en doute. 8. cette excellente femme, si fidèle à ses devoirs ou le modèle des épouses. 9. puis. 10. de. 11. par une pièce taillée sur le
patron des siennes. 12. on frappe. 13. serait-ce déjà le président?
je ne puis le croire. 14. avançant la tête. 15. personne ici? 16. approche
ou avance seulement, artiste en herbe. 17. au rez-de-chaussée (nicht
parterre). 18. en quoi puis-je vous être utile ou vous rendre service?
19. en m'accordant une faveur. 20. que voulez-vous de cette jeune fille?
21. plus vous vous enrichissez, plus vous devenez comique.

Ein läſtiger Menſch[1], aber ein dramatiſcher Dichter kann ſich nicht genug Popularität verſchaffen[2].

Matthieu (zu Madeleine). Sprich offen! Wie heißt du?

Madeleine. Madeleine Béjart aus Chalons an der[3] Saône.

Chapelle. Ah, eine Landsmännin von uns[4]!

Matthieu. Ja, Herr Chapelle, Chalons hat die Ehre, daß wir drei, wie wir ;hier beiſammenſtehen[5], in ſeinen Mauern geboren wurden[6].

Madeleine. Chalons hat keine Mauern.

Matthieu. Eine rhetoriſche Figur[7]! Lerne etwas: ein ſogenannter Pleonasmus[8]! Nicht wahr, Herr ¡Chapelle? O ich beſuche[9] jede Sitzung der Akademie. Ich verſtehe mich auf die[10] Sitzungen der Akademie —

Chapelle. Sie ſcheinen auch Ihren erfreulichen Beſuch auf die Länge einer akademiſchen Sitzung ausdehnen zu wollen[11].

Matthieu. Zur Sache[12]! Sie wiſſen, Herr Chapelle, daß wir Milchvettern ſind; die Amme Ihres Milchbruders war die Milchſchweſter meiner Tante. In Chalons beide geboren und auferzogen, gingen Sie zur Würze des Ausdrucks und dem Salz des Witzes über[13]: ich handelte mit Salz und Gewürzen[14] mehr in der natürlichen Bedeutung des Wortes. Sie waren ſo gütig, meinem Geſchäft Ihre Kundſchaft und Ihr ſchmeichelhaftes Wohlwollen zu erhalten; ich pflegte dagegen[15] bei[16] öffentlichen Sitzungen den Applaus, welchen Ihre Reden hervorbringen ſollten —

Chapelle Sie ſind ſehr weitläufig, Herr Matthieu.

Matthieu. Meine Schwäche, ich klatſche gern[17]. Das liegt in unſerm Geſchäft[18]. Herr Chapelle, ich benutzte kürzlich einen Theil meiner Revenuen zu einer Erholungsreiſe nach der Stätte unſerer Geburt[19]. Chalons hat ſich ſehr verändert[20]! Der Hafen hat wegen tückiſcher Ueberſchwemmungen der Saône bedeutend erweitert werden müſſen, die Linden auf der Promenade ſind theilweiſe ausgegangen[21], dafür hat man jetzt eine Allee mit Pappeln — wiſſen Sie an der Ecke, wo die Saône —

1. l'importun! 2. ne saurait se rendre assez populaire. 3. Châlons sur. 4. ah! une de nos compatriotes! 5. tous tant que nous sommes ici. 6. nous avons vu le jour dans ses murs (nicht murailles). 7. c'est une figure de rhetorique. 8. apprends (*ou* sache) que c'est ce qu'on nomme un pléonasme. 9. oh! j'assiste aux. 10. je me connais en. 11. vous semblez aussi vouloir faire durer votre agréable visite autant qu'une séance académique. 12. venons au fait. 13. nous nous sommes livrés, vous à l'étude de l'assaisonnement du langage et du sel des beaux esprits. 14. moi, au commerce du sel et des épices. 15. j'ai soigné en revanche. 16. aux. 17. c'est mon faible, j'aime à jaser. 18. c'est dans notre état. 19. pour faire un voyage d'agrément au lieu qui nous a vus naître. 20. Ch. a beaucoup changé. 21. ont disparu.

Chapelle. Ich beschwöre Sie — keine Reisebilder!

Matthieu. Nein, nur Facta! Madeleine Béjart ist eine arme Waise. Eine Verwandte von mir hatte sich ihrer Erziehung angenommen[1], ohne die Mittel zu besitzen, nach ihrem Tode etwas für sie thun zu können. Sie starb —

Chapelle (ärgerlich[2]). Wer?

Matthieu. Die Verwandte.

Chapelle. Von wem? Mein liebes Kind, könnten Sie nicht die Rolle des Herrn Matthieu übernehmen[3]?

Matthieu. Rolle, Herr Chapelle! Rolle! Sie sind auf dem rechten Wege[4]. Ja Rolle! Madeleine wurde meine Mündel. Ich entdeckte in dem lieben Kinde ein merkwürdiges Talent — ein Talent —

Chapelle. Wozu?

Matthieu. Sie besitzt eine Stimme, ein Organ —

Chapelle. Habe keine Beziehung zur Oper[5] — ich bedaure, Herr Matthieu — mein Frühstück — meine Frau — mein Hausfreund —

Matthieu. Herr Chapelle, Sie mißverstehen mich[6]! Wir gehören zu den[7] Anbetern des Schauspiels, wir versäumen keine[8] Vorstellung des bewunderungswürdigen Molière, keine! Und da meine kleine Schutzbefohlene so viel Talent für die Declamation zeigte, so hab' ich sie mit reinem Gewissen[9] — für die[10] Bühne bestimmt.

Chapelle. Viel Glück[11]! Viel Glück! Gehen Sie nur zu Ihrem bewunderungswürdigen Herrn Molière. Was wollen Sie von mir?

Matthieu. Herr Chapelle, Sie sind gewissermaßen noch mehr als Molière, Sie sind Akademiker! Sie gehören einem Institute an, das die Geheimnisse der Sprache studirt hat. Chapelle, wenn Sie mich, Ihren Landsmann und Milchvetter, wenn Sie dies kleine Wesen würdigen wollten, in Ihrem Nebukadnezar ihr eine Rolle[12] —

Chapelle. Lassen Sie mich mit meinem Nebukadnezar in Ruhe!

Matthieu. Engagirt ist sie bereits bei der Truppe des Königs, aber Sie wissen, eine Kunstnovize[13] bedarf Protection, bedarf das Fürwort der Dichter selbst! Ich hörte[14] von einem Meisterstück, das von Ihnen gegeben werden soll[15] —

---

1. avait pris soin de son éducation *ou* s'était chargée de l'élever. 2. avec humeur. 3. vous charger du rôle de Mr. M. 4. vous êtes sur la voie *ou* vous avez dit le mot *ou* vous y voilà. 5. je n'ai point de relations avec l'Opéra. 6. vous vous méprenez sur le sens de mes paroles *ou* vous n'y êtes pas. 7. nous sommes du nombre des. 8. nous ne manquons pas une seule. 9. sans avoir rien a me reprocher *ou* sans le moindre scrupule. 10. à la. 11. grand bien vous fasse! 12. si vous jugiez cette fillette digne de remplir un rôle dans votre N. 13. une personne encore novice dans son art. 14. on m'a parlé. 15. que vous donnerez, dit-on . . . .

Chapelle. Engagirt? Bei Molière? So lassen Sie sich[1] von Herrn Molière Rollen geben —

Matthieu. Sie empfing bereits eine zur Probe[2], Herr Chapelle, aber ich sagte[3] zu Madeleine: Wir gehen damit zu dem[4] großen Chapelle, er wird dir nicht nur eine Rolle von sich zuertheilen[5], sondern dir auch die Molière'sche einstudiren[6], er wird dir die Schönheiten dieser Rolle auseinandersetzen —

Chapelle. Ich soll eine Molière'sche Rolle einstudiren?

Matthieu. Erst eine Rolle, eine einzige, die Arme[7]! Freilich in einem neuen Stück von Molière.

Chapelle. Und schon wieder ein neues Stück von Molière? Haha! Gewiß einmal ein ernstes Drama —? Nicht umsonst fürchtet er die Concurrenz[8] mit höhern, akademischen Dramen[9]! Nicht wahr?

Matthieu. Nein, Herr Chapelle — ein sehr lustiges. Madeleine, das schüchterne Kind, wohnte schon der Leseprobe bei — was behandelte es?

Madeleine (schüchtern[10]). Einen — Scheinheiligen.

Chapelle (horcht auf[11]).

Madeleine. Einen Menschen, der äußerlich fromm und innerlich ein Fuchs ist —

Chapelle. Was?

Madeleine. Einen Schleicher, der sich in die Familien drängt, immer mit den Augen blinzelt, überall nur Sünde wittert und bei Licht besehen ein rechter Heuchler ist.

Chapelle. Das ist — das hat[12] —?

Matthieu. Sprich dich doch deutlicher aus!

Madeleine. Eine allerliebste Intrigue — pikante Charaktere — das Ganze ist ein Spiegel unserer Zeit — man glaubt die Heuchler mit Händen greifen zu können.

Chapelle (stürzt in den Sessel). Ha!

Matthieu. Was ist Ihnen[13]?

Chapelle. Ich sterbe!

Matthieu. Ich begreife nicht.

Chapelle. Mein Stoff!

Matthieu. Sie erschrecken uns —

Chapelle. Man hat mir meinen Stoff gestohlen! Herr, wie heißt das Stück?

---

1. faites-vous alors. 2. elle en a déjà reçu un à l'essai. 3. mais j'ai dit (nicht je dis *ou* disais). 4. nous irons avec ce rôle trouver le. 5. non-seulement il t'assignera un rôle dans une pièce de sa façon. 6. mais il te fera étudier celui que M. a écrit. 7. la pauvrette! 8. ce n'est pas pour rien qu'il redoute la concurrence. 9. avec des drames académiques d'un ordre plus élevé. 10. timidement. 11. ouvrant *ou* dressant l'oreille. 12. voilà ce que M. a...? 13. qu'avez-vous?

Matthieu. Madeleine, wie heißt das Stück?

Madeleine. Meine Rolle heißt Dorine.

Chapelle. Wie heißt das Stück?

Matthieu. Die Arme hat als Kunstnovize bei der [1] Probe gezittert und immer nur an ihr Stichwort gedacht —

Chapelle (packt Matthieu an die Brust). Der Titel!

Matthieu. Bester Herr [2] Milchvetter, wenn Ihnen an dem Titel so viel gelegen ist [3] — die Rolle hat sie schon im Kopfe — aber der Titel — Hm! Hm! Ich nehme einen Fiaker — in fünf Minuten wissen wir den Titel. Herr Chapelle, erholen Sie sich [4] — prüfen Sie das Mädchen — nur Eine Scene! Fangen Sie an! Act 1, Scene 1 — Bringen Sie ihr das Pantomimische bei [5]! In fünf Minuten bin ich zurück! (Ab).

Fünfter Auftritt.
Chapelle. Madeleine.

Chapelle. O, so soll denn dieser Tag mein Ende sein [6]! Sehen Sie, mein Kind, wie gefährlich diese Laufbahn ist, die theatralische [7]! Ich erfand mir mit den Anstrengungen des äußersten Nachdenkens [8] einen Stoff! Wissen Sie, was für die Bühne ein Stoff ist?

Madeleine. Ich denke durch meine Garderobe [9] stets zum Gelingen des Ganzen [10] beizutragen.

Chapelle. Stoff! Stoff! Sie verstehen mich falsch [11]!

Madeleine. Ich glaube es wohl, Herr Chapelle — ach! und ich weiß es nicht, ob mir an der Wiege gesungen wurde [12], daß ich Schauspielerin werden sollte [13]; aber Herr Matthieu hat es nun einmal beschlossen. Aufrichtig gesagt [14], vorläufig gefallen mir auch die Dinge ganz gut [15]. Seit vier Wochen, daß ich in Paris bin, führt mich Herr Matthieu jeden Abend in's [16] Theater! Zwar ist seine Art sich zu benehmen sehr auffallend; er applaudirt in einem fort [17] —

Chapelle. Molièren?

Madeleine. Ihm am meisten, aber auch andern und allen

1. à la. 2. très cher monsieur mon. 3. si vous tenez tant à savoir le titre. 4. remettez-vous *ou* revenez à vous. 5. enseignez-lui la pantomime. 6. ce jour doit donc être le dernier de ma vie. 7. comme cette carrière, la carrière du théâtre, est semée de périls *ou* dangereuse! 8. à force de me creuser le cerveau. 9. toilette. 10. de l'ensemble. 11. vous m'avez mal compris. 12. je ne sais si j'ai été destinée dès le berceau. 13. à devenir comédienne *ou* au théâtre. 14. à vrai dire *ou* à parler franchement. 15. la chose pour le moment est fort de mon goût. 16. au. 17. sans relâche *ou* sans interruption *ou* d'un bout à l'autre.

Damen; ich fürchte mich schon, daß er mein erstes Debüt durch seine allzu wohlwollenden Hände zerstören wird[1]. Man hat mich vor nichts so sehr als vor dem sogenannten Familienapplause gewarnt[2].

Chapelle. Mein liebes Kind, Beifall ist Beifall. Der Applaus ist das einzige Wesen der Gesellschaft, auf dessen Ursprung man heutiges Tages nicht mehr sieht[3]. Applaus ist immer willkommen, in jedem Range, adelich oder bürgerlich ob er nun in aufsteigender Linie (zeigt auf's[4] Parterre) von unten nach oben, oder (auf die Galerie) in herabsteigender Linie von oben nach unten kommt[5].

Madeleine. Herr Chapelle, dann bitt ich', sagen Sie mir, ob ich die Regeln der Kunst erfülle, wenn ich in dem neuen Stück von Molière etwa so spiele —

Chapelle. Welche Rolle stellen Sie in — meinem Stück denn vor?

Madeleine. Ein durchtriebenes allerliebstes Kammermädchen, das alle Fäden der Intrigue in der Hand hält und zur Entlarvung des Scheinheiligen am allermeisten beiträgt[6].

Chapelle. Ganz meine Idee!

Madeleine. Der Scheinheilige kommt. Er kommt erst im dritten Act.

Chapelle. Um die Spannung zu steigern[7]. Ganz meine Idee!

Madeleine. Beim Eintreten ruft er seinem Bedienten zu, er solle sagen[8], er wäre in's Gefangenenhaus gegangen und theile dort den Armen sein bischen Armuth aus[9].

Chapelle. In Versen! Ganz meine Idee!

Madeleine. Jetzt erblickt mich der Scheinheilige. Erst fährt er mich an[10], dann aber weidet er sich an[11] meiner Schönheit — an meiner Schönheit — die Schönheit, Herr Chapelle, steht in meiner Rolle vorgeschrieben[12] —

Chapelle. Ich höre den rasenden Beifall[13] des Publikums.

Madeleine. Was will Sie[14]? fragt der Scheinheilige. Ich stottre und meine Verwirrung benutzend zieht er sein Taschentuch —

---

1. daß er mein erstes Debüt durch .... zerstören wird, que mon premier début n'essuyât un échec complet grâce à. 2. on m'a signalé les applaudissements dits de famille comme ce qu'il y a de plus dangereux. 3. dont l'origine ne préoccupe plus personne aujourd'hui. 4. montrant le. 5. ob er .... kommt, qu'il vienne. 6. et contribue le plus à démasquer le faux dévot. 7. pour rendre l'attente encore plus vive ou pour irriter la curiosité. 8. à son entrée il charge son domestique, en élevant la voix, de dire. 9. qu'il est (nicht serait) allé à la prison pour y distribuer aux pauvres le peu qu'il a. 10. d'abord il me brusque ou me rudoie. 11. puis il repaît ses regards de. 12. est de rigueur dans mon rôle. 13. les bravos frénétiques. 14. que voulez-vous?

Chapelle. Sein Taschentuch? Darüber — war ich noch zweifelhaft [1]

Madeleine. Sein Taschentuch und wirft mir dies Taschentuch auf meine Schultern — etwa so [2]! Bitte nehmen Sie Ihr Taschentuch!

Chapelle (zieht sein Taschentuch). Ich trug mich seit Monaten mit einer allerdings ähnlichen Scene [3]!

Madeleine. Er sagt, nämlich der Scheinheilige:
Mein Gott im Himmel, weh [4], das ist nicht zu ertragen [5]
Ach, nehme Sie, bevor Sie redet, dieses Tuch!
Darauf sage ich [6]:
Wozu?
Nun wirft er mir, halb von mir abgestoßen, halb zu mir hingezogen [7], das Tuch zu — werfen Sie doch! — und macht dabei [8] eine Miene, einen Ausdruck [9], eine Physiognomie — Bravo! Bravo! Ganz so hat mir's Molière vorgemacht [10] —

Chapelle. Ich — Ich spiele — in einem Stücke von Molière! In einem Stück, dessen Ideen mir — gehören —?

Germain (sieht durch die Thüre). Herr Chapelle, Ihr Consommé wird kalt. (Horcht auf). Ha! Was macht Herr Lefèvre?
(Es fallen im Nebenzimmer Teller entzwei [11].)

Chapelle. Schurke! Opfert man denn überall mein Eigenthum? Meine Frau — meine Dramen — meine Teller, wollt' ich sagen — Diebe! Räuber! (Läuft nach innen) [12].

Sechster Auftritt.

Madeleine. Ein anderer Bedienter (öffnete [13]). La Roquette (wird im Vorsaal sichtbar [14]. Er erscheint in gleicher Tracht, gleicher Manier, wie bei Molière Tartüffe).

Madeleine. Das ist eine Poetenwirthschaft! Und nun steh' ich hier ganz allein — Und was ist denn das da wieder für ein — Schleicher [15] —?

La Roquette (spricht in den Vorsaal zurück). Lorenz! Wenn man nach mir fragt [16], so sage [17], ich ginge in's Gefangenenhaus [18],

---

1. sur ce point j'hésitais encore. 2. à peu près comme cela. 3. j'ai, depuis des (ou plusieurs) mois, l'esprit préoccupé d'une scène à la vérité semblable. 4. ah! mon Dieu! 5. on ne peut le souffrir. 6. à quoi je réponds. 7. en partie rebuté à ma vue, en partie attiré vers moi. 8. en même temps. 9. il prend une expression. 10. voilà justement comme M. me l'a montré ou l'a fait devant moi. 11. on entend dans la chambre voisine des assiettes se briser. 12. il s'élance dans l'appartement. 13. a ouvert (nicht ouvrait). 14. on aperçoit L. R. dans l'antichambre. 15. mais quel est donc ce nouveau ... sournois-là? 16. si l'on me demande. 17. dites. 18. que je suis allé à la (nicht en) prison.

um dort, wie ich gewohnt[1], milde Werke der Barmherzigkeit zu üben[2].

Madeleine. Mein Gott, was ist denn das? Das ist ja der Scheinheilige selbst!

La Roquette (hinausprechend[3]). Lorenz, hänge mein härnen Gewand und mein Büßerhemd an ihren Ort[4] und bitte, daß dich Gott erleuchten möge[5]!

Madeleine. Das sind die wörtlichen Umschreibungen meiner Scene[6]! Der strenge Herr Chapelle will mich wahrscheinlich auf[7] andere Art prüfen? Durch einen dritten[8]?

La Roquette (tritt vor, sieht sich um und sagt nach einer Pause). Was will Sie? Wer ist Sie?

Madeleine (bei Seite). Mein Himmel[9], ganz wie in dem Stück! (Stellt sich schüchtern zum Komödiespielen an[10]). „Ihnen sagen"

La Roquette. Ich wünsche Herrn Chapelle zu sprechen — Wer ist Sie denn?

Madeleine (bei Seite). Was soll ich nur davon denken[11]?

La Roquette (bei Seite). Ein allerliebstes Mädchen! Bin ich denn nicht gemeldet worden[12]? (Er fühlt an[13] seine Taschen).

Madeleine (bei Seite). Bei Gott[14], er zieht sein Taschentuch —

La Roquette (bei Seite). Sie hat einen reizenden Wuchs! Die Schultern sind graziös geformt[15]. Ich will mein gewöhnliches Mittel anwenden! (Zieht sein Tuch).

Madeleine (bei Seite). Er kennt die Scene, wie sie Molière geschrieben hat.... Es ist ein Abgeordneter der Akademie, der mich examiniren will.

La Roquette (laut). Aber, Gott im Himmel[16], wie ist das zu ertragen, Kind[17], so entblößt zu gehen[18] — wie soll man denn mit jemand reden, der seine Reize so offen zur Schau stellt[19]...

Madeleine (bei Seite). Der Sinn der Worte ist richtig, aber er hält die Stichworte nicht[20]. Ich bringe mein Stichwort[21] (laut und schnippisch): „Mein Herr, was soll's? Wozu?"

---

1. suivant ma coutume ou mon habitude ou comme d'ordinaire. 2. pour y exercer les douces œuvres de la charité. 3. parlant à la cantonade. 4. suspendez à leur place ma haire et ma discipline. 5. que Dieu vous éclaire! 6. c'est ma scène mot pour mot, mais plus développée, ou c'est la paraphrase de ma scène. 7. d'une. 8. par l'intermédiaire d'un tiers? 9. mon Dieu. 10. elle prend timidement une pose théâtrale. 11. que penser de cela? 12. ne m'aurait-on pas annoncé? 13. tâtant. 14. mon Dieu. 15. s'arrondissent avec grâce. 16. Dieu du ciel! 17. comment souffrir, mon enfant. 18. que vous alliez ainsi décolletée ou découverte? 19. qui étale ainsi ses appas? 20. mais il ne me donne pas la réplique. 21. je vais la lui donner, moi.

La Roquette (bei Seite). Allerliebste kleine Hexe das[1]! (Laut). Bedecke Sie damit — o Sinnestrug!" — den sündigen, schönen, (nähert sich immer mehr mit dem Tuch) abscheulichen, reizenden, schwarzen, weißen Busen, (will das Tuch ihr auflegen) kleine Eva!

Madeleine. Mein Herr, Sie setzen Ihrer Rolle so viel Worte zu[2], daß ich nicht im Stande bin Ihnen zu folgen[3].

La Roquette. Meiner Rolle? Ich fühle nichts als die lebendigste Wirklichkeit.

Madeleine. Ich weiß es wohl, Sie wollen ein armes Mädchen aus der Provinz auf die Probe stellen[4], aber Sie müssen sich auch an die Worte halten[5], die Ihnen Herr Molière vorgeschrieben hat[6].

La Roquette. Mir Worte? Herr Molière hätte mir Worte vorgeschrieben? Ha, ha! Sie liebenswürdige kleine Dame sind wol eine im Dienst der schönen Sünde stehende Komödiantin[7]?

Madeleine. Madeleine Béjart aus Chalons, engagirt am königlichen Theater auf[8] sechs Monate zur Probe — Wochengage[9] 10 Livres, Handschuhe werden geliefert[10]. Herr Chapelle hat versprochen, sich meiner weitern ästhetischen Ausbildung anzunehmen[11], aber Herr Chapelle ist leider zu viel beschäftigt. Bilden Sie vielleicht Schauspieler?

La Roquette. Ha, wer bildet heutiges Tages nicht Schauspieler! Komödie will in dieser Welt ja alles spielen[12], und wer nicht selbst spielt, studirt die Rollen wenigstens andern ein. Ja, meine ästhetischen Grundsätze, meine Kenntnisse der Declamation und Action (er rückt immer Madeleinen nach[13]) auf so liebenswürdige anmuthige Erscheinungen[14] anzuwenden[15], wie Sie, meine kleine Mademoiselle Béjart aus Chalons, engagirt am königlichen Theater auf sechs Monate zur Probe, Wochengage 20 Livres —

Madeleine. Zehn, nur zehn, mein Herr!

La Roquette. Warum nicht zwanzig, aus Privatmitteln[16], süßer Engel? Handschuhe — seidene Kleider — ein hübsches Stockwerk zur Miethe in der Rue Richelieu, Delicatessen für die Tafel werden geliefert[17], Pasteten, Trüffeln —

---

1. la charmante petite sorcière! 2. Sie setzen .... zu, vous ajoutes. 3. qu'il m'est impossible de vous suivre. 4. mettre une pauvre fille de province à l'épreuve. 5. mais, à votre tour, vous devez vous en tenir au texte. 6. que M. Molière vous a imposé. 7. je vois que vous êtes comédienne au service des péchés séduisants. 8. pour. 9. appointements par semaine (weder gage noch gages). 10. on me fournit les gants. 11. M. Chapelle a promis d'achever mon éducation littéraire. 12. will .... ja alles spielen, tout le monde prétend ou chacun veut ou se mêle de) jouer la comédie. 13. se rapprochant par degrés de. 14. personnes (nicht apparitions). 15. consacrer. 16. sur une cassette particulière. 17. on fournira votre table de friandises.

Madeleine. Wie versteh' ich Sie [1]?

La Roquette. Dramaturgische Anfänge [2], mein süßes Kind — .... ich schwöre dir, daß mich zu einem Wesen wie du eine plötzlich erwachende Kunstliebe veranlassen könnte [3] — .... (er hat den Arm um sie geschlungen [4]).

Siebenter Auftritt.

Die Vorigen. Chapelle und Lefèvre.

Lefèvre (noch drinnen). Wo ist denn die Kleine — Ha!

La Roquette (fährt zurück [5]).

Chapelle. Irr' ich nicht [6] —

Lefèvre (in leichter Weinlaune) [7]. (So) war das eine Umarmung!

Madeleine. Der Herr [8] wollte mein Talent auf die Probe stellen.

Lefèvre. Und nicht auch Ihre Tugend?

La Roquette. Weltlust! Weltlust! Die kleine Sünderin bat mich, eine Rolle mit ihr einzustudiren. Die Nähe eines so berühmten Dichters hat etwas Ansteckendes und wenn man wegen einiger kleinen Jugendverse sogar, den thörichten Ehrgeiz hat, an die Akademie zu denken — (Bei Seite.) Wohin retirir' ich mich [9] —!

Lefèvre (bei Seite zu Chapelle, der nach Stühlen sucht [10] und complimentirt [11]). Schade [12], diese Scene hättest du anbringen können [13]! Nun beruhige dich, Freund, ich denke, es soll dir an Stoffen nicht fehlen [14]. Z. B. der Hausfreund oder der — gekrönte Dichter — oder ähnliche aus dem Leben gegriffene Charaktere [15]. (Verbeugt sich lachend gegen [16] La Roquette). Herr Präsident, ich verstehe jetzt vollkommen Ihre bisher verborgen gebliebene geheime Neigung [17], Mitglied der Akademie zu werden! Ganz gehorsamst [18]! (Ab.)

Chapelle. Vergeben Sie den Ihnen bekannten heitern Humor meines Freundes [19], mein künftiger Herr Collega! Sie waren im Begriff [20] —

Madeleine. Dra — ma — tur

---

1. que voulez-vous dire? 2. les commencements de l'art dramatique. 3. qu'une créature comme toi pourrait m'inspirer un soudain amour de l'art. 4. il lui entoure la taille de son bras. 5. recule brusquement. 6. si je ne m'abuse. 7. légèrement excité par la boisson ou un peu en pointe. 8. Monsieur (nicht ce ou le monsieur). 9. ou me guis-je fourvoyé! 10. qui cherche des sièges. 11. et échange avec lui des compliments. 12. c'est dommage. 13. tu aurais pu intercaler cette scène dans ta pièce. 14. les sujets ne te manqueront pas. 15. ou des caractères de ce genre pris sur le vif. 16. devant. 17. votre désir secret, dont vous aviez fait jusqu'ici un mystère. 18. votre très humble serviteur! 19. pardonnez à mon ami sa jovialité qui vous est bien connue. 20. vous alliez ou vouliez.

La Roquette (bei Seite). Schweigen Sie doch! (Laut.) Unendlich bedaur' ich das[1] Schicksal Ihrer Tragödie, das ich bereits erfahren habe, um so mehr, als der Zufall Ihnen in dieser kleinen Dame eine Künstlerin zugeführt hätte[2], die vielleicht —

Madeleine. Denken Sie nur, Herr Chapelle, der Herr da weiß ganze Scenen aus Molière's neuem Stücke auswendig.

La Roquette. Aus Molière's — neuem — Stücke?

Chapelle (bei Seite). Das trifft sich prächtig! (Laut.) Das neue Stück von Molière, in dem er die Wölfe geiseln will, die unter dem Deckmantel der Religion schleichen.

La Roquette. Solche Gegenstände gedenkt Herr Molière[3] auf die Bühne zu bringen?

Madeleine. Herr Chapelle hat ja selbst einen Scheinheiligen schildern wollen.

La Roquette. In der That[4]?

Chapelle. Vor langen Jahren[5]!

Madeleine. Irgendeine einflußreiche Persönlichkeit aus den höchsten Ständen[6], einen Mann, der (die) Titel und Aemter verschenkt an die, welche mit der Religion heucheln[7].

La Roquette. Ei, ei, ei[8]!

Chapelle (bei Seite). Die verdammte Plauderin!

Madeleine. Einen Erzfeind der Aufklärung und des gesunden Menschenverstandes[9].

La Roquette. Ei, ei, ei, ei!

Chapelle. Nicht so, nicht so[10], Herr College! Im Gegentheil, nur Molière hat[11] diesen Gegenstand behandelt und zwar mit einer Bitterkeit, die an das Anzüglichste erinnert, was je Aristophanes geschrieben hat[12]. Denken Sie sich! Schon das erste Auftreten des Scheinheiligen. Ein Kammermädchen steht auf der Bühne — der Frömmler tritt ein — er erblickt das Mädchen — weidet sich an ihrem reizenden Nacken[13] und zieht endlich, um zwischen Heuchelei und Vergnügen zu schwelgen[14], sein Schnupftuch —

La Roquette. Schnupftuch? Was?

---

1. je suis désolé du. 2. et cela d'autant plus que le hasard vous aurait fait trouver dans cette jeune dame une artiste. 3. Mr. M. compte ou se propose (de). 4. vraiment? 5. il y a bien des années. 6. quelque personnage influent qui appartient aux plus hautes classes de la société ou aux sommités sociales. 7. qui se servent de la religion comme d'un masque. 8. tiens! tiens! 9. le plus grand ennemi des lumières et du bon sens. 10. ce n'est pas cela, ce n'est pas cela ou mais non, mais non! 11. c'est Molière seul qui a. 12. qui rappelle les plus grandes hardiesses sorties de la plume d'Aristophane. 13. s'enivre du spectacle de ce cou charmant. 14. pour en jouir en conciliant le plaisir et l'hypocrisie.

Madeleine. Vortrefflich! Gerade so charakterisirte Molière[1]
auf der Leseprobe den Moment, wo der Scheinheilige entlarvt wird!
La Roquette. Entlarvt wird? Dem Gelächter der Mitspie-
lenden[2], dem Applause von Paris, von Frankreich und der ganzen
Welt preisgegeben? Herr Chapelle —? Was sind das für Dinge?[3]
Sie scheinen unterrichtet zu sein —

Chapelle. Sie verschmähen den Rest meines kleinen Früh-
stücks nicht? Kommen Sie, mein baldiger Herr College[4]! Ich weiß
noch, von dem vorjährigen Diner bei St. Majestät dem König,
wo ich die Ehre hatte — Sie lieben die kleinen Trüffeln aus dem
Languedoc, die Trüffeln, die so tief unter der Erde stecken —

La Roquette. Haha! — die kleinen, versteckten —
ich entsinne mich des Diners; aber sagen Sie — das Stück,
was ist das für ein verwerfliches Stück[5]?

Chapelle. Meiner Frau ist eine kleine Lieferung dieser Trüffeln zugekommen — aus dem Languedoc — sie
haben einen eignen Namen, diese Trüffeln — man nennt sie
nicht Trüffes — (zieht ihn fort[6]).

La Roquette. Nein, nein, diese Gattung nennt man
Tartüffes, lieber Chapelle — aber das empörende Stück?

Chapelle. Ganz recht, kommen Sie doch zu näherer
Besprechung[7] — in der That, Madame Chapelle wird es
Vergnügen machen, Ihnen von diesen Tartüffes eine kleine
Collation vorzusetzen (will ihn fortziehen).

(margin: Einer unterbricht die Rede des andern. / Ebenso.)

Achter Auftritt.
Matthieu. Die Vorigen.

Matthieu. Halt, da bin ich[8]! Madeleine! Du hast keinen
Augenblick zu verlieren. In einer Stunde ist plötzlich erste Probe
angesetzt[9]! Der Theaterdiener begegnete mir — Ja, Herr Chapelle
— von der Lieblingsspeise des Scheinheiligen, den kleinen Trüffeln
aus dem Languedoc — heißt das neue Stück, das bewunderungs-
würdige, von ganz Paris schon vergötterte Stück, der Tartüffe!
Wie ich in die Nähe des Theaters komme[10], begegnet mir der Proben-
ansager[11]. Heut Abend nach der Vorstellung findet die erste Probe.
Scenenprobe statt. In acht Tagen müssen 16 Proben gehalten

---

1. c'est précisément de la sorte que M. a caractérisé. 2. dem Gelächter der Mitspielenden ... preisgegeben, livré à la risée des autres acteurs.
3. que signifie cela? 4. venez, vous qui allez être mon collègue. 5. quelle
pièce condamnable! 6. l'entraînant. 7. venez donc en parler plus en
détail. 8. halte là! me voici! 9. la première répétition étant tout
à coup d'être fixée pour dans une heure. 10. comme je m'approchais du
théâtre. 11. je rencontre l'homme chargé d'annoncer les répétitions.

sein[1], und dann heraus mit dem — Tartüffe[2]! Alle Logen sind schon auf[3] 10 Vorstellungen vorausbestellt[4]. Das Publikum stürmt die Kasse. Molière hat sein Meisterstück geschrieben. Madeleine! Wir haben keine Zeit zu verlieren. Dein erstes Debüt, dein Ruhm, dein Triumph ist an den Triumph des Tartüffe gekettet[5]! — (Zieht Madeleinen mit sich.)

 Madeleine (verbeugt sich). Guten Appetit, meine Herren, zu Ihren kleinen Tartüffes! (Mit Matthieu ab.)

 { Chapelle (sieht La Roquette starr an). Tartüffe?
 { La Roquette (ebenso). Tartüffe?

(Der Vorhang fällt.)

Zweiter Aufzug.

Vorsaal bei dem Polizeiminister. Im Hintergrunde[6] ein Corridor. Vorn ein Tisch und mehrere Sessel.

Erster Auftritt.

Armande und Lefèvre (treten ein).

 Lefèvre. Ist es möglich, Fräulein Armande, die erste Künstlerin ihres Jahrhunderts, hier im Revier der pariser Polizei? Soll ich doch Sr. Excellenz, dem Herrn Minister persönlich —

 Armande. Lassen Sie, Herr Parlamentsrath!

 Lefèvre. Ich gehe eben selbst zu ihm[7] und melde Ihre Anwesenheit —

 Armande. Bitte! Wenn einer[8] der Sträuße, die Sie mir für meine Rollen so oft aus Ihrer Loge auf die Bühne geworfen, aufrichtig gemeint[9] und Ihr Proceß gegen unsere Truppe, den Nebukadnezar wenigstens zur Leseprobe zu bringen[10], nur eine kalte Advocatenpflicht war[11], für welche Sie übrigens Madame Chapelle belohnen wird, so möcht' ich, daß Sie statt meiner dem Minister eine Angelegenheit vortrügen[12], die mich außerordentlich beunruhigt.

 Lefèvre. Ganz Paris kennt das Interesse, das man an Ihnen in den — allerhöchsten Kreisen[13] nimmt. Ich bin gewiß, daß der Minister keine Gelegenheit vorübergehen läßt, Ihnen zu dienen. Also wollen Sie wirklich nicht selbst —?

 Armande. Nein, Herr Lefèvre! Auch Sie können statt meiner reden — (Bei Seite.) Molière ist auf die ganze Welt eifersüchtig — möglicherweise sogar auf den alten Lionne[14] —!

---

1. d'ici à huit jours il doit y avoir seize répétitions. 2. puis le *Tartuffe* sera lancé! 3. pour. 4. retenues. 5. lié. 6. au fond. 7. je vais moi-même de ce pas chez lui. 8. si un seul. 9. était un gage sincère de l'intérêt que vous me portez. 10. afin de faire au moins obtenir une lecture pour N. 11. n'était que le strict accomplissement des devoirs de l'avocat. 12. que vous exposassiez à ma place au ministre une affaire. 13. qu'on vous porte en haut lieu. 14. qui sait! peut-être même du vieux Lionne.

Lefèvre (bei Seite). Sie wird vom König protegirt, was bedarf sie des Ministers? . . . .

Armande. Sie wissen, Herr Lefèvre, daß Molière die Absicht hat, endlich binnen drei Tagen sein neues Lustspiel aufzuführen.

Lefèvre. Bis zur Rückkehr des Königs von Versailles — den Tartüffe, von dem bereits ganz Paris erfüllt ist. Se. Majestät wird entzückt sein, Sie wiederzusehen —

Armande. Es wird Ihnen nicht unbekannt sein[1], daß dies in Wahrheit meisterhafte Werk einen Gegenstand behandelt —

Lefèvre. Der meinem unglücklichen Freunde Chapelle gestohlen wurde. Sie sind doch nicht wegen dieses Diebstahls auf der Polizei[2]?

Armande. Ohne Scherz[3]! In der That bin ich hier wegen eines Diebstahls.

Lefèvre. Man hat Ihnen Ihr Herz gestohlen! Und da Sie wissen, daß niemand darüber unglücklicher sein würde[4], als der König —

Armande. Sie zwingen mich, in der That selbst mit dem Minister zu reden (will hinein[5]).

Lefèvre. Würdigen Sie mich[6] Ihres Vertrauens! Und ich besinne mich ja[7], der Minister ist krank; der Leibarzt Sr. Majestät ist bei ihm. Worüber grübeln Sie[8]? Ihre schönen Augen —

Armande. Tragen vielleicht zur Genesung des Ministers bei (will hineingehen und sucht, von Lefèvre verhindert, dann andere Thüren).

Lefèvre. Halt! — Das ist das Paßbureau — hier ist das Archiv der Gesundheitspolizei — dort das Magazin der gestohlenen Taschentücher, die ihren Herrn nicht wiedergefunden haben — hier füttert man die Hunde, die ohne Halsband aufgegriffen wurden. Bin ich Ihres Vertrauens nicht würdig, schöne Armande?

Armande. Nun denn[9]! Wissen Sie, Herr Parlamentsrath, was in der Theaterwelt ein Soufflirbuch ist?

Lefèvre. Ein Soufflirbuch? Das ist der Blasebalg schlechter Gedächtnisse[10], die Rettungsmaschine oft sehr schwüler Verlegenheiten[11].

Armande. Es beunruhigt die Gesellschaft[12], daß auf eine unbegreifliche Weise gestern in aller Frühe auf[13] der dreizehnten Probe

1. vous n'ignorez pas sans doute. 2. ce n'est pas ce vol, je suppose, qui vous amène à la police? 3. trêve de plaisanteries *ou* laissons-là le badinage! 4. que personne n'en serait plus malheureux. 5. elle veut entrer chez le ministre. 6. honorez-moi de. 7. mais, je m'en souviens! 8. pourquoi êtes-vous si absorbée? 9. eh bien donc! 10. c'est le soufflet qui ranime les mémoires défaillantes. 11. c'est l'appareil qui sauve l'acteur (*ou* c'est la ressource suprême du comédien) aux abois. 12. troupe. 13. pendant.

des Tartüffe das Soufflirbuch vom Pulte des Souffleurs entwendet worden ist.

Lefèvre. La Grange, ein Schauspieler, der so schlecht lernen soll[1], wird in Verzweiflung sein.

Armande. Wir alle sind es[2]. Nicht, daß uns nicht noch ein Exemplar des Stückes zu Gebote stände[3] — darüber sind wir ohne Sorge. Aber Sie müssen wissen, was es heißt, das Soufflirbuch eines Lustspiels, gegen dessen Tendenz sich hier und da Intriguen anspinnen lassen[4], ist auf unbegreifliche Art aus den Theaterräumen entwendet worden. Vor allen Dingen dürfte Molière selbst von diesem Vorfall nicht eine Silbe erfahren[5].

Lefèvre. Was könnte er zu fürchten haben?

Armande. Molière ist von der reizbarsten Empfindlichkeit[6]. Ueberall sieht er Gespenster, überall Feinde. Erführe er[7], daß man ihm heimlich das Soufflirbuch des Tartüffe entwendet hat, so würd' er sich sagen: Jetzt geht es zum[8] Erzbischof von Paris, zum aposto-lischen Vicar, man verdächtigt mir[9] ein Werk, das ich nur im Interesse der guten Sitten und der Religion geschrieben habe —

Lefèvre. Oder irgendein guter Freund, der Recensionen schreibt, sucht sich bereits aus dem Manuscript[10] über die — Schönheiten des Stücks zu orientiren. Haben Sie auf niemand Verdacht?

Armande. Allerdings. Seit einiger Zeit hat man einen Mann beobachtet, der sich jedesmal zu den Proben des Tartüffe heimlich in den dunkeln Zuschauerraum[11] schlich. Arbeiter, die mit dem Reinigen der Parterrelogen beschäftigt sind[12], wollen[13] plötzlich mit ihrem Kehrbesen etwas Menschliches[14] angetroffen haben, was, aufgestöbert[15], sich sogleich über die Brüstung im Parterre verlor. Um die Proben nicht zu stören, durften sie diesen Spuk nicht weiter verfolgen[16]. Als aber nach einer zufälligen Entfernung des Souffleurs im dritten Act bei seiner Rückkehr in den menschenfreundlichen Rettungskasten heute von seinem Pulte das Buch weggenommen war[17], gestanden die Ar-

---

1. qui a tant de peine à apprendre par cœur ou dont la mémoire est si rebelle. 2. nous le sommes tous. 3. non qu'il n'y ait encore un exemplaire à notre disposition. 4. on ourdit des intrigues de part et d'autre. 5. avant tout, que Molière n'en sache rien. 6. M. est impressionnable à l'excès ou la susceptibilité de M. est sans cesse en éveil. 7. s'il venait à apprendre. 8. maintenant la chose sera portée devant. 9. on cherchera à faire naître des soupçons contre. 10. en lisant le manuscrit. 11. dans l'emplacement obscur réservé aux spectateurs. 12. occupés à nettoyer les baignoires. 13. prétendent. 14. un corps humain. 15. chassé de son gîte ou relancé. 16. ils ont dû renoncer à poursuivre cette apparition fantastique. 17. mais lorsque le souffleur, qui, au troisième acte, s'était par hasard éloigné, a trouvé, en revenant dans son réduit sauveur et philantropique, qu'aujourd'hui le livre avait été enlevé de son pupitre.

beiter ihr Versehen ein, und einer behauptete, den wahrscheinlichen Dieb bereits erkannt zu haben.

Lefèvre. Ich staune! Und wer wäre das?

Armande. Es ist ohne Zweifel ein gewisser Gewürzkrämer Matthieu aus der Rue du Coq.

Lefèvre. Für seine Düten wird doch der Mann nicht aus Papiermangel[1] Theatermanuscripte stehlen? Wenn man die Wohnung des Maitre Matthieu untersuchte[2], natürlich ohne alle Beunruhigung für Molière selbst —

Armande. Sie sind ein so warmer Freund der Musen! Wenden Sie von Molière's Haupt eine Wetterwolke[3] ab, die ihn, wenn sie zum Ausbruch käme, unfehlbar zu Boden würfe[4]! Wer kann wissen, in wessen Auftrag[5] Matthieu gehandelt hat! Es kann ein Abgesandter — (Sieht sich um[6].) Was seh' ich? Molière schon selbst hier? Sollte er es bereits erfahren haben[7]? — Spähenden Blicks steht er dort an der Säule[8] — Er darf mich nicht entdecken[9] —

Lefèvre. Führt ihn wirklich bereits sein gestohlenes Manuscript hierher?

Armande (bei Seite). Nein, ich fürchte — er ist nur mir gefolgt — sein Mistrauen kennt keine Grenzen — (Laut.) Wie entkomm' ich[10]?

Lefèvre. Dorthin, Fräulein Armande! (Zeigt einen Ausweg nach rechts[11].)

Armande. Und die besprochene Angelegenheit[12] — hinter welcher vielleicht eine böse[13] Intrigue verborgen liegt[14] — ?

Lefèvre. Werd' ich unverzüglich dem Minister vortragen — es gibt strenge Gesetze gegen Manuscriptenraub — gegen Gedankendiebstahl[15] — Plagiate — wer weiß, ob dieser Gewürzkrämer Matthieu nicht die Absicht hat, sich auf irgendeine Art auch in die Akademie zu stehlen — ganz wie ein gewisser — (Bei Seite.) Es geht etwas vor[16] —! (Laut.) Ganz recht, Rue du Coq — man muß den Befehl seiner Verhaftung erwirken[17] — hier, hier reizende Armande! (Führt sie zur Seite hinaus und begleitet sie.)

---

1. faute de. 2. si l'on faisait une visite domiciliaire chez maitre M. 3. un nuage gros de tempêtes. 4. qui, en éclatant, le foudroyerait infailliblement. 5. par ordre de qui. 6. regardant autour d'elle. 7. saurait-il déjà? 8. debout près de la colonne il jette des regards scrutateurs. 9. il ne doit pas me surprendre ici. 10. comment m'échapper? 11. à droite. 12. et l'affaire dont nous nous sommes entretenus. 13. misérable. 14. se cache. 15. vol intellectuel, piraterie littéraire. 16. il se passe quelque chose. 17. il faut obtenir un mandat d'amener contre lui.

Zweiter Auftritt.

Molière (allein. Später kehrt) Lefèvre (zurück).

Molière. Wag' ich mich weiter [1]? In dies Palais ist sie gegangen! Schon immer bemerkt' ich, daß sie Geheimnisse hat —! Seit der König in Versailles ist, hofft' ich, diese mich zur Verzweiflung bringenden Dinge [2] würden ein Ende nehmen. — Aber sie sind alle falsch, diese Larven, die nur einmal eine Messerspitze voll Schminke auf ihre Wangen malten [3]! Lug auf der Bühne — Lug hinter ihr — keine Empfindung, die wahr aus dem Busen quölle [4] — eben noch treu in unserm Arm [5], eben noch zärtlich in [6] unsere vertrauenden Augen lächelnd, und mit einem Tritt an die Lampen [7] — hier, da an der Brüstung — gehören ihre Blicke der ganzen Welt, liebäugeln sie mit dem, dahin — dorthin — und das nennen sie Künstlerschaft [8], das nennen sie in den Geist ihrer Rollen einbringen [9]!

Lefèvre (zurückkehrend). Guten Morgen, Molière. — Wie kommt die öffentliche Sicherheit zum Besuch [10] eines Dichters, der die Polizei bald entbehrlich machen wird? Vor Molière ist ja kein Verbrechen mehr sicher.

Molière. Ist Mademoiselle Armande beim Minister? Ich sah sie hier in das Hôtel eines ihrer hohen Verehrer eintreten.

Lefèvre (an's Fenster zeigend). Dort unten sehen Sie die reizende Sylphide über den Platz schreiten [11]. Sie hat mir wegen Chapelle [12] vergeben und ich hoffe, Molière, Sie thun es nicht minder —

Molière. In der That, sie ist's. Was hatte sie hier — ist sie bestohlen worden [13]?

Lefèvre. Molière! Welches Mienenspiel [14]! Sie können nicht an Stehlen denken und man glaubt Sie bereits in der Rolle des Geizigen zu sehen. Bestohlen! Allerdings. Sie sind es [15], Molière!

Molière. Ich bin bestohlen worden —

Lefèvre. Ha ha! Als wenn Sie den Geizigen spielten! Und ich sehe das ohne Eintrittsgeld [16]!

Molière. Hat man mir einen Diebstahl verschwiegen? Was ist mir entwendet worden?

---

1. oserai-je aller plus avant? 2. ces choses qui me désespèrent ou qui me mettent au désespoir. 3. dès qu'ils ont une fois mis sur leurs joues ce qui tiendrait de fard sur la pointe d'un couteau. 4. qui jaillisse réellement du cœur. 5. dans nos bras. 6. à. 7. et d'un bond vers la rampe. 8. l'art. 9. entrer dans l'esprit de leur rôle. 10. comment le bureau de la sûreté publique se trouve-t-il avoir la visite? 11. traverser la place. 12. ce que j'ai fait pour Ch. 13. lui a-t-on volé quelque chose? 14. quel jeu de physionomie! 15. c'est vous qui l'êtes. 16. sans payer d'entrée ou gratis.

Lefèvre. Man hat einen Menschen gesehen, der sich in die Proben Ihres neuen Stückes schlich, und während alle mit Andacht an ihren Aufgaben beschäftigt waren[1], in der Garderobe eine Ihrer — besten — — Perrüken stahl.

Molière. Perrüken? Wirklich? Und darum wäre Armande hier gewesen? Die Perrüke vielleicht, die ich im Menschenhasser trage? Sie war allerdings aus meinen eignen Haaren zusammengesetzt[2], Herr Lefèvre, und die Sorgen, die einen Theaterdirector drücken[3], geben ihm nicht viel Aussicht[4], auf die Länge noch viel neue zu bekommen[5]. Indessen Pferdehaare thun's auch[6], denn durch die Tragödien der Akademiker, falls wir sie alle aufführen müßten, die Matraßen theurer machen dürften! Dank' Ihnen, Herr Lefèvre, für die gerichtliche Leseprobe des Nebukadnezar[7]! Also davon wollte Armande Anzeige machen! Eine Perrüke hat man mir gestohlen!

Lefèvre (bei Seite) Leichtgläubig, wie ein Kind! (Laut.) Molière, ein Advocat ist der Freund jedes Hülfebegehrenden[8]! Ich sah den Kummer meines Freundes, die Thränen seines liebenden[9] Weibes! Seien Sie überzeugt, Molière, daß ich mit derselben Unparteilichkeit — Was ist das für ein Geräusch?

Dritter Auftritt.

Matthieu geführt von zwei Polizeidienern. Die Vorigen.

Matthieu (war draußen schon hörbar[10]). Das ist ja unerhört — Ein Bürger von Paris — wie kann man einen Bewunderer Molière's — Herr Molière, erbarmen Sie sich[11], wie kann man mir zutrauen[12], einen Eingriff in Ihr Eigenthum unternommen zu haben[13]! — Ich, Jean Pierre Matthieu, Rue du Coq — Vormund und Theatermutter[14] der Madeleine Béjart —

Lefèvre (bei Seite). Verdammte Begegnung!

Molière. Matthieu, Sie sind der Perrükendieb?

Matthieu. Perrükendieb?

Lefèvre. Den Arrestanten in die Verhörszimmer[15]!

Matthieu. Mein Herr, ich wollte soeben in das Verhörszimmer[16]. Ich, ich verhöre Madeleinen Béjart, die ich, ich erfunden

---

1. pendant que tous s'occupaient avec recueillement à remplir leur tâche. 2. faite. 3. qui pèsent sur un directeur de théâtre. 4. ne me laissent guère d'espoir. 5. d'en voir avec le temps repousser un grand nombre. 6. après tout, le crin fait le même usage. 7. recevez mes remercîments pour avoir fait lire N. par autorité de justice. 8. de tous ceux qui ont besoin d'appui. 9. tendre. 10. dont on a déjà entendu la voix derrière la scène. 11. ayez pitié de moi. 12. comment peut-on me supposer capable. 13. d'avoir voulu porter atteinte à votre propriété? 14. mère d'emprunt. 15. qu'on conduise le prisonnier dans la salle des interrogatoires! 16. j'y allais de ce pas.

habe[1], ihre unvergleichliche Rolle[2] in einem Stücke, deſſen Manuſcript man mich beſchuldigt entwendet zu haben —

Molière. Mannſcript entwendet?

Lefèvre. Fort, fort mit ihm[3]!

Molière. Das Manuſcript des — Tartüffe iſt geſtohlen? —

Matthieu. Ha, ich, ich der ich dies Meiſterwerk aus[4] allen
Proben, denen ich allerdings heimlich, aber nur aus Enthuſiasmus
beiwohnte, auswendig kann[5] — ich ſollte dem Souffleur das Buch
des Tartüffe geſtohlen haben[6]?!

Molière. Was hör' ich?

Lefèvre. Molière, ich bitte, beruhigen Sie ſich über dieſen
Fall, der allerdings auf Wahrheit beruht — Fräulein Armande
theilte der Polizei die Nachricht mit, daß auf eine räthſelhafte Art
aus dem Theaterraum das geſchriebene Exemplar des Tartüffe abhanden gekommen iſt[7]. Da man Sich annehmen kann, daß eine
Perſon, die auf zweideutige Art das Theater durchſchleicht —

Matthieu. Molière kennt mich, Molière weiß, was meine
Hände für die Kunſt zu thun im Stande ſind; Molière weiß,
daß ich nur aus Kunſtintereſſe den Proben beiwohnte. Ha, ein
Werk entwenden, das der Welt vorenthalten bleiben ſoll[8], bis zum
Aufziehen des Vorhangs, —!

Molière (außeregt). Herr Lefèvre — entlaſſen Sie[9] Herrn
Matthieu! Dieſer ehrliche[10] Mann iſt unſchuldig! In der That, man
hat mir den Tartüffe entwendet — man hat ihn mir entwenden
laſſen, um das Werk vor der Darſtellung zu verurtheilen —! Armande,
edle Freundin, nun verſteh' ich deine theilnehmende Fürſorge[11] —!
Unerhört! Sie kennen nicht dieſe Umtriebe des Neides und der
Kabale — der Fall iſt in dieſer Art noch nicht vorgekommen[12] —
ein Raub bereits der Manuſcripte —!

Vierter Auftritt.

Dubois (tritt mit einem Billet aus dem Zimmer des Miniſters).
Die Vorigen.

Dubois (nimmt Lefèvre bei Seite und läßt ihn bedenklich
in den Brief einſehen[13]).

Matthieu. Das iſt der Leibarzt des Königs! Der ſoll
mich unterſuchen[14], ob ich, ich eines Diebſtahls fähig bin!

---

1. que j'ai découverte à moi seul. 2. je lui fais réciter son rôle
incomparable. 3. qu'on l'emmène, qu'on l'emmène! 4. par. 5. sais ou
ai appris par cœur. 6. j'aurais volé. 7. a disparu. 8. dont on doit faire
un secret au public. 9. rendez à la liberté. 10. brave. 11. ta tendre
sollicitude. 12. un cas semblable ne s'est pas encore présenté. 13. et
d'un air grave lui fait jeter un coup d'œil dans la lettre. 14. il doit
m'examiner et dire.

Lefèvre (mit dem Billet zu Molière). Molière, es würde leichtsinnig von uns sein[1], wenn wir Ihnen den Inhalt eines anonymen Briefes vorenthalten wollten[2], welchen soeben der Polizeiminister erhalten hat und den mir Herr Dubois, Leibarzt Sr. Majestät des Königs, mittheilt, um die Ansicht eines Juristen zu hören. Lesen Sie.

Molière (liest in großer Aufregung). „Herr Polizeiminister! Man hört, daß es im Werke ist[3], mit der Freiheit der Bühne einen noch nie dagewesenen Misbrauch zu treiben[4]. Herr Molière in seiner Sucht[5], sich an der gebildeten Gesellschaft dafür, daß der Stand des Schauspielers nicht der geachtetste in Frankreich ist, durch Geiselung sogenannter Thorheiten und Laster zu rächen[6], hat seine Hand nun auch nach der Religion ausgestreckt. Unter dem Namen Tartüffe bezweckt er einen Charakter auf die Bühne zu bringen[7], dem[8] Frömmigkeit die erste Lebenstugend ist. Die gute Sache[9] der Religion erwartet von dem Minister der Polizei, daß er die Aufführung eines solchen Pasquills hintertreibt[10] und die ohnehin schon gesunkene moralische Ehre der Stadt Paris[11] vor den Augen der Christenheit rettet. Eine Anzahl[12] frommer Seelen.“

Matthieu. Eine von den frommen Seelen hat das Stück gestohlen! Aber beruhigen Sie sich, Herr Molière. Ich gehe nach Haus[13]. Ich stelle das Stück aus dem Gedächtniß wieder her[14]. Ich habe nicht umsonst seit acht Tagen die Kehrbesen der Logenschließerinnen und die Vorwürfe Madeleine's ausgehalten[15]. Tartüffe kann nicht confiscirt werden. Tartüffe wird existiren. Tartüffe lebt aus meinem Gedächtnisse wieder auf für ewige Zeiten[16]! (Ab.)

(Polizeibeamte folgen).

Dubois. Herr Molière, Ihre persönliche Anwesenheit wird dem Herrn Minister erwünscht sein[17]. Se. Excellenz!

Fünfter Auftritt.
Lionne. Die Vorigen.

Lionne. Ah guten Morgen, Lefèvre! Was sagen Sie zu[18] dem Briefe?

1. ce serait une légèreté de notre part. 2. si nous refusions de vous communiquer. 3. qu'on se dispose *ou* qu'on travaille. 4. à abuser de la liberté de la scène d'une façon inouïe jusqu'à ce jour. 5. manie. 6. de se venger sur les classes éclairées de la société de ce que la condition de comédien n'est pas la plus estimée en France, en châtiant les soi-disant folies et les prétendus vices. 7. de mettre en scène. 8. pour qui. 9. les intérêts. 10. empêche *ou* s'oppose (à). 11. la réputation de moralité de la ville de Paris, qui a d'ailleurs déjà souffert. 12. un grand nombre. 13. chez moi. 14. je refais la pièce de mémoire. 14. ce n'est pas pour rien que j'ai essuyé .... les coups de balai des ouvreuses. 16. revivra, grâce à ma mémoire, pour l'éternité. 17. M. le ministre désirerait vous parler. 18. de.

Lefèvre. Es ist gewiß sehr erfreulich, daß Molière gerade selbst zugegen ist[1].

Lionne. Wie, Herr Molière, Sie selbst?

Molière. Excellenz, ich selbst; und noch ergriffen und erschüttert von dem Eindruck einer[2] Denunciation, die ich zitternd in meinen Händen halte.

Lionne. Man hat mir das neue Stück, das Sie demnächst aufzuführen gedenken, zu verdächtigen[3] gesucht.

Molière. Nicht zu verdächtigen — man hat mit offenbar lügnerischer Entstellung der wahren Tendenz dieses Stückes die Aufführung desselben in das religiöse Gewissen eines Mannes schieben wollen[4], der zu billig, zu gerecht sein wird, die Sache der Kunst den Heuchlern zu opfern!

Lionne. Die Sache der Kunst, Molière, darf den gesellschaftlichen Institutionen keinen Anstoß geben[5]. Indessen, theilen Sie mir den Inhalt des Tartüffe mit und Sie werden finden, daß ich Satire[6] vom Pasquill zu unterscheiden weiß. Setzen wir uns. (Setzt sich.)

Dubois (bei Seite). Es ist schon elf[7] — indessen — Molière zu hören — (Nimmt einen Stuhl.)

Lefèvre (bei Seite). Wenn ich auch eine Sitzung des Gerichtshofes versäume[8] — dergleichen kommt nicht wieder[9]! (Nimmt sich einen Stuhl[10].)

(Sie sitzen.)

Molière. Excellenz, ich muß Sie daran erinnern, welche Aufgabe ich der französischen Bühne gestellt habe[11]. Ich habe das Lustspiel von meinen Vorgängern in Form sittenloser und ausgelassener[12] Possen überkommen und habe mit meinen schwachen Kräften versucht, ihm einen edlern Ausdruck zu geben. In der Poesie suchte ich eine Waffe zu finden für den Kampf der Aufklärung gegen die Lüge; ich habe den Egoismus, die Eitelkeit, den gesellschaftlichen Betrug auf der Bühne schon in den meisten seiner Spielarten darzustellen gewagt und man hat mir das Zeugniß gegeben[13], daß durch mich die Bühne wenigstens eine würdigere Bedeutung gewonnen hat[14].

---

1. soit (nicht est) présent. 2. par l'impression que m'a faite une. 3. mir .... zu verdächtigen à me rendre suspect. 4. tout en dénaturant avec une fausseté évidente la véritable tendance de cette pièce, on a voulu en laisser la représentation à la conscience d'un homme. 5. la cause de l'art ne doit porter aucune atteinte aux institutions sociales. 6. une satire. 7. 11 heures. 8. dussé-je manquer une séance du tribunal. 9. une occasion pareille ne se retrouvera plus. 10. prenant une chaise. 11. quelle mission j'ai assignée à la scène française. 12. licencieuses. 13. rendu. 14. que, grâce à moi, la scène a acquis du moins plus d'importance et de dignité.

Lionne. Nicht nur die Nation, sondern auch Se. Majestät, Ludwig XIV., haben Molière in diesen ruhmwürdigen Bestrebungen anerkannt[1].

Lefèvre (bei Seite). Guter Chapelle, wenn du das hören müßtest[x]!

Molière. Nach einer Reihe komischer Charaktere, die die Leidenschaft des Geizes, der unbegründeten Eifersucht, die Titelsucht darstellten, bin ich nun auch an eine der gefährlichsten Gattungen von Betrügern gekommen[3], an die Scheinheiligen, an die im Dunkeln schleichenden[4] religiösen Heuchler. Fern sei es von mir, wahrhaft fromme Gemüther[5] beleidigen zu wollen, fern sei es, durch den Scherz der Bühne die Sache der Religion zu beeinträchtigen — aber liegt nicht wie ein Alp[6] auf dem Staat, auf der Gesellschaft jene falsche Religiosität, die die alles umfassende Liebe Gottes[7] zum Privilegium einer einzelnen kleinen Coterie machen will. Sehen wir nicht täglich in die Herzen der Familien, auf die Katheder der Schulen, in die Cabinete der Minister, an die Stufen des Thrones Männer schleichen, die unter dem Deckmantel der Religion nur ihren persönlichen Ehrgeiz verbergen und nichts lieber an sich reißen möchten als die Herrschaft der ganzen Welt[8], während doch der Stifter unserer Religion gesagt hat: Mein Reich ist nicht von dieser Welt?! Diesen[9] Feinden der Gesellschaft, Excellenz, die da verfolgen[10], wie sie sagen[11], aus Mitleid, die da hassen, wie sie sagen, aus Liebe, diesen hab ich[12] in meinem Tartüffe den Handschuh hingeworfen zu einem ehrlichen[13] Kampf und ich erwarte von allen denen, die ein reines Gewissen haben, daß sie mich in diesem Kampfe unterstützen.

Lionne. Entwickeln Sie mir den Schlachtplan, den Sie sich dabei vorgezeichnet haben[14]!

Molière. In meinem Tartüffe hab' ich die Verwirrung einer Familie geschildert, die einst das Opfer eines solchen Heuchlers wurde. Mein Vater war mit einem Manne befreundet[15], der sich auf die redlichste Art von der Welt[16] ein bedeutendes Vermögen erworben hatte[17]. Um es zu genießen[18], zog Dupleßis auf's Land[19] und lebte eine Zeit lang glücklich im Besitz einer schönen und liebenswürdigen

---

1. ont rendu pleine justice à Molière et à ses glorieux efforts. 2. si tu étais condamné à entendre cela! 3. bin ich nun auch . . . . gekommen. me voici arrivé. 4. qui se glissent dans l'ombre. 5. les âmes vraiment pieuses. 6. mais ne pèse-t-elle pas comme un cauchemar? 7. l'amour de Dieu qui embrasse toutes ses créatures. 8. et ne désirerait rien tant que d'usurper la domination universelle. 9. c'est à ces. 10. qui persécutent. 11. disent-ils. 12. c'est à eux que j'ai. 13. loyal. 14. que vous vous êtes tracé. 15. lié d'amitié. 16. le plus honnêtement du monde. 17. der sich . . . . erworben hatte qui avait acquis ou gagné. 18. pour en jouir. 19. D. alla habiter la campagne.

Frau und zweier holden Mädchen[1], ihrer einzigen Kinder. Da führte
ein böser Stern[2] in den Schos dieser Familie einen Mann, der
unter dem Deckmantel der Frömmigkeit das Verderben aller wurde[3].
Beschützt zuerst von Duplessis' alter Mutter, erwarb er sich[4] bald die
Freundschaft des reichen Mannes und benützte sein Vertrauen zu
einer Oberherrschaft[5], die er zuletzt über alle Angelegenheiten des
Hauses gewann[6]. Seelenfreundschaft, Herzenverschmelzung waren die
Worte, die er stets im Munde führte[7]. Duplessis, von Natur zur
Melancholie geneigt, verlor den Sinn für die[8] praktischen Bedingungen
des Lebens und überließ dem heuchlerischen Freunde die Verwaltung
seines Vermögens. Vortrefflich verstand es der Bösewicht davon
Vortheil zu ziehen[9]. Man warnte Duplessis, aber ein blindes Vertrauen fesselte ihn an einen Menschen, dessen drittes Wort die Religion war. Endlich aber wurde er auf eine furchtbare Art enttäuscht.
Er entdeckte, daß der schändliche Freund durch eine falsche, verhimmelnde,
sinnliche Philosophie[10] auch sein Weib Adele bethört hatte[11], und so schwach
war sein Geist durch diese falsche Religiosität geworden[12], daß Duplessis
in dem Augenblick, wo er Weib und Freund ihrer Schändlichkeit überführen konnte, statt sich zu rächen, in einem Anfall von Geistesverwirrung sich selbst das Leben nahm[13]. Mit dem geraubten Vermögen verließ der Betrüger das Haus und gab das entwürdigte[14]
Weib und die armen Kinder dem größten Elend preis; die Mutter
starb am gebrochenen Herzen[15], ihre Kinder geriethen in fremde
Pflege[16]. Unmöglich war es, von den Tausenden[17], die ihnen ge-
hörten, den Händen des Betrügers ein Almosen zu entreißen.
Gegen gerichtliche Verfolgung hatte er sich durch Clauseln verschanzt[18],
er stieg von Stufe zu Stufe, er steht jetzt — doch nein[19]! er ist jetzt
keine Person mehr[20], sondern nur eine Idee[21], die ich mir erlaubt
habe zu meinem Tartüffe zu benutzen.

(Lienne steht auf, die andern auch[22].)

Lionne. Molière, Ludwig XIV. Heute mich an den Posten.

1. et de deux charmantes filles. 2. une mauvaise étoile. 3. devint
leur ruine à tous. 4. il gagna. 5. et profita de sa confiance pour parvenir à une autorité souveraine. 6. qu'il finit par exercer sur toutes les
affaires de la maison. 7. qu'il avait sans cesse à la bouche ou sur les
lèvres. 8. cessa de prendre intérêt ou devint indifférent aux. 9. le

den ich bekleide, um die Feinde der sittlichen Ordnung seines Landes [1] zu bekämpfen. Ein solcher ist ein Dichter nicht [2], der sein schönes Talent nur dazu anwendet, treu der Mit- und Nachwelt [3] zu dienen. Unter diesen Umständen [4] hab' ich gegen die Aufführung Ihres Tartüffe nichts einzuwenden [5].

Dubois und Lefèvre. Brav, Lionne!

Molière. Sie beschämen mich, Excellenz [6]; was ich vermag, entlehnt' ich ja nur meiner Kunst, die ich liebe und die, das ist mein ganzer Stolz, mich — dafür auch wieder liebt [7].

Lionne. Und wer ist das Urbild Ihres Tartüffe?

Molière (ausweichend [8]). Er — lebt — wol nicht mehr [9]. Und ohnehin, Herr Minister, die Tartüffes dieser und jeder Gattung laufen jetzt auf der Straße herum [10], daß man mit einem einzigen Griff deren Dutzende an den Fingern hat [11].

Lionne. Weichen Sie mir nicht aus, Molière [12]! Sagen Sie offen, könnte vielleicht irgendjemand den Tartüffe, abgesehen von dem vielleicht — verstorbenen Urbilde, noch ganz besonders auf sich beziehen [13]?

Molière. Ich gestehe, daß ich mich bemüht habe, hier und da einzelne Züge von solchen Scheinheiligen zu entdecken. Ich erfuhr, um damit zu schließen, eine Anekdote [14]. Zu einem Hauptchef dieser finstern Partei kam eine junge Bäuerin aus Limoges, ein allerliebstes, junges, frisches Ding, das nirgends einen bessern Dienst zu finden glaubte, als in einem so frommen Hause. Mein Tartüffe fing an sie zu examiniren. Er wollte untersuchen, ob sie fest im Glauben wäre [15], zugleich, ob sie kräftige Schultern hätte, um — ihre Sünden zu tragen. Die junge Dorfschöne [16] trug ein rothgewürfeltes Baumwollentuch, Tartüffe faßt einen Zipfel des Tuches und zerrt erst leise und dann immer stärker an dem rothen Tuche. Die junge Bäuerin zieht sich zurück. Tartüffe folgt und endlich hat er das Tuch in der Hand. In dem Augenblick geht die Thür auf. Ein Geistlicher besucht den Tartüffe. Um des Heilands Wunden [17], was machen Sie da, Tartüffe? fragt der fromme Freund.

---

1. de ses états. 2. il n'en est pas un le poète. 3. les contemporains et la postérité. 4. les choses étant ainsi. 5. je ne m'oppose nullement à ce que votre *Tartuffe* soit joué. 6. Votre Excellence me rend confus. 7. me paye de retour. 8. cherchant à éluder la question. 9. je doute qu'il soit encore vivant. 10. courent de nos jours les rues. 11. si bien qu'on en peut saisir des douzaines à la fois. 12. point de réponse évasive! 13. y aurait-il peut-être quelqu'un, à part ce modèle de *Tartuffe* .... mort peut-être, qui pût se reconnaître dans la peinture de ce personnage? 14. voici, pour terminer, une anecdote que j'ai apprise. 15. si elle était (nicht serait) ferme dans sa croyance. 16. beauté villageoise. 17. au nom des plaies de Notre Sauveur.

Todtenblaß vor Angst sammelt sich der überraschte Heuchler[1] und stottert die Antwort[2]: Lieber Bruder im Herrn[3], ich suchte mir nur Aufklärung über die Baumwollenindustrie von Limoges zu verschaffen. Lefèvre. Sieh! Sieh! Kürzlich hab' ich jemanden in ähnlichen industriellen Studien überrascht. Es ist doch nicht der Präsident La Roquette?

Molière. La Ro —? Ich habe in meinem Tartüffe — keine einzelne Person, sondern eine — Gattung geschildert.

Lionne. Molière, wenn in Ihrem Tartüffe keine staatsgefährlichern Dinge vorkommen[4], so seien Sie unbekümmert[5]. Tartüffe darf existiren, existiren für die französische Bühne — wenn noch Logen übrig sind, ich bitte um eine — meinen Glückwunsch zu dem vorauszusehenden glänzenden Erfolg[6].

Molière. Meine Brust erweitert sich bei dem Gedanken[7], daß der Dichter, Hand in Hand[8] mit der Weisheit der Fürsten und der besonnenen Mäßigung der Staatsmänner, dem großen Berufe leben darf[9], wie mit Rosenfingern über die Erde zu schweben und Morgenröthe auszustreuen[10], wo nächtiger Schlummer die Menschen noch gefangen hält[11]. Diese eben erlebte Stunde[12], Excellenz, gibt mir den Muth, freudig fortzuwandeln auf meiner dornenvollen Bahn[13]. Es ist Zeit zur Probe[14]. Entschuldigen Sie, daß ich mich verabschiede. (Ab).

Lefèvre (seinen Hut holend). Allerdings zweierlei Stoffe, aus denen mein guter Chapelle und Molière geschaffen wurden[15].

Dubois (ebenso). Schade, daß unsere Tartüffes nicht das Theater besuchen[16]; die Scene, wo sie sich als Beförderer der Baumwollenindustrie von Limoges erblicken, müßte ihnen ganz besonders Vergnügen machen[17].

Lionne. Der König liebt Molière, ich will (den Brief zerreißend) solchen Insinuationen kein Gehör geben[18].

Bedienter (meldet). Herr Präsident La Roquette!

(Alle sehen sich erstaunt an).

1. pâle d'effroi, l'hypocrite pris au dépourvu se recueille. 2. et répond en balbutiant. 3. cher frère en notre Seigneur. 4. s'il n'y a rien dans votre pièce qui puisse mettre l'État en danger. 5. rassurez-vous ou ne vous mettez pas en peine. 6. recevez d'avance mes félicitations sur le brillant succès qui vous attend. 7. mon cœur se dilate à la pensée. 8. de concert ou d'accord. 9. peut remplir sa haute mission. 10. de faire briller l'aurore. 11. là où les hommes sont encore captifs dans les ténèbres de l'ignorance. 12. l'heure que je viens de passer. 13. de poursuivre gaiment ma route semée d'épines. 14. c'est le moment d'aller à la répétition. 15. assurément mon bon Chapelle et Molière n'ont pas été pétris du même limon. 16. il est bien à regretter que nos tartuffes n'aillent pas au théâtre. 17. leur ferait sans nul doute un plaisir tout particulier. 18. je ne prêterai point l'oreille à de telles insinuations.

Dubois. Wir bekommen eine Species der Tartüffes früher dargestellt, als das Publikum auf der Bühne[1].

Lionne. Was mag er wollen?

Lefèvre. Da ist er[2].

Sechster Auftritt.
La Roquette. Die Vorigen.

Lionne. Freund Präsident, eine seltene Ehre[3]!

La Roquette. Vergebung, mein geliebter Bruder, ich bin nur wenig Herr meiner Zeit. Diese vielen barmherzigen Vereine[4], diese gottesfürchtigen milden Stiftungen[5], diese Universitätsreformen, Generalsynoden, neuen Schulverfassungen und was alles in das Leben eines Mannes einschlägt[6], der so gern den Staat auf christlichere Grundlagen verpflanzen möchte[7] —

Dubois. Diese Maßregeln bekommen Ihrer Gesundheit vortrefflich[8].

La Roquette. Finden Sie das, Leibarzt? Fühlen Sie doch meinen Puls! Oder nein, lassen Sie, ich habe keinen Glauben mehr an die Aerzte[9].

Dubois. Sie, der so reich an Glauben sind[10]! Wer hätte Ihnen diesen Glauben genommen?

La Roquette. Die Satiriker des Tages! Doctorchen[11], in Paris wird alles verspottet.

Lefèvre. Sogar das Studium der Baumwollenindustrie.

La Roquette. Der Baumwollen — Wie kommen Sie auf Baumwolle[12]?

Lefèvre (bei Seite). Er stutzt! (Laut.) Nicht wahr, es werden noch immer so viel fromme Schafe in Frankreich geschoren, daß bei uns von Baumwolle noch nicht viel die Rede ist?

La Roquette. Sie spielen auf die Advocaten an[13], Herr Parlamentsrath! Seitdem unsere modernen Satiriker uns gezeigt haben, was Notare sind, kann man beim Gleichniß von der Schafschur nur an Processe denken. Doch das beiseit[14]! Lieber Lionne, ich bringe Ihnen eine unangenehme Commission.

---

1. nous allons voir le portrait d'une variété de nos tartuffes avant qu'il soit offert au public sur la scène. 2. le voici. 3. vous me faites rarement cet honneur! 4. ces nombreuses associations de charité. 5. ces fondations pieuses auxquelles préside la crainte de Dieu. 6. tout ce qui est du ressort (*ou* qui entre dans le domaine, dans les attributions) d'un homme. 7. qui souhaiterait si ardemment asseoir l'État sur une base plus chrétienne. 8. votre santé se trouve à merveille de ces mesures. 9. je ne crois plus aux médecins. 10. vous qui êtes si riche en foi *ou* qui avez de la foi à revendre. 11. mon petit docteur. 12. comment venez-vous à parler de coton? 13. vous faites allusion aux avocats. 14. mais laissons cela *ou* brisons là-dessus!

Lionne. Freund La Roquette war von jeher ein Bote des Friedens [1]!

La Roquette. Ich habe mich auch ungern mit einer Angelegenheit befaßt [2], die Ihnen verdrießlich sein wird.

Lionne. Die Polizei hat abgehärtete Nerven. Tragen Sie Ihre Sache nur vor!

Dubois. Privatangelegenheit? (Will seinen Hut nehmen.)

La Roquette. Nur zu öffentlich [3], Doctor! Eine Anzahl der ehrenwertheſten Bürger von Paris, zweihundertundſiebzig Namen richtig gezählt [4], haben mich beauftragt, Ihnen eine Bittſchrift zu überreichen und eine günſtige Entſcheidung bei Ihnen zu befürworten [5]. (Zieht eine große Rolle aus der Taſche.)

Lefèvre. Man wünſcht vielleicht, daß auf die rothen Tücher von Limoges ein Zoll gelegt wird [6]?

La Roquette (bei Seite). Was will er denn nur mit den rothen Tüchern von Limoges?

Lefèvre (bei Seite). Allerliebſt [7]! Der Induſtriefreund iſt La Roquette.

La Roquette. Ich glaube, es iſt eine ſündhafte Theaterangelegenheit — zweihundertundſiebzig Bürger wünſchen in jenem Papiere —

Lionne. Eine Kleinigkeit. Das Verbot des Tartüffe!

Lefèvre und Dubois. Iſt's möglich [8]?

La Roquette. Ganz recht [9] — man glaubt, daß es in Frankreich Anſtoß erregen dürfte [10], wenn man dem Spottgelächter durch Schauſpiele [11] alle aufrichtigen Bekenner der Religion preisgibt —

Lefèvre. Alle, Herr Präſident? Nur einen!

La Roquette. Wen?

Dubois. Der gleichſam die ganze Gattung repräſentirt, —

La Roquette. Sagen Sie, der die Religion ſelbſt vertritt [12]! Jene zweihundertundſiebzig Bürger finden in dieſen Attentaten auf das Heiligſte der Erde [13] etwas Anſtößiges und bitten den Polizeiminiſter, die Aufführung des Tartüffe zu verbieten.

Lionne. Ich ſuche in der Liſte vergeblich einen Namen, den Ihrigen, La Roquette.

---

1. de paix. 2. aussi n'est-ce pas sans répugnance que je me suis mêlé d'une affaire. 3. qui n'est que trop publique. 4. comptés exactement *ou* d'après un calcul exact. 5. et de m'employer (*ou* d'employer mes bons offices) auprès de vous pour que votre décision leur soit favorable *ou* de plaider leur cause *ou* d'intervenir en leur faveur auprès de vous. 6. qu'on frappe d'un droit d'entrée les mouchoirs rouges de Limoges. 7. c'est charmant *ou* délicieux! 8. il se pourrait? 9. précisément *ou* c'est cela même. 10. que cela pourrait causer du scandale en France. 11. sur la scène. 12. représente. 13. contre ce qu'il y a de plus saint sur la terre.

La Roquette. Nach meinem Glauben steht die Sache der Religion zu fest[1], als daß[2] sie durch Baalspriester verlieren könnte.

Lionne. Brav, La Roquette! Theilen Sie Ihren Clienten ganz dieselbe Antwort mit. Der Tartüffe von Molière wird in drei Tagen gegeben werden.

La Roquette. In drei — Tagen —?

Lefèvre. Die Schauspieler haben so gut gelernt, daß sie nur noch wenig Proben nöthig haben. Besonders geht die Scene mit dem Tuche[3] sehr gut —

La Roquette. Welche?

Lefèvre. Kommen mehrere Tuchscenen vor[4]?

La Roquette. Meine Herren, ich wiederhole, was ich jenen zweihundertundsiebzig der ersten und angesehensten Bürger von Paris sagte, daß die Religion den Spott eines Gauklers nicht zu fürchten hat —

Dubois. Aber dieser Gaukler soll viel Geist und ein sehr großes Nachahmungstalent haben.

La Roquette. Das werden Sie bald selbst erfahren[5] — Wissen Sie nicht, daß nach glücklichem Erfolg des Tartüffe sein nächstes Sujet der „Kranke in der Einbildung"[6] sein wird?

Dubois. Molière wird kranke Menschen nicht verspotten.

La Roquette. Die Kranken nicht, aber die Aerzte.

Dubois. Was sollte Molière an den Aerzten zu tadeln haben?

La Roquette. Lassen Sie sich die zwei ersten Acte eines Lustspielchens geben, das Molière bei Ninon de Lenclos vorgelesen hat[7]. Binnen wenig Monaten werden nicht nur die Tartüffes, sondern auch die Diafoirus dem Gelächter von Paris preisgegeben sein.

Dubois. Wer ist Diafoirus?

La Roquette. Der größte Ignorant in der[8] Medicin, der sich jemals Doctor genannt hat[9], ein Quacksalber, der ohne Sinn und Verstand die Menschen mit Purganzen[10] umbringt, ein gewissenloser Küchenlateiner, der von der Facultät in Montpellier für eine neue Gattung Pillen belobt wurde[11], die aus Brotkrumen gedreht wurden[12], für eine Tinctur, die Brunnenwasser war, für ein Pflaster, das aus ganz gewöhnlichem Pech bestand[13]! Herr, binnen einem Jahr werden die Aerzte ihre Kutschen abschaffen müssen[14] und wo

---

1. la cause de la religion repose sur une base trop solide. 2. pour. 3. la scène du mouchoir. 4. y en aurait-il plus d'une? 5. c'est ce dont vous pourriez bientôt vous convaincre vous-même. 6. le *Malade imaginaire*. 7. dont M. a fait lecture chez Ninon de Lenclos. 8. en. 9. qui se soit jamais appelé docteur. 10. à force de purgatifs. 11. der .... belobt wurde, qui a reçu une mention honorable. 12. faites de mies de pain. 13. pour un simple emplâtre de poix. 14. les médecins devront se défaire de leurs voitures *ou* équipages.

ein Kranker liegt und ein Arzt erscheint[1], da wird man den Arzt zur Thür hinauswerfen[2].

Dubois (sieht nach seiner Uhr). Ich plaudre — und plaudre man hat mir allerdings gesagt, daß der Ninon über zwei Acte von Molière sehr anzüglich[3] und in der That über uns Aerzte gelacht worden ist — aber, Excellenz, hören Sie darauf gar nicht[4] — die Bühne muß ihre Freiheit haben.

La Roquette. Und noch ein anderer Arzt kommt in jenem Lustspiel vor, ein gewisser Purgon, und ein Apotheker, Namens[5] Fleurant, der Blühende[6], weil Aerzte und Apotheker zusammen blühen und gedeihen, während die Kranken zu Grunde gehen — und Purgon und Diafoirus haben sich beide den Tod geschworen[7] und mit Pillen und Latwergen[8] liefern sie ihre Schlachten — in dem kranken Leichnam des armen Argant. Noch weiß ich nicht, ob Dubois mehr dem Diafoirus oder dem Purgon ähnlich sehen wird, aber das weiß ich[9], daß die Aerzte sich beeilen können, ihre goldgesegnete Praxis sicher zu stellen[10]; denn nach Molière's „Kranken in der Einbildung" werden die Pariser nicht mehr wissen, wie man einen Arzt von einem Charlatan unterscheidet.

Dubois. Excellenz, allerdings sollte die Bühnenfreiheit gewisse Grenzen haben, die Molière, ein Mann, der mir am[11] Unterleib zu leiden scheint, mit einem Wort ein Hypochonder, nicht überschreiten sollte. Indessen — allerdings — wenn man freilich — gesetzt auch — gewissermaßen — Es ist das nur so meine einfache, schlichte Meinung, Excellenz. Ich habe die Ehre, guten Morgen zu wünschen. (Ab.)

Lefèvre (den Minister betrachtend, der die Adresse liest). Die Adresse scheint zu wirken[12]. Herr Präsident, hat Molière in seinem Pult auch ein Stück gegen die Advocaten liegen? Mich sollen Sie sobald nicht bekehren[13].

La Roquette. Herr Parlamentsrath, es sollte mir leid thun, wenn Sie glaubten, daß ich gegen Molière eingenommen bin[14] und überhaupt das Verbieten von Büchern und Theatervorstellungen[15] billigte. Indessen schätz' ich die Advocaten zu sehr — Bin ich doch selbst der[16] Präsident eines Gerichtshofes —

---

1. et là où un médecin se présentera devant le lit d'un malade. 2. on jettera le médecin à la porte. 3. d'une manière très choquante. 4. fermez votre oreille à ces plaintes ou montrez-vous sourd à ces réclamations. 5. du nom de ... nommé. 6. c'est à dire le florissant. 7. ont juré la perte l'un de l'autre. 8. à coups de pilules et d'électuaires. 9. mais ce que je sais, c'est. 10. de mettre en lieu sûr les trésors amassés dans leur pratique. 11. du. 12. semble faire son effet. 13. ils ne me convertiront pas de si tôt. 14. je serais fâché que vous me crussiez prévenu contre M. 15. représentations théâtrales. 16. eh! ne suis-je donc pas moi-même.

Lefèvre. Molière wird die Advocaten nicht angreifen.

La Roquette. Er hat sie schon angegriffen[1].

Lefèvre. Wo?

La Roquette. Im Tartüffe. Ich habe den Tartüffe gelesen.

Lefèvre. Wissen Sie, daß dem Dichter ein Exemplar gestohlen wurde?

La Roquette. In — der — Versammlung jener zweihundertundsiebzig Bürger war ein Exemplar aufgeschlagen[2]. Wie es dorthin gekommen, weiß ich nicht. Hier ist der Tartüffe. (Holt ein Buch in klein Quart aus der Tasche[3].)

Lionne (nimmt es). Das also ist das Werk, das uns in der That so ernst zu beschäftigen anfängt!

Lefèvre. Nun ich bin doch begierig[4], wo Molière hier auch die Advocaten und Notare lächerlich gemacht haben kann.

La Roquette. Vier Acte hindurch[5] gilt der Jubel des Publikums jenem Scheinheiligen[6], in dessen Zeichnung sich kein in dem Herrn Gerechter wiedererkennen wird[7]. Aber im fünften Act dreht sich die Sache[8]. Tartüffe hat durch Erbschleicherei — Lesen Sie selbst — sich ein Codicill zu verschaffen gewußt, das ihn in den Besitz eines bedeutenden Theils von Orgon's Vermögen setzt. Die Justiz, im Bund mit[9] der Scheinheiligkeit, wird dargestellt in der Person eines Herrn Loyal — Loyal, Advocat, Notar und erster Huissier am obersten Gerichtshof von — Konstantinopel oder Kalkutta, wo Sie wollen — wer wird da an Paris denken?

Lefèvre (für sich). Sonderbar, ich bin Advocat, Notar und erster Huissier —

La Roquette. Act fünf, Scene vier. Lesen Sie nur die salbungsvollen Worte[10], die Herr Molière dem Repräsentanten der Notare in den Mund legt, lesen Sie die Worte, die Herr Loyal von sich selber spricht:

. Ich bin der Herr Loyal, ja, aus der Normandie —

Lefèvre. Ich bin aus der Normandie! (Bei Seite.) Ist das die Rache für die polizeiliche Leseprobe[11]?

La Roquette. Herr Loyal setzt sein ganzes System erbärmlicher Chicanen auseinander[12], durch welches dieser Stand der Notare, wie Sie wissen, sich im pariser Publikum einer so großen Popularität

---

1. il l'a déjà fait. 2. se trouvait un exemplaire ouvert sur la table. 3. tirant de sa poche un volume petit in-quarto. 4. curieux de savoir. 5. pendant quatre actes. 6. les transports que le public fait éclater ont pour objet ce faux-dévot. 7. dans le portrait duquel aucun juste suivant le Seigneur ne se reconnaîtra. 8. l'affaire prend un autre tour ou change de face. 9. associée avec. 10. les paroles onctueuses ou pleines d'onction. 11. se vengerait-il par là de la lecture que la police a ordonnée? 12. sept .... auseinander, explique, expose ou analyse.

zu erfreuen hat[1]. Glauben Sie, Excellenz, daß das Parterre bei der Stelle weinen wird, wenn der arme, gepreßte und betrogene Orgon sagt — hier lesen Sie, Excellenz — er gebe hundert Louisdor darum, wenn er dem rechtsverdrehenden Herrn Loyal geben dürft' einen Schlag, den er verspüren sollt' bis auf den jüngsten Tag[2]?

Lefèvre. Dieser Vers steht dort? Das ist arg[3] von Molière! Ich habe nicht geglaubt, daß Molière darauf ausgeht[4], den Stand der Notare und Huissiers lächerlich zu machen. Excellenz, gewisse Grenzen muß die Bühne haben — Grenzen, die ein Mann, wie Molière, ein Mann, der sich ärgert, daß Fälle vorkommen, wo er Processe verliert[5], respectiren sollte.

Lionne. Sie wünschen das Verbot des Tartüffe?

Lefèvre. Das nicht — keineswegs — allein — indessen — allerdings — wenn man freilich — gesetzt auch — ich habe die Ehre mich gehorsamst zu empfehlen. (Ab.)

Lionne. Sie mögen in manchem Punkt recht haben, lieber Freund, und ich selbst gehöre am wenigsten zu denen, welche die Ausgelassenheit der Literatur billigen. Indessen Sie kennen den Lärm, den solche Verbote hervorrufen[6], Sie wissen, daß der König, wenn ihn auch Krieg, Administration und Bauten so einnehmen[7], daß er selbst wenig lesen kann, sich doch einen freien Sinn über die Interessen der Kunst erhalten hat[8]; er liebt Molière —

La Roquette. Sr. Majestät dem König wird ohnehin die Aufführung des Tartüffe sehr schmeichelhaft sein —

Lionne. Wie so dem König?

La Roquette. Weil sich am Schluß des Stücks eine pikante Hinweisung auf ihn selber findet.

Lionne. Auf Se. Majestät?

La Roquette. Eine Person des Stücks hat die Keckheit, Ludwig XIV. eine Art Triumph- und Lobrede[9] von der Bühne herab[10] zu halten.

Lionne. Eine Person —? Doch wol nicht gar —

La Roquette. Eine Dame? Das wäre sehr indiscret —

Lionne. Präsident! Bleiben Sie bei der Sache[11] — Molière's Herz mag ihn hierin irre geleitet haben. Indessen gilt diese Lobrede doch wohl nur dem Gerechtigkeitssinn des Fürsten[12]?

1. lequel a rendu .... si populaire. 2. qu'il donnerait cent louis d'or pour pouvoir appliquer à ce chicaneur de M. Loyal un coup de poing dont il se ressentirait jusqu'au jugement dernier. 3. fort. 4. se proposât *ou* eût en vue. 5. qui se fâche de ce qu'il lui arrive de perdre ses procès. 6. occasionnent *ou* soulèvent. 7. l'occupent tellement. 8. a gardé pour les intérêts de l'art une grande indépendance de jugement. 9. une sorte de panégyrique triomphal. 10. du haut de la scène. 11. tenez-vous-en au fait. 12. toute-fois ce panégyrique ne s'adresse sans doute qu'aux sentiments de justice du prince?

La Roquette. Die Schlußworte sprechen die Freude aus, daß Ludwig XIV. einfache, schlichte Religiösität dem gleißnerischen Treiben[1] der Tartüffes vorzieht —

Lionne. Die Freude, daß —? Hm!

La Roquette. Se. Majestät sind bis zur Stunde noch im Zweifel, was Sie vom Kampf gegen die Jansenisten, von unsern Missionen in den Provinzen, von den Ordensverbrüderungen denken sollen — nun nimmt sich bereits ein Schauspieler die Freiheit[2], ihm vor ganz Frankreich den Weg zu zeigen, den er im gegenwärtigen Kampf der Religion gegen die Weltlichkeit dieser Tage[3] einschlagen[4] soll!

Lionne. Der König wird sich verletzt, beleidigt fühlen, wenn man sich erlaubt, aus seiner Seele heraus[5] Theorien und Grundsätze zu proclamiren, die ihm, öffentlich auf der Bühne ausgesprochen, auf diese Art gleichsam zwangsweise zugemuthet werden[6].

La Roquette. Namentlich durch den Mund der Polizei!

Lionne. Der Poli —?

La Roquette. Jene Lobrede hält dem König ein einfacher, biederer, gemüthlicher[7] Polizeicommissarius.

Lionne (sieht das Buch an). Polizeicommiss —?

La Roquette. Man wird nun in England sagen, wenn in Frankreich der König gelobt werden will, muß er die Polizei zu Hülfe rufen!

Lionne. Wirklich die Popo — Popolizei? Auch die Polizei soll der Satire nicht mehr heilig sein[6]? La Roquette, setzen Sie diese ehrenwerthen Bürger von Paris in Kenntniß, daß ich mich bewogen fühle[9], an das Wohl der Menschheit zu denken. Wenn die Polizei nicht mehr sicher ist —! Genug, dies Buch werd' ich Molière, als durch meine Bemühungen aufgefunden, zurückstellen, aber mit dem Bemerken, daß ich im Interesse der einzig wahren Religion eines gebildeten Staates, im Interesse der Polizei, die Aufführung seines Tartüffe verbieten müsse! (Ab.)

La Roquette (triumphirend). Alle sind sie Tartüffes! Alle —! Ob in schwarzen Gewändern[10], ob heimlich oder offen[11], ob betend oder fluchend[12], ob vor Heiligen knieend oder vor schönen Weibern oder — vor ihrem eigenen Egoismus — alle sind sie Tartüffes! Der Sieg

---

1. aux manèges hypocrites. 2. et voilà que déjà un comédien s'avise. 3. de nos jours. 4. prendre *ou* choisir. 5. comme émanant de lui. 6. lui sont de cette manière, pour ainsi dire, imposés. 7. paisible. 8. la police même n'aurait plus rien de sacré pour la satire *ou* la satire irait jusqu'à s'attaquer à la police? 9. que j'ai des motifs *ou* des raisons. 10. qu'ils soient en habits noirs. 11. qu'ils agissent dans l'ombre ou ouvertement. 12. qu'ils prient ou qu'ils blasphèment.

ist mein[1]! Jetzt hab ich nur noch die eine Frage: Duplessis, wie ist Molière zu deiner Geschichte gekommen[2]? (Bleibt in sinnender Ueberlegung stehen[3].)

(Der Vorhang fällt.)

Dritter Aufzug.

In den Tuilerien[4]. Die Gemächer des Königs; doch sind Diener oder Pagen nirgends sichtbar.

Erster Auftritt.

Delarive. Dann ein Lakai und Lionne.

Delarive (am Fenster). Minute auf Minute vergeht[5] und die ersehnte Antwort will nicht eintreffen[6]. Armande weiß es kaum, wie sehr sie ihren königlichen Beschützer beschäftigt. Versailles in seiner Einsamkeit scheint auf seine Phantasie wieder ebenso belebend gewirkt zu haben[7], wie jetzt die Nähe des Lampenlichtes[8] —

Lakai. Se. Excellenz, der Polizeiminister. (Ab.)

Lionne (eintretend). Guten Morgen, Kammerherr — Sie sind lange in Versailles geblieben.

Delarive. Zeitig genug zurückgekehrt, um herzlich lachen zu können.

Lionne. Worüber?

Delarive. Lionne, Sie sind der erste Komiker von Paris —

Lionne. Die Polizei erscheint Ihnen komisch? Worüber lachen Sie denn?

Delarive. Ha, ha, ha! Sie werden den König in einer Laune[9] finden — Ha, ha, ha!

Lionne. Ha! ha, ha!

Delarive. Worüber lachen Sie denn?

Lionne. Ja, worüber lachen denn Sie[10]?

Delarive. Kommen Sie, Lionne! Der König wird Sie umarmen, Sie haben ihm die heiterste Morgenstunde verschafft[11] — ha, ha, ha!

Lionne. Etwas Polizeiliches ist ihm lächerlich vorgekommen[12]? Doch sonderbar[13] —

Delarive (zieht ihn lachend fort zur Seite[14]).

---

1. la victoire est à moi! 2. comment M. est-il arrivé à connaître ton histoire? 3. il demeure debout plongé dans ses méditations. 4. la scène est aux Tuileries. 5. les minutes se succèdent. 6. et la réponse si impatiemment attendue n'arrive pas. 7. semble avoir agi sur son imagination avec autant de force. 8. que le voisinage actuel de la rampe. 9. d'une gaité! 10. mais, vous-même, de quoi riez-vous? 11. vous lui avez fait passer l'heure de la matinée la plus gaie .... 12. quelque incident relatif à la police l'aura fait rire. 13. c'est étrange pourtant! 14. l'entraîne de côté en riant.

Zweiter Auftritt.

Madeleine (tritt vorsichtig umspähend in königlicher Pagentracht ein[1]).

Madeleine. Nun, da bin ich! — — Ich fange meine theatralische Laufbahn mit Verkleidungsrollen[2] an. Tartüffe ist verboten und jetzt müssen wir auf[3] der Straße Komödie spielen! Armande sagte mir, ich sollte eine Sänfte nehmen, dreist am Tuileriengarten aussteigen, wie ein Page an den Schildwachen keck vorübergehen, die große Treppe hinauf[4], dann links[5] und dies Briefchen an einen Herrn abgeben, der nicht jung, nicht alt, nicht hübsch, nicht häßlich ist, einen Mann, der sich Kammerherr Delarive nennt —

Dritter Auftritt.

Delarive. Madeleine.

Delarive. Ein Page, den ich nicht kenne —

Madeleine. Mein Herr, daß Sie nicht jung, nicht alt, nicht hübsch, nicht häßlich sind, das kann ich mir selber sagen, ob Sie aber ein Mann sind, der sich Kammerherr Delarive nennt —

Delarive. Hat man dich kleinen Naseweis bei Sr. Majestät angestellt[6], während wir in Versailles waren?

Madeleine. Es thut mir leid, mein Herr, daß man dies wahrscheinlich gethan hat, ohne Sie zu fragen[7]. Dies Billet soll Sr. Majestät dem König eigenhändig[8] übergeben werden.

Delarive. Von wem? (Bei Seite.) Seiner Impertinenz nach zu schließen[9], scheint der Bursch dem ältesten Adel Frankreichs anzugehören[10] —

Madeleine. Untersuchen Sie den Brief nicht zu lange! Se. Majestät werden die Handschrift sehr bald erkennen —

Delarive. Wissen Sie nicht, daß Sie als Page keinen Brief annehmen dürfen, dessen Empfänger sich nicht genannt hat[11]? Wie lange trägt man dieses Kleid? (Bei Seite.) Ich glaube, es ist[12] der junge Herzog von Crillon!

Madeleine (bei Seite). Ich zittere an allen Gliedern[13]; aber ich soll ja dreist und keck auftreten[14]. (Laut.) Erst seit einer Stunde[15].

---

1. vêtue en page royal, entre avec précaution et promène autour d'elle des regards scrutateurs. 2. par des rôles à travestissements. 3. dans. 4. monter le grand escalier. 5. puis tourner *ou* prendre à gauche. 6. t'a-t-on, petit blanc-bec, attaché au service de Sa Majesté? 7. consulter. 8. en mains propres. 9. à en juger par son ton impertinent. 10. ce gamin doit appartenir à la plus ancienne noblesse de France. 11. que, comme page, il ne vous est permis d'accepter aucune lettre dont le destinataire ne s'est pas nommé. 12. que c'est. 13. de tous mes membres. 14. mais on m'a recommandé de payer d'audace et d'effronterie. 15. il n'y a qu'une heure *ou* depuis une heure seulement.

Delarive. Ohne daß Sie dem dienſtthuenden Kammerherrn vorgeſtellt ſind [1]? Und dieſer grobe Sammet, dieſe unechten Treſſen —

Madeleine. Sie ſehen daraus, Herr Kammerherr, welche Unterſchleife man ſich in der Intendantur der königlichen Garderobe erlaubt! —

Delarive. Ich höre Se. Majeſtät — Fort [2] —!

Madeleine. Der Brief iſt von einer Dame, mein Herr! Für den Fall, daß [3] Se. Majeſtät mich als Boten der Antwort zu befehlen geruhen, wart' ich hier im Nebenzimmer — —

Delarive (drängt Madeleine zur Seite ab). Dieſe grobe Uniform! Man möchte glauben [4], der Intendant borgt die Pagenkleider aus Molière's Theatergarderobe —

Madeleine (im Abgehen). Oder die Theatergarderobe Molière's kauft dem Intendanten die abgelegten Livreen ab [5]. Kennen Sie die Geſchichte von der plauderhaften Schere? Es war einmal eine Schere —

Delarive. Scheren Sie Sich! Der König! (Madeleine ab zur Seite.)

Vierter Auftritt.

Ludwig XIV. (von innen [6]). Lionne. Delarive.

Ludwig. Ha, ha, ha! Lionne! Das iſt eine ſehr luſtige Geſchichte!

Lionne. Ew. Majeſtät geruhen —

Ludwig. Sehr ungnädig zu ſein [7]! Kaum hat man ſich einige Tage von Paris entfernt, ſo glaubt man in ein Chaos zurückzukehren.

Lionne. Ich dachte im Intereſſe der Ordnung zu handeln, wenn ich die Aufführung eines Stückes verbot [8], das mehr ein Pasquill, als ein Kunſtwerk iſt.

Ludwig. Die Polizei ſpricht von Kunſtwerken! Sie bleiben immer im Komiſchen [9]!

Lionne. Sire, ich bin nicht Kenner genug, um zu entſcheiden, ob ein Werk nach den Regeln des Ariſtoteles gearbeitet iſt, aber das weiß ich [10], der Tartüffe wimmelt von Anzüglichkeiten auf die Polizei [11].

---

1. sans qu'on vous ait présenté au chambellan de service? 2. éloignez-vous *ou* sortez! 3. dans le cas, où. 4. c'est à croire que. 5. rachète à l'intendant la défroque de la livrée. 6. parlant de l'intérieur. 7. être très irritée, de mauvaise humeur *ou* mécontente. 8. wenn ich.... verbot, en défendant. 9. vous ne sortez pas de votre rôle de comique. 10. mais ce que je sais, c'est que. 11. le T. fourmille de traits blessants contre la police.

Ludwig. Sagen Sie, wenn ehrliche Menschen[1] über die Polizei lachen, ist denn das ein Verbrechen? Es wäre nur schlimm, Lionne, wenn die Verbrecher Sie auslachten[2]! Sie haben durch Ihr Verbot ganz Paris aufgeregt; Sie haben meine Regierung hingestellt[3], als müßte sie vor den Versen eines Schauspielers zittern[4]; das gibt nur denen, die unterdrückt werden, Märtyrerkronen und die, die sich fürchten, erscheinen kindisch[5].

Lionne. Wenn Sie geruhen wollten, Sire, das Stück zu lesen —

Ludwig. Um Gotteswillen nicht[6], Lionne! Dazu braucht' ich drei ungestörte Stunden[7], und wo fänden sich die auf dem Throne von Frankreich! (Bei Seite zu Delarive.) Nun, Delarive? Wie ist's mit Armande? Haben Sie Erkundigungen eingezogen[8]?

Delarive. Leider! Sie wird der Truppe nach Lyon folgen, wohin Molière während der Ferien zu Gastvorstellungen eingeladen ist[9].

Ludwig. Diese Ferien, diese Urlaube, ich werde sie abschaffen. Lyon soll sich selbst ein Theater halten[10]! (Bei Seite.) Delarive, ich hoffe, daß wir mit Armanden wieder anknüpfen[11]. Nichts von Lyon! Ich gebe die Erlaubniß nicht.

Delarive (bei Seite). Die Geschenke, die Ew. Majestät der liebenswürdigen Dame anboten, hat sie angenommen.

Ludwig (bei Seite). Bester, das beweißt nichts! Schauspielerinnen betet man an, man beschenkt sie, sie bewilligen uns nichts und die Geschenke — behalten sie doch[12].

Delarive. Es ist mir fast, als käme dies Billet von Armande[13] — Von einer Dame ist es.

Ludwig. Ein Billet (öffnet) von Armanden! „Sire, ich schreibe Ihnen in der größten Betrübniß. Das Verbot des Tartüffe — (liest für sich weiter[14]) wie kann ein Monarch — die erhabenen Grundsätze — die Rolle der Elmire — lassen Sie mich Ihnen heute trotz der Coulissengesetze in Ew. Majestät Theaterloge — — (laut) großmüthiger Schutz der Künste und Wissenschaften — das Verbot eines Stückes — Armandens ewige Dankbarkeit, Liebe und Ver-

---

1. d'honnêtes gens. 2. si c'étaient des criminels qui en fissent des gorges chaudes *ou* qui s'amusassent à ses dépens. 3. vous avez représenté mon gouvernement. 4. als müßte sie .... zittern, comme devant trembler. 5. vous ne faites par-là que tresser des couronnes de martyrs aux opprimés et faire passer pour des niais ceux qui ont peur. 6. pour l'amour de Dieu, non! 7. il me faudrait pour cela trois heures de repos complet. 8. avez-vous pris des renseignements *ou* êtes-vous allé aux informations? 9. est invité à jouer en représentation. 10. Lyon aura son théâtre à lui. 11. que nous renouerons. 12. n'en restent pas moins dans leurs mains. 13. ce billet me fait presque l'effet de venir d'A. 14. continuant la lecture bas.

ehrung —!" Ist es möglich! (Laut und mit Zorn). Lionne, ich begreife nicht, wie man ein Stück, das so vortreffliche Rollen enthält, verbieten kann! Es ist unerhört, welche Impopularität man auf meinen Namen bürdet[1] — Ich finde das Verbot geradezu unpassend, abscheulich, und kann nicht begreifen, welche Rücksicht ich auf die Heuchler und Frömmler zu nehmen habe[2] und warum man überhaupt solche Dinge an die große Glocke hängt[3] und mich zwingt, über Dinge zu entscheiden, die man stillschweigend ihren harmlosen, natürlichen Lauf gehen lassen sollte. Lionne. Sire befehlen, so werd' ich Anstalten treffen, daß die Vorstellungen des Tartüffe freigegeben werden[4]! (Verbeugt sich und will gehen.)

Lakai (erscheint[5]).

Ludwig. Hab ich noch eine Audienz zu geben?

Lakai. Präsident La Roquette.

Ludwig. La Roquette? Was führt den frommen Mann zu dem weltlichen Ludwig[6]?

Lionne (bei Seite). Nun werd' ich warten können —

Fünfter Auftritt.

La Roquette (tritt ein). Die Vorigen.

Ludwig. Sie sind nicht in der Kirche[7], Präsident? Man pflegt Sie um diese Zeit im Beichtstuhl zu sehen.

La Roquette. Der Drang, Ew. Majestät nach Allerböchst-dero Rückkunft von Versailles wohlbehalten und in jugendlicher Schöne begrüßen[8] . . .

Ludwig. Hat sich während meiner Abwesenheit im Parlamente Neues begeben[9]?

La Roquette. Die Thatsachen stehen in Frankreich auf so festem Grunde, daß es der Veränderungen und Neuigkeiten wenige gibt.

Ludwig. Und denken Sie sich, La Roquette, dennoch verbieten meine Räthe und Minister eine harmlose Komödie, die zum Vergnügen der Einwohner von Paris auf meiner Bühne dargestellt werden sollte!

---

1. on fait peser sur mon nom. 2. quels égards je suis tenu d'avoir pour les hypocrites et de faux dévots. 3. pourquoi, après tout, on fait si grand bruit de ces choses (ou on va crier ces choses sur les toits). 4. que Votre Majesté daigne l'ordonner, et aussitôt je prendrai des mesures pour que la défense de jouer T. soit levée. 5. entrant ou paraissant. 6. qu'est-ce qui amène ce personnage si pieux chez Louis le mondain? 7. à l'église. 8. mon empressement à venir saluer Votre Majesté qui revient de Versailles si bien portante, et dans tout l'éclat de la jeunesse et de la beauté. 9. s'est-il passé quelque chose de nouveau?

La Roquette. Ew. Majeſtät meinen[1] —

Ludwig. Den Tartüffe von Molière, einem Dichter, den ich ſchätze, den ich auszeichne. Können fromme Gemüther dadurch beleidigt werden, wenn man religiöſe Falſchmünzer an den Pranger ſtellt[2]?

La Roquette. Ew. Majeſtät muß ich danken, daß ich bei dieſer Veranlaſſung von dem Tartüffe etwas Näheres erfahre[3]. Die Bühne liegt ſo ganz außer dem Kreiſe der Dinge[4], auf welche ich meine ſündigen Augen richte —

Lionne (bei Seite). Spitzbube!

Ludwig. Nicht wahr, Lionne? Sie ſagten etwas? Sie ſehen ohne Zweifel, daß auch Präſident La Roquette es fühlt[5], wie treffend der Stoff iſt, wie belehrend und wie harmlos[6]!

La Roquette. Unendlich harmlos! Nur bedaur' ich in dieſem Falle jene armen Deputationen, die im Vorſaal harren, um Ew. Majeſtät für die Unterdrückung[7] des Tartüffe den Dank aller Ihrer getreuen Unterthanen auszuſprechen —

Ludwig (voll Erſtaunen[8]). Delarive!

Delarive (geht an die Thür und öffnet).

Ludwig. Deputationen, die mir Glück wünſchen, daß ich den Tartüffe verboten habe! Ha, ha! Herein doch mit dieſen komiſchen Leichengratulanten[9]! Wahrhaftig, wäre Molière da, daraus macht' er eine Komödie!

Sechſter Auftritt.

Dubois. Lefèvre. Chapelle. Die Vorigen.

Ludwig. Willkommen, meine Herren, in Paris[10]. Guter Dubois, was thun denn Sie unter dieſen Deputationen? Sie wollen mir doch nicht auch Dank ſagen, daß man den Tartüffe verboten hat?

Dubois. Sire, im Namen der Aerzte von Paris —

Ludwig. Dubois? Ich glaube gar[11], Sie haben[12] ein Complot, nicht gegen Molière, nein, mit ihm, um mir Spaß zu machen[13].

Dubois. Majeſtät, ohne Scherz[14], wohin ſoll es führen, wenn die Bühne ſich erlauben darf, jeden Stand, jedes Gewerbe, jede Kunſt und Wiſſenſchaft dem Gelächter der Menge preiszugeben?

---

1. Votre Majesté veut dire? 2. quand on met au carcan. 3. je dois remercier V. M. de me fournir l'occasion d'apprendre quelques détails sur ce T. 4. le théâtre est tellement en dehors du cercle des choses. 5. que le président La Roquette reconnaît aussi. 6. combien il est instructif et inoffensif à la fois. 7. de l'interdiction. 8. stupéfait. 9. qu'on fasse donc entrer ces plaisants personnages qui viennent féliciter d'un décès. 10. soyez les bienvenus à Paris, messieurs. 11. je crois en vérité. 12. que vous avez formé. 13. pour me procurer un divertissement. 14. Sire, sérieusement.

Ludwig. Dubois! Ein Arzt protestirt gegen das Lachen[1]! Das Lachen ist ja die einzige Arzenei, die man sich nicht aus der Apotheke verschreiben kann[2].

Dubois. Molière hat die Absicht, nach und nach jede Kunst, jede Wissenschaft herabzuwürdigen[3]. Jetzt schon arbeitet er an einer Satire gegen die Aerzte. Wenn sich das Vertrauen gegen die Aerzte verliert, dann, Majestät, hört jede öffentliche Ordnung auf[4]. Der Aberglaube wird an die Stelle vernünftiger Einsicht treten[5]; die Menschen werden hinsterben[6] wie die Fliegen; die Bevölkerungstabellen aus Paris und den Provinzen werden für Dero[7] unterthänigste Armee die traurigsten Resultate liefern.

Ludwig. Wo ist Condé, wo ist Turenne, damit die mir sagen, Molière's Lustspiele werden Frankreich entvölkern! Und Sie, Lefèvre, wird durch Molière's Lustspiele in Frankreich die gefährliche Mode eingeführt werden, weniger Prozesse zu führen?

Lefèvre. Sire, ich komme als Abgeordneter des entrüsteten Justizpalastes. Die Advocaten von Paris haben jahrelang die giftigen Pfeile ertragen[8], die Molière in seinen Komödien auf sie abschießt. So sehr sie auch empfanden[9], daß ihre Praxis unter diesen Diatriben litt[10], sie haben geschwiegen. Im Tartüffe aber geht Molière so weit, den Huissiers, wenn sie im Namen des Gesetzes erscheinen, um saumselige Schuldner auszupfänden, Schläge anzudrohen[11]. Sire, kein Staat kann bestehen, wo die Huissiers Schläge bekommen.

Ludwig. Meine Herren, wohin gerathen wir denn[12]! Hab ich nicht, fast bis zum Ueberdruß, hören müssen, daß Racine, Corneille, Molière, Boileau und ich zusammengenommen[13] das Zeitalter des Augustus wiederholen[14]? Wer ist hier dieser Herr?

Delarive. Chapelle, Mitglied der Akademie.

Ludwig (halblaut). Schlimm[15] für den Ruhm eines Akademikers, wenn man ihn nicht auf den ersten Blick[16] erkennt! (Laut.) Sie kommen doch nicht im Namen des Aristoteles[17]?

---

1. un médecin protester contre le rire! 2. qu'on ne peut pas faire venir de chez le pharmacien *ou* l'apothicaire. 3. de rabaisser peu à peu tous les arts, toutes les sciences. 4. il n'y aura plus d'ordre public. 5. aux lumières du bon sens succèdera la superstition. 6. périront l'un après l'autre. 7. de Votre Majesté! 8. ont enduré pendant des années les traits envenimés. 9. quoiqu'ils sentissent bien vivement. 10. combien leur pratique souffrait de ces diatribes. 11. den Huissiers Schläge anzudrohen, de menacer du bâton les huissiers. 12. où allons-nous? 13. y compris ma personne. 14. nous ressuscitons le siècle d'Auguste. 15. c'est de mauvais augure *ou* fâcheux. 16. au premier coup d'œil *ou* d'emblée. 17. vous ne venez pas, j'espère, au nom d'Aristote?

Chapelle. Sire, als die Musen eines Tages die Ehre hatten, die erhabenen Träume Ew. Majestät zu umschweben [1] — —

Ludwig. Ich schlafe sehr niedrig [2], Chapelle.

Chapelle. Als eines Tages die Musen die Ehre hatten, die Träume —

Ludwig. Ich schlafe nicht am Tage [3], Chapelle — also, was geschah da [4]?

Chapelle. Ew. Majestät stifteten [5] die Akademie.

Ludwig. Ganz recht [6]! Warum haben Sie Molière noch nicht aufgenommen?

Chapelle. Sire, einen Schauspieler! Einen Possendichter, der sich nicht an die Regeln hält [7]! Im Namen [8] dieser Regeln, im Namen dieser ewigen Kunstgesetze steh' ich vor Ew. Majestät [9] und flehe demuthsvoll, inbrünstiglich [10], ein huldvolles Auge auf die Verschlechterung des Geschmacks zu werfen und Dero erhabenen Schutz vor einer Literatur abzulenken [11], welche die Neuerung wagt [12], sich mehr an spanische, englische und italienische Muster zu halten [13], als an die ewigen Vorbilder der Griechen und der Römer. Ja, Sire, statt dem Ideale zu dienen, greift dieser Molière seine Stoffe förmlich, mit Erlaubniß zu sagen, von der Straße auf [14] — Menschen, die uns stündlich in den Weg laufen [15], bringt er bestäubt und ungesäubert auf die Bühne [16] und läßt sie in einer Sprache reden [17], Sire, in einer Sprache, die immer mehr zur bürgerlichen Prosa des Lebens herabsinkt [18]. Majestät, in diesem Tartüffe kommt eine Scene vor, wo der scheinheilige Betrüger einem Frauenzimmer ein Tuch —

La Roquette. Halten Sie sich doch an die Sache!

Ludwig. Ein Tuch?

Chapelle. Ja, Sire, Tartüffe nähert sich Elmiren mit zweideutigen Absichten [19] —

Ludwig (bei Seite). Das ist Armandens Rolle!

Chapelle. Elmire weist Tartüffe zurück. Er aber, bei jener

---

1. de planer autour des rêves sublimes de V. M. 2. je dors sur un lit très bas. 3. de jour *ou* pendant la journée. 4. eh bien, que se passat-il alors? 5. fonda (nicht fondait). 6. très bien! 7. qui ne respecte pas les règles? 8. c'est au nom. 9. que je me présente devant V. M. 10. très humblement et l'âme pleine de ferveur. 11. et de retirer votre auguste protection à une littérature. 12. qui se permet d'innover au point. 13. sich mehr .... zu halten, de s'en tenir plutôt. 14. ce M. va littéralement chercher ses sujets, si j'ose m'exprimer ainsi, dans la rue. 15. que nous rencontrons à toute heure. 16. il les amène tout poudreux et crottés sur la scène. 17. et leur fait parler un langage. 18. qui redescend toujours plus au niveau de la prose bourgeoise de la vie journalière. 19. dans des intentions équivoques.

Stelle, wo er ausweichend erklärt, er hätte das Tuch, das Elmire trägt, nur deshalb berührt[1], um die Baumwollenindustrie —

La Roquette. Sie gehen zu sehr in die Details ein[2] —

Ludwig. Lassen Sie ihn doch[3], Präsident! Die Scene scheint originell zu sein —

Chapelle. Nicht von der Scene red' ich, Sire, nicht von der Erfindung, sondern von einem entsetzlichen Reim[4], den sich der Autor an dieser Stelle wider alle Regeln der Metrik erlaubt hat — er läßt nämlich in einem Verse die neunte Silbe, nein, die siebente oder doch die neunte — — nein, nein, die siebente — oder — Die Akademie hat diesen Gegenstand ausführlich in einer eigenen Denkschrift behandelt, die ich hiermit die Ehre habe, Ew. Majestät demuthsvoll zur baldigen Lectüre[5] zu überreichen.

Ludwig (nimmt den ihm überreichten Quartband und legt ihn auf den Tisch.) Ich werde diese kleine Broschüre lesen, sehr bald lesen! O, ich bin ein großer Freund vom Lesen[6]! — Also eine ganze Armee gegen ein Lustspiel! Herr Präsident, ich wende mich an Sie. Vertiefen Sie sich ganz[7] in die Seele Ihres Souveräns, ermessen Sie meine Stellung zur Zeit[8], forschen Sie meinen innersten Gedanken nach[9] und geben Sie mir dann einfach über das Schicksal des Tartüffe den Rath, den ich wünschen muß.

La Roquette. Sire — ich — über — den Tartüffe?

Lionne (bei Seite). La Roquette mein Nachfolger?

Dubois (bei Seite). Ihre Stellung als Minister wird gefährlich —!

Ludwig. Ich habe hier noch einige kleine Geschäfte — (sucht in andern Papieren und spricht mit Delative).

La Roquette und Lionne. Majestät![10]

Ludwig. Zu diesen Herren reden Sie, La Roquette!

Lionne. Meine Herren — Sie hören —

Ludwig. Nein, Lionne, La Roquette! Ich fange an zu La Roquette Vertrauen zu gewinnen —[11]

Lefèvre (bei Seite). Er wird seine Stelle bekommen —

La Roquette (bei Seite). Minister — durch einen Selbstmord —!

Lionne. Sire, ich verstehe jetzt vollkommen Ihre Absichten — Meine Herren, Sie hören, daß Se. Majestät ein viel zu großer Verehrer der wahren Interessen — der schönen Künste —

---

1. qu'il n'avait touché le fichu qu'E. porte, que. 2. vous entrez dans trop de détails. 3. laissez-le donc dire. 4. d'une rime exécrable.
5. pour en faire au plus tôt lecture. 6. oh! j'aime beaucoup la lecture.
7. descendez tout entier. 8. considérez quelle est ma position en face des exigences de notre époque. 9. chercher à découvrir mes pensées les plus intimes. 10. Sire! 11. je commence à prendre confiance en L.

La Roquette. Und der Komödie ist, als daß Sie der Neugier des Publikums —

Lionne. Dem Vergnügen des Publikums —

La Roquette. Eine Vorstellung entziehen möchten[1] die —

Lionne. Durch die —

La Roquette. Von der —

Lionne. Durch welche —

La Roquette. Von welcher —

Ludwig. Ah, ich habe noch Räthe, die die Tiefe meines Herzens ergründen[2]! Ja, meine Herren, Sie hören, daß ich das Verbot des Ministers nicht billigen kann; ich rathe Ihnen, rathe Ihren Committenten, getrosten Muthes in die erste Vorstellung des Tartüffe zu gehen[3] und Ihre Bedenklichkeiten dadurch zu heilen, daß Sie in den allgemeinen Beifall des Publikums mit einstimmen[4]. Sie, Herr Präsident, Sie haben die Messe versäumt. Entschuldigen Sie mich bei Ihrem Beichtvater! Ich kann den Tartüffe nicht verbieten; denn merken Sie wohl, meine Herren, zu allen Zeiten[5], von dem Tage an, wo das Königthum langweilig wurde, datirten sich die Republiken[6]. Und ich leugne nicht, es ist schön, meine Herren, König von Frankreich zu sein! (Wendet sich nach innen).

Delarive (folgt).

Dubois (sieht Lefèvre lange an und bricht dann ab[7]). Guten Morgen[8]! (Ab.)

Lefèvre (sieht ebenso Chapelle an). Guten Morgen! (Ab.)

Chapelle (sieht ebenso Lionne an). Excellenz, guten Morgen! (Ab.)

Lionne (sieht La Roquette an). Herr Nachfolger, guten Morgen! (Ab.)

La Roquette (allein und außer sich). Er bleibt Minister und alles ist verloren! Vernichtet, geopfert dem Gelächter von Paris und der Welt! Der Tartüffe bin ich[9]! Orgon ist Duplessis, Elmire ist Adele — Molière, wer hat dich in das Reich der Todten geführt? Heilige Vernunft! Gib mir einen Rath, (faltet die Hände[10]) ich flehe zu dir[11], Schlauheit der Luchse, Klugheit der Schlangen, Geschmeidigkeit der Katzen, wirf mir eine Schlinge zu[12], noch so dünn, ich fädle sie in eine Intrigue[13] —! Ich, ich soll auf die

---

1. daß Sie .... entziehen möchten, pour vouloir soustraire. 2. qui lisent dans les derniers replis de mon cœur. 3. d'aller sans crainte à la première représentation de T. 4. et de faire taire vos scrupules en joignant votre suffrage à celui du public tout entier. 5. de tout temps. 6. les républiques ont daté du jour où la royauté a ennuyé la nation. 7. puis coupe court. 8. je vous salue ou j'ai l'honneur de vous saluer (nicht bonjour). 9. le Tartuffe, c'est moi! 10. joignant les mains. 11. je t'implore. 12. jette-moi un lacs. 13. et, quelque mince qu'il soit, je l'enfile dans une intrigue.

Bühne[1] —! O Gott, wenn ich je falsch gebetet habe, daß heute ein aufrichtiger Blick gen oben mir Hülfe brächte[2] —

Siebenter Auftritt.
Madeleine. La Roquette.

Madeleine (bei Seite). Da ist ja schon wieder der Tartüffe! Der alte Freund des Herrn Chapelle ist wahrhaftig in die Rolle ganz vernarrt[3].

La Roquette (murmelt[4]). Wenn ich Molière dem König plötzlich irgendwie verhaßt machen könnte!

Madeleine (bei Seite). Er spielt die sechste Scene aus dem dritten Act! Er gesteht seine Sünden ein und will seinen Freund Orgon durch Demuth rühren.

La Roquette (wie vorhin). Satan hilf[5]!

Madeleine. Bravo, Herr Tartüffe! Vortrefflich — Tartüffe flucht auch, wenn die Leute glauben, er betet.

La Roquette. Was ist? Ich bete wirklich[6]!

Madeleine. Haha, gerade so hat Molière dies scheinbare Gebet auch auf der Probe markirt[7].

La Roquette. Wer sind Sie? Stören Sie mich nicht in meiner Andacht!

Madeleine. Nächst[8] Molière sind Sie der vortrefflichste Schauspieler in ganz Paris und ich begreife ganz die Freundschaft des Herrn Chapelle. — (Bei Seite.) Aber was thu' ich! Ich verrathe mich ja[9] — Er scheint mich nicht zu erkennen —

La Roquette. Sieh — sieh! Das ist ja — so wahr ich lebe — Madeleine — Béjart —

Madeleine. St! Den Finger auf den Mund[10]! Schweigen Sie!

La Roquette. Wie kommen Sie in diese Kleider und hierher, allerliebstes Kind?

Madeleine. In Sachen unseres gemeinschaftlichen Freundes Molière, mit dessen Schöpfungen Sie so vertraut sind[11]. Wissen Sie (denn), daß die Aufführung des Tartüffe verboten ist?

La Roquette. O trösten Sie mich — (sich verbessernd[12]) trösten Sie sich, Se. Majestät haben soeben das genannte Lustspiel wieder freigegeben[13] —

---

1. moi, moi figurer sur la scène! 2. qu'aujourd'hui un regard sincère tourné vers le ciel m'apporte du secours. 3. est vraiment tout à fait amouraché de son rôle. 4. parlant à voix basse. 5. Satan, à mon aide! 6. je suis réellement en prières. 7. ah! ah! c'est justement ainsi que M. a fait ressortir ce semblant de prière à la répétition. 8. après. 9. je vais me trahir. 10. silence! ou pas un mot! ou bouche close! 11. dont les créations vous sont si familières. 12. se reprenant. 13. a de nouveau permis qu'on représentât T.

Madeleine. Freigegeben? Es war Ihre Stimme, die soeben [1] —

La Roquette. Das Verbot aufhob! Sie können nunmehr alle Herzen von Paris erbeuten, Sie kleiner — Teufel! Wie kommst du — in — diese Kleidung?

Madeleine. Nun könnt' ich Sie küssen, umarmen — ich sehe nicht mehr, daß Sie so grundhäßlich sind [2] — Tartüffe wird gegeben — weil Sie dafür sprachen [3]? Um Ihretwillen [4]?

La Roquette. Meinet —? Ja! Ich — ich bat darum! Aber wie kommst du kleiner Narr in diese Kleidung [5]?

Madeleine. Diese Kleidung! .... Nun, da Sie Molière's wahrer Freund sind, der begeisterte Vertraute [6] seiner neuesten Schöpfungen und so außerordentlich die Kunst lieben [7], so hören Sie [8]! Mädchen, sagte Armande zu mir [9], auf der Bühne will sich dir durch das Verbot des Tartüffe noch kein Wirkungskreis eröffnen [10], da, nimm die Kleider eines königlichen Pagen! — Aber — was thu' ich — Paragraph 7 sieben der Theatergesetze verbietet, Coulissengeheimnisse auszuplaudern!

La Roquette. Sie schrieb — an Se. Majestät — nicht wahr — an Se. Majestät — der Armanden beschützt — der sie mit liebenden Armen [11] beschützt — etwa so wie ich dich hier umfange — kleiner Goldfasan!

Madeleine. Behüte [12], wo denken Sie hin [13]? — Das würde sich Herr Molière sehr verbitten [14].

La Roquette. Molière? Protegirt dich Molière?

Madeleine. Das würde sich Fräulein Armande verbitten [15].

La Roquette. Armande — Molière — sind also ein Paar [16]? Und doch gibt es einen vertrauten Briefwechsel — hierher in die Tuilerien — [17]?

Madeleine. St! Ich habe keine Zeit zu verlieren — mein Pflegevater Matthieu hat die Absicht, alle Gewürzkrämer von Paris zu einem feierlichen Zuge [18] zu versammeln und Se. Majestät um die Rücknahme des Verbots zu bitten [19]! Nun soll er kommen und dem König ein Lebehoch bringen. Molière's und Armandens Freude muß

1. tout à l'heure. 2. d'une laideur si amère. 3. parce que vous avez parlé en sa faveur? 4. par égard pour vous? 5. à porter ces habits? 6. le confident enthousiaste. 7. et que vous êtes si vivement épris de l'art. 8. écoutez donc. 9. m'a dit A. 10. la défense du T. ne te laisse aucun espoir de trouver au théâtre une sphère d'activité convenable. 11. en l'entourant de ses bras avec amour. 12. par exemple ou ah! bien oui! 13. y pensez-vous? 14. M. saurait bien l'inviter à s'en abstenir. 15. Mlle. A. ne le souffrirait pas. 16. forment donc un couple? 17. et pourtant il se fait ici aux Tuileries un échange confidentiel de lettres. 18. pour un cortège solennel. 19. et prier S. M. de retirer la défense.

ich sehen und von Ihnen will ich erzählen, daß Sie den Tartüffe gerettet haben[1]! Wenn Molière ihn einmal fünfundzwanzigmal gespielt hat, werd' ich sagen, ich kenne einen Künstler, einen Künstler aus der alten Schule, der Molièren ablöst[2] und die Partie übernimmt, wie sie geschrieben ist, einen Mann, der sich glücklich schätzt, sich als Tartüffe nicht blos von den vier Wänden, sondern von der ganzen Welt bewundern zu lassen. (Schnell ab[3].)

La Roquette (allein). Die Ideen dieser Gans[4] sind so naiv, daß man ihre Dummheit beinahe für die boshafteste Satire halten möchte[5]! Und Matthieu ihr Pflegevater? Dieser soll sogar das Volk aufwiegeln —? Es ist ein Complet, das sich wider mich verschworen hat[6]! Gibt es denn keine Bastille mehr?

Achter Auftritt.
Delarive. La Roquette.

Delarive (sich umsehend). Sie sind noch da, Herr Präsident? (Geht an die Thür, wo er Madeleine vermuthet, öffnet und findet sie nicht.) Sonderbar — sie hat sich entfernt —

La Roquette. Sie suchen einen jungen Pagen, Baron!

Delarive. Allerdings. Ist er Ihnen begegnet[7]?

La Roquette. Es war die Schauspielerin Madeleine Béjart, neu engagirtes Mitglied der königlichen Bühne.

Delarive. Wie? Sie überraschen mich —

La Roquette. Sollten Sie das nicht an den — Couturen der Livree gemerkt haben?

Delarive. Was die Frommen (für) scharfe Augen haben[8]!

La Roquette. Dem kleinen Pagen wurde die Zeit zu lang[9]. Als er hörte, daß der Tartüffe gestattet ist, lief er fort und sagte[10]: Wie glücklich wird Molière sein! Die Einnahmen des Tartüffe sind dazu bestimmt, daß der Director unserer Gesellschaft endlich die längst beabsichtigte Verbindung mit Armanden schließen kann[11] —! Ich kenne Armanden nicht, nicht Molière, verstehe nichts von Kassenzweck[12] — Aber, fuhr der drollige Page fort, am Tage nach der Aufführung des Tartüffe wird sich Molière mit jener Dame vermählen, die im Tartüffe die Elmire spielt.

---

1. et je leur raconterai que c'est vous qui avez sauvé le T. 2. qui remplacera M. 3. elle sort précipitamment. 4. de cette niaise. 5. qu'on serait tenté de prendre ses sots propos pour la satire la plus sanglante. 6. c'est un complot qu'on a tramé contre moi. 7. l'avez-vous (ou l'auriez-vous) rencontré? 8. comme ces dévots ont le regard perçant! 9. le petit page s'est ennuyé. 10. il s'est sauvé en disant. 11. à mettre le directeur de notre troupe en état de réaliser enfin le projet qu'il a conçu depuis longtemps d'épouser A. 12. je n'entends rien aux moyens de remplir la caisse.

Delarive. Molière — mit — Armanden?

La Roquette. Ich höre die Betglocke[1]. Ich muß in die Kirche[2] und den Himmel um Vergebung bitten, daß ich mich so lange mit profanen Angelegenheiten befaßt habe. Beten Sie denn auch manch-mal zu Ihrem Schöpfer[3]? Gedenken Sie denn auch manchmal Ihrer Sünden? (Bei Seite.) Die königliche Eifersucht wird ihre Wir-kung thun[4]! (Laut.) Ich gehe und werde Sie in mein Gebet ein-schließen[5]. (Ab.)

Neunter Auftritt.
Ludwig XIV. Delarive.

Ludwig. Endlich Ruhe[6]! Der Bote genau instruirt[7]?

Delarive. Sire, Sie werden mein Erstaunen theilen. So-eben hör' ich, die Vorstellungen des Tartüffe sollen einen eigen-thümlichen Zweck haben —

Ludwig. Einen Kassenzweck hoff ich[8] — Ich finde in den Rechnungen, daß der Preis meiner Loge gesteigert ist —

Delarive. Allerdings einen Kassenzweck! Um den Trousseau herzustellen[9], den Molière Armanden zu ihrer Vermählung schenken wird —

Ludwig. Zu ihrer Vermählung? Mit wem?

Delarive. Eine Ueberraschung für ganz Paris! Mit Molière selbst.

Lakai. Der Director der königlichen Schauspiele bittet (um) die Gnade, Sr. Majestät aufwarten zu dürfen[10].

Ludwig. Molière — Armande —? Eine Vermählung mit ihr?

Lakai (öffnet).

Zehnter Auftritt.
Molière (in freudiger Aufregung[11]). Die Vorigen.

Ludwig. Molière! Was muß ich von Ihnen hören[12]! Mo-lière, Sie beabsichtigen —

Molière. Ew. Majestät für eine Nachricht zu danken, die mich zum Glücklichsten aller Sterblichen macht —

Ludwig. Molière, ist es wahr, daß Sie mit der Aufführung des Tartüffe — — geheime Zwecke verbinden[13]?

---

1. j'entends sonner l'angélus. 2. je dois aller à l'église. 3. priez-vous aussi quelquefois votre Créateur? 4. fera son effet. 5. et prierai aussi pour vous. 6. enfin on me laisse en repos! 7. le messager a-t-il reçu des instructions détaillées? 8. le but d'augmenter la recette, j'espère. 9. pour monter le trousseau. 10. demande la faveur de pouvoir présenter ses hommages à S. M. 11. joyeusement ému. 12. que m'a-t-on raconté de vous! 13. qu'à la représentation du *Tartuffe* se rattachent des plans dont vous faites mystère?

Molière. Sire, nur den offenen Zweck[1], die Heuchelei zu
entlarven und die Tugend zu rechtfertigen.

Ludwig. Nein; man hat mir ganz andere Dinge berichtet[2]!
Man hat mir gesagt, daß Sie nur deshalb den Tartüffe so anzüglich geschrieben haben, weil — — Sie volle Häuser machen wollen[3]!

Molière. Wollte Gott, Majestät, alle Stücke, die ich aufführen muß, hätten sich diesen löblichen Zweck gesetzt. Sire, man
hat den Tartüffe verboten, weil er dem Throne gefährlich wäre[4] —

Ludwig. Ich rede nicht vom Throne —

Molière. Weil er der Kirche[5] —

Ludwig. Ich rede nicht von der Kirche —

Molière. Weil er gegen die Regeln des Aristoteles verstieße[6] —

Ludwig. Ich rede nicht von Aristoteles —

Molière. Ew. Majestät haben das Verbot aufgehoben —
Ganz Paris ist in Bewegung.

Ludwig. Paris könnte der Ruhe pflegen[7] —

Molière. Sire! Die Municipalität von Paris kommt, um
Ew. Majestät ein Lebehoch zu bringen[8].

Ludwig. Die Municipalität soll meine Ohren schonen! Molière, ich schätze Sie, aber ich gestehe Ihnen, Sie — — Sie
greifen mir ja alle bestehenden Verhältnisse an[9]! Sie — — Sie
schonen ja niemanden! Wenn das so fortgeht, bin ich selbst nicht
mehr vor Ihnen sicher[10].

Molière. Majestät?

Ludwig. Können Sie leugnen, Molière, daß Sie die Aufführung des Tartüffe nur deshalb so beeilen, weil —

Molière. Weil ich nach Lyon zu reisen gedenke und gern
noch mit einem neuen Stück von Paris geschieden wäre[11].

Ludwig. Das ist nicht allein der Grund[12] — Sie haben
tiefer gehende Plane[13] — Sie sind im Begriff — — Ihre Umstände[14] auf andere Art zu verändern —

Molière. Majestät, wäre die Kunde schon zu Ihnen ge-
drungen[15]? Ja, Sire, ich liebe, ich liebe die treueste, die liebens-

---

1. rien que l'intention hautement avouée. 2. on m'a fait un rapport
tout différent. 3. que vous n'avez écrit le T. sur un ton si graveleux
que pour avoir la salle comble. 4. comme dangereux pour le trône.
5. comme dangereux pour l'Église. 6. comme péchant contre les règles
d'Aristote. 7. Paris pourrait bien se tenir tranquille. 8. pour faire
entendre ses acclamations à V. M. ou le cri de: vive le Roi! 9. vous
m'attaquez toutes les institutions existantes. 10. j'aurai moi-même tout
à craindre de vous. 11. et que j'aurais désiré, avant de quitter Paris, y
faire jouer une pièce nouvelle. 12. ce n'est pas la seule raison. 13. vous
avez des plans d'une tout autre portée. 14. votre situation. 15. la
nouvelle en serait-elle déjà parvenue jusqu'à V. M.?

würdigste Jüngerin der Musen, ich liebe meine Schülerin Armande und schätze mich glücklich, ich werde wiedergeliebt[1].

Ludwig. Wiedergeliebt werden Sie? Sie wollen mit den Einnahmen des Tartüffe sich eine Wirthschaft einrichten[2] — für einen Dichter, wie — — prosaisch das[3]!

Molière. Sire, die französischen Münzen tragen alle das Bildniß eines sehr poetischen Königs.

Ludwig. Ich habe Ihren Tartüffe in Schutz genommen gegen die Aerzte, gegen die Advocaten, gegen die Akademiker, ich nehme sogar an, daß die Geistlichkeit, diejenige wenigstens, die ich achte, sich durch Ihr Stück nicht beleidigt fühlen kann — aber ich höre nun doch —

Molière. Majestät, dies plötzliche Mistrauen —

Ludwig. Ihre Hast, Ihre Eile, diesen Tartüffe aufzuführen; es kommen Stellen im Tartüffe vor, schwierige, höchst schwierige Stellen —[4]

Molière. Das Ensemble wird vollendet sein —

Ludwig. Auch in der Scene, wo Sie mit Elmiren spielen? — Gestehen Sie nur, wenn Sie Tartüffe spielen und Armande Elmire — Sie haben da zusammen eine Scene mit einem Tuch — das ist — grade herausgesagt[5], das ist eine undelicate Scene — eine Scene, die die Grenzen der Bühne überschreitet[6]. Ich will lachen im Theater, ja! — aber ich will es denn doch nicht — auf Kosten des — ja, in der That, des — des Anstandes[7] thun.

Molière. Sire, des Anstandes?

Ludwig. Hm! die Scene mit dem Tuch hat etwas Pikantes, das — zu weit geht. Die Scene mag[8] — witzig sein, sie mag — originell sein — aber mit einem Worte[9], ich finde sie nicht — sittlich!

Molière. Majestät, nicht sittlich!

Ludwig. Wer wird eine solche Scene ansehen können, ohne zu erröthen? Die Bühne ist denn doch nicht dazu da[10], um durch Zweideutigkeiten die Damen zu beleidigen — Molière, sagen Sie selbst, wenn Sie sich z. B. Armanden nähern —

Molière. Elmiren, Majestät — !

Ludwig. Wenn Sie zu ihr sagen: Ich, Molière, ich —

Molière. Ich, Tartüffe, Majestät!

Ludwig. Tartüffe oder Molière — Molière oder Tartüffe —

---

1. car elle me rend amour pour amour. 2. monter votre ménage. 3. comme c'est prosaïque pour un poète! 4. il se trouve dans T. des passages scabreux, très scabreux. 5. à parler sans détour ou à ne vous rien dissimuler. 6. qui sort des bornes de la bienséance théâtrale. 7. auf Kosten .... des Anstandes, aux dépens des convenances. 8. il se peut que la scène soit. 9. mais en un mot. 10. n'est pas là ou faite.

es ist Paris im Jahre 1667 — es ist ein wirkliches[1] Tuch, es sind wirkliche Hände —

Molière. Majestät, mein Spiel wird so zurückhaltend wie möglich sein[2]!

Ludwig. Zurückhaltend oder nicht — .... ich habe in solchen Dingen ein Gefühl, auf das ich mich verlassen darf. (In der Ferne hört man Musik.) Seit wie lange stehen Sie schon mit Armanden so vertraut[3]?

Molière. Das erklärte Einverständniß findet im Stillen bereits seit zwei Jahren statt[4],

Ludwig. Seit zwei — das ist nicht wahr! (Für sich.) Die Falsche, die Heuchlerin —

Molière. Sire —

Ludwig. Gehen Sie! Machen Sie Hochzeit[5]! Eine — — prosaische Hochzeit! (Bei Seite.) Seit zwei Jahren!

Molière. Die Hochzeit kann erst folgen nach der Einnahme, die mir Tartüffe verschaffen wird —

Ludwig. Dann bedaur' ich, daß Sie warten müssen[6].

Molière. Majestät?

Ludwig. Ich sage nicht, daß ich den Tartüffe verbiete, aber — was bedeutet die Musik?

Delarive. Die Bürgerschaft von Paris nähert sich dem Louvre, um Ew. Majestät für die Aufhebung des Verbots den Dank der Stadt auszudrücken.

Ludwig. Dank? Das lieb' ich nicht — das will ich nicht[7]! Das sind Demonstrationen, die nur böses Blut setzen[8]! Angriffe auf den Staat würden mich gleichgültig lassen, Molière, denn mein Staat steht fest[9] .... Angriffe auf unsere Justiz veracht' ich[10], denn ich liebe die Gerechtigkeit — die Kirche kann sich gleichfalls nicht getroffen fühlen, denn sie beschützt keine Heuchler — Aristoteles kümmert mich am wenigsten[11], das mag die Akademie vertreten[12]; aber das, worauf mir doch alles ankommt[13] und wenigstens meinem persönlichen Geschmack entspricht[14], Molière, das ist — — das ist denn doch die — Moral! Ja, Molière, die Moral! Sagen Sie

---

1. véritable. 2. mon jeu sera aussi réservé que possible. 3. depuis quand êtes-vous avec Armande sur un pied si intime? 4. notre liaison, maintenant déclarée, existe en secret depuis déjà deux ans. 5. célébrez vos noces. 6. que vous deviez (nicht devez) attendre. 7. des remerciments? Je ne les aime pas, je n'en veux pas. 8. qui ne servent qu'à faire du mauvais sang. 9. repose sur une base solide. 10. les attaques contre les tribunaux, je les méprise. 11. Aristote est celui dont je me soucie le moins. 12. c'est à l'Académie à le défendre. 13. mais ce qui m'importe le plus ou avant tout. 14. est conforme à.

Paris, ich verbiete den Tartüffe nicht, das nicht — keineswegs —
aber ich — (bei Seite) was thun, um Zeit zu gewinnen?
Molière (bei Seite). Was werd' ich hören müssen[1].
Ludwig. Ja, das ist's! Molière, schicken Sie mir ein
Exemplar Ihres Lustspiels. Sagen Sie der Stadt Paris: Ludwig
der Vierzehnte hat sich entschlossen, den Tartüffe weder zu verbieten
noch ihn zu gestatten[2], aber Ludwig der Vierzehnte wird dennoch
Gerechtigkeit üben[3], er wird das größte, erdenklichste Opfer (über sich)
gewinnen, was er bei den Sorgen des Thrones nur bringen kann[4],
er wird den Tartüffe lesen! (Winkt Delarive und geht ab.)
  Delarive. Armer Molière, Könige handeln rasch, aber sie
lesen — langsam! (Folgt.)
  Molière. Himmel, was hat den König — gegen mich —
so eingenommen?
  (Draußen Tusch und ein Hoch! Die Flügelthüren öffnen (sich). Die Ab-
  geordneten der Bürgerschaft werden sichtbar.)

Elster Auftritt.

Matthieu (in einer Gildenuniform). Molière. Zuletzt Offizier.

  Matthieu. Sire, im Namen der Bürgerschaft von Paris!
(Tritt feierlichst vor und verbeugt sich.) Allerdurchlauchtigster, groß-
mächtigster[5] — — Sie sind's, Molière[6]! Wo ist der König?
  Molière. Er ließt den Tartüffe!
  Matthieu. Verboten oder erlaubt?
  Molière. Wird in zwei Jahren entschieden sein!
  Matthieu. In zwei Jahren? Dann wollen wir doch die
Feierlichkeiten abbestellen — (Am Fenster.) Meine Herren! Pariser!
Ruhe! Ruhe! Der König ließt!
  Molière. Wollen Sie in die Bastille kommen[7]? Gehen
Sie ins Theater, Matthieu, und sagen Sie, in meinem Namen
sagen Sie es, daß die heutigen Zettel mit einem schwarzen Rand[8]
erscheinen sollen. Mit einem schwarzen Rande! Ja, ich wag' es[9]!
Und muß ich dafür dem Publikum Rechenschaft geben[10], so werd' ich
an die Lampen treten[11] und mit Thränen im Auge sprechen[12] —
  Matthieu (zieht sein Tuch). Die Claque wird weinen —
  Molière. Zeitgenossen! Pariser! Die finstern Gewalten haben
gesiegt[13]. Mein Tartüffe, der euch einen Heuchler entlarven sollte, ist

---

1. que me faudra-t-il entendre? 2. à ne permettre ni ne défendre
T. 3. se montrer juste. 4. il se résignera au sacrifice le plus immense
que les soucis du trône lui permettent de faire. 5. très haut et très puissant prince. 6. c'est vous *ou* vous ici? 7. avez-vous envie d'aller faire
un tour à la Bastille? 8. encadrées de noir. 9. j'oserai le risquer.
10. et s'il me faut en rendre compte au public. 11. je m'avancerai vers
la rampe. 12. et dirai les larmes aux yeux. 13. les puissances des
ténèbres l'ont emporté *ou* ont eu le dessus.

verboten. Wer die im Dunkeln schleichende Hand ist[1], die' selbst auf das hellste Auge in Frankreich die schwarze Binde des Argwohns legen konnte[2], ich weiß es nicht, aber, wenn mich meine Ahnung nicht trügt[3] —

Matthieu. So werden wir fiegen — .... ich entflamme die Galerie zur Wuth[4] — ich stürme den Kronleuchter —

Offizier (ist eingetreten und schlägt Matthieu auf die Schulter). Mein Herr!

Matthieu. Sie wünschen —?

Offizier. Als Unruhstifter und Volksaufwiegler werden Sie mir folgen[5] —

Matthieu. In einen Sperrsitz!

Offizier. Ja! In die Bastille!

Matthieu. Was?

Molière. Auf wessen Befehl?

Offizier. Auf Befehl des Herrn Präsidenten La Roquette —

Molière. La Roquette? Wohlan! In Ihren Kerker[6], Matthieu! An den Vorhang der Bühne, auf die Tafeln der Geschichte werd' ich zum Beginn des Kampfes[7] ein für sich selbst redendes Wort[8] schreiben: Pariser, ich hab' euch den Tartüffe aufführen wollen, aber — der Präsident La Roquette will nicht, daß man mit doppelsinniger Betonung[9] ihn auf die Bühne bringt[10]! (Alle ab.)

(Der Vorhang fällt.)

Vierter Aufzug.

Armandens Garderobe[11] im Theater. Ringsum liegen Toilettengegenstände und Theaterutensilien.[12] Rechts und links hängen auf Ständern zwei Reihen[13] Kleider, die an jeder Seite eine Art Spalier bilden[14].

Erster Auftritt.

Louison. La Roquette (treten ein).

Louison (zeigt nach innen). Dies ist[15] die Wohnung meines Fräuleins[16], hier ihre Garderobe und dort geht es sogleich zum Theater hinaus[17] — Ja mein Herr, Madeleine Béjart wohnt hier bei Armande —

---

1. quelle est la main qui, se glissant dans l'ombre. 2. a pu couvrir du bandeau noir de la méfiance l'œil de France le plus clairvoyant. 3. mais si mes pressentiments ne me trompent pas. 4. j'exciterai des transports frénétiques dans la galerie. 5. vous allez me suivre comme brouillon et factieux. 6. allez en prison. 7. pour ouvrir la lutte. 8. un mot qui se passe de commentaire. 9. en faisant ressortir le double sens de ce mot. 10. qu'on la joue. 11. cabinet de toilette d'Armande. 12. on voit épars tout autour des objets de toilette et des accessoires. 13. rangées de. 14. qui forment la haie de chaque côté. 15. c'est ici. 16. de ma maîtresse. 17. et par ici on est aussitôt hors du théâtre.

La Roquette. Bei der Verlobten des großen Molière! Die Wohnung liegt in der That dem Theater so nahe[1] —?

Louison. Sie liegt[2] im Theater selbst! Ein Corridor führt von hier geradeswegs in die Garderobe der Herren —

La Roquette. Der Herren —! Bitte, eilen Sie und rufen Sie Fräulein Madeleine! Oder ist sie auf der Bühne beschäftigt.....?

Louison. Ach, sie wartet noch immer auf ihr erstes Debüt im Tartüffe. Ich höre sie! (Ab.)

La Roquette (für sich). Das ganze Personal ist glücklicherweise auf der Bühne; so hoff' ich[3] die Kleine allein sprechen zu können[4]! Nach Matthieu's Geständnissen, die man ihm in der Bastille abgezwungen hat, steht sie mit dem Sujet des Tartüffe in näherer Verbindung[5], als sie selbst zu ahnen scheint[6]. Da ist sie.

Zweiter Auftritt.
Madeleine. La Roquette.

Madeleine (tritt von der Seite ein und trägt Kleider überm Arm). Ein Herr — der mich zu sprechen wünscht —! Ach! Was seh' ich? Der alte Freund des Herrn Chapelle! Kommen Sie zu Molière, um sich unter die königlichen Schauspieler aufnehmen zu lassen?

La Roquette. Immer der sonderbare Irrthum, mein reizendes Kind!

Madeleine. Oder was führt Sie anders des Abends so spät hierher? Wollen Sie Collecte sammeln[7]? Ach, wir befinden uns selbst in der schrecklichsten Verlegenheit. Das Publikum will nur noch Tartüffe sehen und besucht nicht mehr das Theater. Wenn ich morgen in einem andern Debüt aufträte[8], so wären vielleicht, sagte Molière, zwanzig Recensenten im Theater und nicht fünf Menschen, die ein gesundes Urtheil haben[9].

La Roquette. Molière und Armande sind im Theater? Ich sah sie auf dem Zettel stehen[10] und glaubte, daß um diese Zeit[11] —

Madeleine (hängt die Kleider fort, die sie trug[12]). Ja, sie spielen vor einundzwanzig Menschen; nicht die Beleuchtungskosten kommen heute heraus[13]. Also, was wünschten Sie von uns[14]?

1. l'appartement est dans le fait si près du théâtre. 2. il se trouve. 3. j'espère en conséquence. 4. pouvoir parler seul (ou sans témoins) avec la petite. 5. le lien qui l'unit au sujet du T. est plus étroit. 6. qu'elle ne semble s'en douter. 7. venez-vous pour faire une collecte? 8. si je débutais demain dans une autre pièce. 9. douées d'un jugement sain. 10. j'ai lu leurs noms sur l'affiche. 11. que, vers ce temps. 12. continuant à suspendre les habits qu'elle portait. 13. il n'y aura pas de quoi payer les frais d'éclairage. 14. ainsi, que nous voulez-vous?

La Roquette. Liebenswürdige Madeleine, das Schicksal, das Ihren Vormund, das Sie selbst betroffen hat[1], geht mir tief zu Herzen[2].

Madeleine. Maître Matthieu's Papiere sind mit Beschlag belegt[3].

La Roquette (bei Seite). Was treffliche Dienste geleistet hat[4]! (Laut.) Traurig[5]!

Madeleine. Unser Haus ist geschlossen..

La Roquette (bei Seite). Wie die Bastille! (Laut.) Betrübend[6]!

Madeleine. Hätt' ich nicht bei Armanden großmüthigen Schutz gefunden —

La Roquette. So hätt' ich meine Arme ausgebreitet[7] und Sie in ein schöneres Loos eingeführt[8], dessen Sie — (nähert sich ihr) so würdig sind.

Madeleine (bei Seite). Es ist doch kein armer Schauspieler!

La Roquette (für sich). Beherrschung[9]! (Laut.) Madeleine, gestatten Sie mir eine Frage: ist der Name Béjart Ihr rechter[10] Name?

Madeleine. Béjart? So lange ich denken kann[11], heiß' ich[12] Madeleine Béjart; doch war dies allerdings — der Name einer Verwandten, die mich — als ihr eigenes Kind adoptirte.

La Roquette. Ihre Aeltern starben früh — Wie hieß Ihr Vater?

Madeleine. Mein Herr, das ist ein Geheimniß, das ich Ursache habe[13] zu verschweigen.

La Roquette (bei Seite). Sie ist's! Ohne mich zu kennen, hat sie mich an[14] Molière verrathen. (Laut.) Dein Vater starb keines natürlichen Todes[15] —

Madeleine. Wie? Sie — wissen?

La Roquette. Deine Mutter folgte ihm bald[16] und dein Name ist Madeleine Duplessis!

Madeleine. Gerechter Gott, Sie kennen meinen Namen, Sie kannten meine Aeltern, meine unglücklichen Aeltern!

La Roquette. Madeleine Duplessis, ja, ich kannte deinen Vater und — deine Mutter —

---

1. qui a atteint (ou frappé) votre tuteur, qui vous a atteint vous même. 2. me touche vivement. 3. ont été saisis. 4. ce qui a été de la plus grande utilité. 5. c'est triste! 6. c'est affligeant! 7. ouvert. 8. et vous aurais procuré un sort plus brillant. 9. contenons-nous! 10. véritable. 11. du plus loin qu'il m'en souvienne. 12. je me suis appelée. 13. que j'ai des motifs. 14. auprès de. 15. ton père n'a pas péri de mort naturelle. 16. le suivit bientôt dans la tombe.

Madeleine. O warum sagten Sie mir das nicht gleich[1]! Mein Vater liebte vor seiner Schwermuth die Schauspieler über alles —

La Roquette (zornig). Mit deinen Schauspielern! Doch (geschmeidig[2]) fahre fort, fahre fort! (Bei Seite.) Die Fährte ist richtig[3]!

Madeleine. Mein Vater hatte der Freunde so viele. Ich und meine Schwester, wir waren noch Kinder, als er starb; aber man hat mir erzählt, er wäre geliebt[4] und angebetet worden von der ganzen Welt. Er hatte wahre und falsche Freunde, denn er war reich, unermeßlich reich; aber nur einer von seinen Schmeichlern war der schlimmste[5], der böseste von allen — er kam in unser Haus, wohnte bei den Aeltern — umstrickte sie mit seiner Heuchelei und Verstellung — raubte dem Vater Vermögen und Leben[6], ging dann, als er die Familie in Verzweiflung und Elend hinterlassen hatte, auf und davon[7] und soll jetzt in Paris ein hoher, angesehener Mann sein[8].

La Roquette. Und alles das hast du Molièren erzählt —

Madeleine. Ich? Molièren?

La Roquette. Hast ihm dein Leben geschildert, als er dich in seine Gesellschaft aufnahm — oder Matthieu war es, der es ihm erzählte —?

Madeleine. Wie kommen Sie auf solche Vermuthungen[9]?

La Roquette. Du hast ihm die Geschichte einer Familie erzählt, die er in seinem Tartüffe zum Sittenspiegel der Zeit machen wollte —

Madeleine. Ich die Veranlassung[10] des Tartüffe? Ja! In der That! Bei der Schilderung Orgon's[11] hab' ich an die Erzählungen gedacht, die mir von meinem armen Vater hinterlassen wurden[12]. Den Bösewicht, der einst meine Aeltern arm und unglücklich machte, hab' ich mir ganz so vorgestellt, wie Molière den Tartüffe zeichnet, aber Ich wäre — und Orgon — Elmire wäre —? Mein Gott, nein! Nie hat mich Molière nach meiner Herkunft befragt[13] —

La Roquette. Lügst du?

Madeleine. Lügen! Ha welche Sprache[14]?

La Roquette. Madeleine, Tochter meines unvergeßlichen

---

1. oh! que ne me l'avez-vous dit tout de suite? 2. se radoucissant. 3. je suis sur la bonne voie. 4. qu'il était (nicht serait). 5. le pire. 6. fit perdre à mon père sa fortune et la vie. 7. ging dann .... auf und davon, s'enfuit. 8. et occupe, dit-on, aujourd'hui un poste élevé à Paris, où il jouit d'un grand crédit. 9. comment venez-vous à faire ces suppositions? 10. moi l'occasion? 11. aux peintures que fait Orgon. 12. que mon pauvre père m'avait léguées. 13. jamais M. ne m'a questionnée sur la famille d'où je sors. 14. quel langage!

Freundes — ich, auch ich gehörte zu den [1] treuesten Freunden deines liebenswürdigen Vaters! — (bei Seite) des Dummkopfs [2]! (Laut.) Wie oft hab' ich dich auf meinen Knieen geschaukelt; wie oft dich geliebkost, wenn deine Mutter, deine schöne allerliebste Mutter — (Bei Seite.) Sie ist ihr wie aus den Augen geschnitten [3] —

Madeleine. Wie können Sie nur glauben, daß Tartüffe das Schicksal meiner Aeltern beschreibt! Meine Mutter stand so rein da [4], sie ist unmöglich in allen Stücken [5] mit Elmiren zu vergleichen.

La Roquette. .... (Bei Seite.) Jeder Zug Elmirens ist dem Leben ihrer Mutter entnommen! (Laut.) Aber sage mir, Kind, entsinnst du dich des Namens, den der böse Feind [6] deines Vaters trug?

Madeleine. Er hieß Jean Baptiste — La Roquette.

La Roquette (unterbricht sie). St!

Madeleine. Ja; schweigen Sie, sagen Sie ihn an niemand! Wir müssen ja zittern, von ihm entdeckt zu werden. Als die Aeltern starben, hängte man dem falschen Freunde einen Proceß an [7], aber er, er erhielt Recht in allen Instanzen [8]. Dann wandten sich [9] einige gute Seelen für uns beide Schwestern an das Herz des bösen Mannes; aber auch da war alles vergebens [10]! Statt für unsere Erziehung zu sorgen [11], ließ er uns trennen und verfolgen und gab uns einem elenden Schicksal preis. Von meiner Schwester hab' ich nie wieder gehört [12] und ich selbst säße noch jetzt in meiner Hütte zu Chalons, wenn mich nicht ein Bürger von Paris, der gute Maitre Matthieu, bei einem Besuch seiner Vaterstadt lieb gewonnen und mit hierher genommen hätte [13] —

La Roquette. So hat also Matthieu Molièren die Bekanntschaft mit einem Stoffe verrathen [14] —

Madeleine. Auch das ist nicht möglich. Matthieu nahm zwar einige meiner Papiere an sich, aber er kennt mich nur als Madeleine Béjart, als das Pflegekind meiner und seiner Verwandten —

La Roquette (bei Seite). Molière, Molière, mit wem stehst du im Bunde [15]?

Madeleine. Ich höre kommen —

La Roquette. Kommen?

---

1. moi aussi j'étais du nombre des. 2. de cet imbécile! 3. elle lui ressemble à s'y méprendre. 4. ma mère était si pure. 5. sous tous les rapports. 6. le mauvais génie. 7. on intenta un procès à ce faux ami. 8. il gagna sa cause en première comme en dernière instance. 9. s'adressèrent ou firent un appel. 10. mais toutes ces démarches demeurèrent de même sans résultat. 11. au lieu de prendre soin de notre éducation. 12. de ma sœur je n'ai plus entendu parler. 13. ne m'avait (nicht aurait) prise en affection et amenée ici. 14. ainsi Matthieu a révélé à Molière qu'il avait connaissance d'un sujet. 15. avec qui t'es-tu ligué?

Madeleine. Das erste Stück ist vorüber. Molière pflegt sich zuweilen hier in Armandens Zimmern auszuruhen —

La Roquette. Doch nicht in diesem?

Madeleine. Er steigt soeben die Treppe herauf[1] —

La Roquette. Mein Gott —!

Madeleine. Was fürchten Sie denn?

La Roquette. Molièren hier begegnen? Unmöglich! Ich habe Ursache, gerade Molièren, gerade heute ihn zu vermeiden — Himmel, verstecken Sie mich!

Madeleine. Das ist doch sonderbar! Ich fange an, Sie zu fürchten. Wo soll ich nur? Dort hinter die Kleider! Es ist die Garderobe Armandens zu dem Tartüffe —

La Roquette (stark drohend[3]). Stillschweigen, oder — (sich besinnend[3]) nein, nein, nein, mein süßer kleiner Schutzgeist! (Für sich.) Daß man auch von dem hintern Bau eines Theaters eine so unvollkommene Vorstellung hat[4]! (Er verbirgt sich hinter den Kleidern.)

Dritter Auftritt.

Molière (im Costüm eines[5] italienischen Nobile). Die Vorigen. Dann Armande.

Molière (tritt langsam und erschöpft herein). Ah! (Setzt sich.) Wo ist Armande?

Madeleine. Sie wollte sich für das letzte Stück umkleiden — Hat das Zwischenballet schon begonnen? Da ist sie!

Armande (als arkadische Schäferin). Ah, Molière! Wie geht's heut Abend? Meine Scenen waren zu kurz, um die Köpfe der Zuschauer zu zählen.

Molière (stützt den Kopf). Es tanzen eben mehr Beine auf der Bühne, als Personen im Theater sind. Ein trauriger Abend[6]! Noch nie hab' ich ein so leeres Haus gesehen.

Armande. Es schien mir doch nicht zu schlecht besetzt —

Molière. Freibillets. Nicht eines ist bezahlt[7]. Ich kenne meine Einnahmen.

La Roquette (bei Seite). Auch ich habe ein Freibillet, aber ich muß es theuer bezahlen.

Madeleine (fängt wieder an, an den Kleidern zu bessern[8]). (Bei Seite.) Ich stehe auf Kohlen — Warum verbirgt er sich (nur) so? Bei alledem[9] muß ich ihn schonen, weil er meinen richtigen Namen weiß —!

1. il monte en ce moment l'escalier. 2. du ton le plus menaçant. 3. se ravisant. 4. aussi pourquoi avoir une idée aussi imparfaite de l'arrière-corps d'un théâtre! 5. de. 6. la triste soirée! 7. pas un seul billet payant! 8. à raccommoder les habits. 9. malgré tout ou quoi qu'il en soit.

Molière. Die Nachtheile eines verbotenen Stückes sind unberechenbar. Die Neugier des Publikums setzt sich auf einen einzigen Gegenstand fest[1] und wird für alles andere interesselos[2].

La Roquette (bei Seite). Er sucht seine Gefühle durch Monologe zu betäuben.

Molière. Setze dich zu mir, Armande! Ha, der Beruf des Dramatikers! Welch ein Gemisch von Freude und Schmerz, von Wonnen und namenlosen Verzweiflungen! Jedem soll man es recht machen[3] und wie verschieden sind die Menschen[4]! Die Gebildeten verlangen andere Kost, als der große Haufe[5], und ohne die Massen gibt es keine Einnahmen, keine Ermunterungen. Der Neid der Theaterdichter untereinander ist schon an sich beschämend[6]. Hunderte strecken ihre Productionen in die Höhe und rufen[7]: Ich, ich, mein Stück! Nein, mein Stück! Und von diesen Hunderten kann man des Jahres möglicherweise nur zwölf geben! Was thun die Abgewiesenen! Sie rächen sich! Sie gruppiren sich in den gelehrten Gesellschaften, in den Zeitschriften, in den Kaffeehäusern, in den Corridoren der Bühne, im Parterre, und wehe den Mängeln, die sie in dem Werk ihres glücklicher gewesenen Nebenbuhlers entdecken! Bah! Das ertrüge sich noch, weil uns oft des Publikums gesunder Sinn zu Hülfe kommt. Aber wie reizbar ist dies oft nicht selbst[8]! Mit Riesenanstrengungen muß sich ein neues Stück seinen Weg bahnen[9]. Act für Act, Scene für Scene muß es sich durchkämpfen[10], und ist es zu Ende, dann kann ein einziger Feind des Verfassers die mühevolle Arbeit eines ganzen Abends umstürzen.

Armande (näht noch einiges mit Hülfe Madeleine's an ihrem Costüm). Molière, du siehst zu schwarz[11] —

La Roquette (bei Seite). Schreib du keine Tartüffes wieder!

Molière (steht auf). Ist es denn nicht wahr, daß ich Fälle erlebt habe, wo Leute meine Stücke auspfiffen[12], weil ich vergessen hatte sie zu grüßen! Gibt es nicht Menschen, die sich ärgern, daß ich einen andern Hut trage als sie, und denen meine Nase nicht an der rechten Stelle sitzt[13]? Das Alltäglichste an mir hassen

---

1. la curiosité du public se concentre sur un seul objet. 2. et n'a plus d'intérêt pour aucun autre. 3. il faut plaire à chacun. 4. et quelle différence entre les hommes! 5. les gens éclairés (ou les esprits cultivés) réclament un autre aliment que la foule (le vulgaire ou le peuple.) 6. a déjà en soi de quoi faire rougir. 7. élèvent leurs productions en l'air en criant. 8. mais combien ce dernier n'est-il pas lui-même souvent susceptible! 9. faire son chemin. 10. se frayer sa route en combattant ou conquérir le terrain. 11. tu vois trop en noir. 12. qu'il m'est arrivé de voir des gens siffler mes pièces. 13. et pour qui mon nez n'est pas à sa place?

fie, meinen Gang, meine Kleider, meine Mienen, die fie für
menschenfeindlich erklären. Und dann zu all dem Kummer kommt
noch die plumpe Hand eines solchen Verbots [1]! Die schönsten Ideen
werden dir abgeknickt [2] von einem gefühllosen, lächerlichen Vorurtheil!
Das Mittelmäßige, das lassen fie so hinschleichen über die Oberfläche eines Interesses [3], das nicht kalt, nicht warm ist; aber was
zünden könnte, was wahrhaft gelungen ist, woran unsere Seele
hängt [4], das vertilgen fie mit einem einzigen Strich [5] und sagen:
Bah, es soll nicht sein [6]! Geht mir [7], wenn man unsere Nation
eine geistreiche und edle nennt und unsere Literatur eine classische
schimpft [8], geht mir, wenn ihr nicht einmal den Muth habt [9], im
Vorsprung eurer [10] Reichthümer, eurer Würden und Schergen, eurer
Hülfsmittel tausendfacher Art mit dem Dichter euch auf gleiche
Rappirlänge zu stellen [11] und mit dem einfachen, hülflosen Wort einen
ehrlichen Kampf zu bestehen [12]!

La Roquette (bei Seite). Wenn er mich in dieser Wuth [13] entdeckt, bin ich verloren [14].

Madeleine. Sie werden sich zu einer andern Arbeit sammeln [15]
und das Verbot des Tartüffe vergessen.

Molière. Mein gutes Kind, über Leichen hinweg kann man
nicht fröhlich sein [16] —

La Roquette (bei Seite). Leichen? Er wird mich noch um-
bringen.

Molière (zu den Kleidern [17]). Was sind das für [18] Costümes?
Ich besinne mich. Die Trauerkleider zu Tartüffe's Leichenbegängniß [19]!

Madeleine (bei Seite). Er wird ihn entdecken. Mein Gott —
jetzt — jetzt —

Ein Theaterdiener (ruft durch die Thür schnell herein). Eben
ist Se. Majestät in die Loge getreten. (Ab.)

Alle. Der König?

Molière. Hahaha! bei dem leeren Hause [20]! Nun, da mag er
selbst sehen [21], was aus seinem Theater wird [22], wenn er sich den Ein-

---

1. et pour surcroît de peines, la lourde main qui frappe T. d'interdiction! 2. tes plus belles idées périssent victimes. 3. ils souffri-
ront bien que la médiocrité effleure, en passant, un intérêt à fleur
d'âme. 4. ce à quoi nous tenons par mille liens. 5. d'un seul trait de
plume. 6. bah! çà ne verra pas le jour. 7. arrière! 8. et qu'on quali-
fie ironiquement notre littérature de classique. 9. si vous n'avez pas
même le courage. 10. malgré l'avantage que vous donnent vos. 11. de
vous placer en face du poète à distance de rapières égales. 12. soutenir.
13. furieux comme il est. 14. c'est fait de moi. 15. vous vous recueillerez
pour une autre pièce. 16. on ne passe jamais gaîment sur des cadavres.
17. se tournant vers les costumes. 18. quels sont ces? 19. les vêtements
de (ou le) deuil pour le convoi de T. 20. et la salle est vide! 21.
puisse-t-il voir par lui-même. 22. ce que deviendra son théâtre.

flüfterungen der Heuchler preisgibt.   Oder (bei Seite) Armande — —?
Nein, nein, ich mag nicht daran denken —   Lachen müffen bei
Herzeleid[1], unter Thränen Späße machen, das gehört auch zu jenen
Kunftleiftungen[2], für welche man an der Kaffe kein Entrée bezahlt,
und zu jenen Geheimniffen der Schaufpielkunft, die noch kein Kritiker
ergründet hat.   (Will ab.   Es klopft[3].)   Klopft es nicht?

 Armande (bittend[4]).   Molière!

 La Roquette (bei Seite).   Mein Himmel.   Die Gefellschaft
vergrößert sich — (Es klopft wieder.)

 Armande (bei Seite).   Eine Ahnung[5]! — Madeleine, fieh
nach, wer es ist!

 Madeleine.   Es ist mir so — ängftlich — zu Muthe[6] ....
(Es klopft.)

 Molière.   Armande?   Wer überrascht dich mit so geheimniß-
vollem Befuch[7] —?

 Armande (bei Seite).   Wenn es — (laut entschloffen) Molière!   Ich wünschte, es wäre[8] einer meiner frühern Bewunderer —

 Molière.   Armande!

 Armande.   Warum nicht?   Lionne oder Lefèbre!

 Molière.   Oder — der König!?

 La Roquette (bei Seite).   Gerechter Gott[9]!

 Armande.   Um dich für deine Eiferfucht zu ftrafen, wünfcht' ich
ja, der König[10]!   Ich würde dich hier hinter meine Kleider verfteden. —

 La Roquette (bei Seite).   Ich krieche in einen diefer unhei-
ligen Röcke[11] —

 Molière.   Armande?   Alfo immer noch! — immer noch —!

 Armande.   Madeleine, öffne, und verlaß uns[12]!   Deine nie
endende Eiferfucht[13] — Molière, ich muß dich endlich heilen — (fie
drängt[14] Molière hinter die Kleider links).

 Molière (zögernd).   Nun wird mir alles klar[15]!

 Armande.   Madeleine, öffne, und verlaß uns!

 Madeleine (geht zögernd und fich umblickend und öffnet).   Wenn
jetzt die Kleider hier zu sprechen anfingen[16]!

Vierter Auftritt.
Ludwig. Die Vorigen.
Ludwig (tritt ein).

---

1. devoir rire quand on a le cœur serré. 2. cela fait partie de ces
productions de l'art. 3. on frappe. 4. d'une voix suppliante. 5. quel pressentiment! 6. je me sens si angoissée! 7. quelle est cette visite si mystérieuse
qui t'arrive ainsi à l'improviste? 8. que ce fût (nicht serait). 9. juste
ciel! 10. oui vraiment, que ce fût le Roi. 11. je vais me fourrer dans
un de ces vêtements profanes. 12. laisse-nous. 13. ta jalousie sans cesse
renaissante. 14. elle pousse. 15. maintenant je sais toute la vérité ou j'y
vois clair! 16. se mettaient à parler ou venaient à prendre la parole!

Madeleine (geht tiefknixend und mit gesenktem Blick schnell an ihm vorüber [1]).

Armande (bei Seite). Der König! Er ist's! Das hatt' ich gehofft [2].

La Roquette (bei Seite). Er selbst!

Molière (bei Seite). Also doch [3]! Ha, ha! Schlange!

Ludwig (noch hinten). Nun, was treibt man denn hier [4]? Man läßt sich nach seiner Rückkehr einmal wieder auf der Bühne sehen, sucht Molière auf, ennuyirt sich über das leere Haus und wird nicht einmal empfangen. So muß man wol selbst bei Ihnen anpochen [5], Armande, so unwillkommen es auch Madame Molière sein mag [6].

Armande (die ihn wenig zu beachten scheint [7] und sich mit ihrer Garderobe beschäftigt, bei Seite). Jetzt gilt es eine große Aufgabe! [8] (Laut.) Majestät haben noch immer Ihren alten Ortssinn [9], wie jeder große Feldherr [10] —

Ludwig. Sie erinnern mich an verlorene Schlachten — Madame Molière.

Armande. Ew. Majestät eilen wie immer Ihrer Zeit voran [11]. Noch kommt die Anrede Madame Molière zu früh [12].

Ludwig. Ich setze mich, in denselben Stuhl, wo ich von Ihnen schon so manche Predigt habe anhören müssen [13]. Es ist ein Sorgenstuhl [14] —

Molière (bei Seite). O gewiß —!

La Roquette (bei Seite). Sitzt denn die Gesellschaft drüben [15]? Ich muß hier stehen [16].

Ludwig. Armande, nach meiner letzten Niederlage hätten Sie mich wol schwerlich wieder hier erwartet [17]?

Armande. In diesem Augenblick hätt' ich vermuthet, Ew. Majestät wären mit der Lectüre des Tartüffe beschäftigt —

Molière (bei Seite). Er hat ihn noch nicht angesehen!

Ludwig. Ich habe den Titel, das Personenverzeichniß und

---

1. passe rapidement devant lui les yeux baissés et en lui faisant une profonde inclination. 2. je l'avais bien espéré. 3. c'est donc bien lui! 4. ab bien! à quoi donc s'occupe-t-on ici? 5. force m'est bien de frapper moi-même à votre porte. 6. quelque inopportune que ma présence puisse sembler à madame M. 7. qui semble faire peu attention à lui. 8. il s'agit maintenant d'accomplir une grande tâche. 9. Votre Majesté possède toujours sa mémoire locale d'autrefois. 10. comme tout grand capitaine. 11. V. M. devance son siècle, ainsi qu'elle l'a toujours fait. 12. il est encore trop tôt pour m'appeler madame M. 13. où il m'a fallu entendre de votre bouche tant de sermons. 14. c'est une le siège aux soucis. 15. la société de l'autre côté est assise. 16. et moi je dois rester ici debout. 17. il est douteux que vous vous attendissiez à me revoir en ces lieux.

die erste Scene hinter mir[1]! — Das Lustspiel scheint mir nicht zu den bessern Ihres Herrn Gemahls zu gehören[2] —

Molière (bei Seite). Nicht? Wirklich schon eine Scene und bereits — ein Urtheil!

Armande. In zwei Stunden würde Molière Ew. Majestät das ganze Stück vorgelesen haben.

Ludwig. Vorlesen! Ich kann nichts vorlesen hören — das ist eine Schwäche von mir. Mein Blut ist zu unruhig. Nein, nein, ich hoffe bei alldem[3], den Tartüffe eines Tags auf der Bühne zu sehen.

Molière und La Roquette (bei Seite). Am jüngsten Tag[4]!

Ludwig. Sind Sie nicht allein?

Armande. Nein, Majestät! Meine Kleider sind es, die um mich her klagen und seufzen — diese fünf wundervollen Costümes da hatten gehofft, im Tartüffe glänzen zu können — Sind sie nicht allerliebst?

La Roquette (bei Seite). Wenn sie sich doch mehr an den Geist ihrer Rolle halten wollte und von den Kleidern schwiege[5] —!

Ludwig. Sie würden sich vortrefflich in diesen Kleidern ausgenommen haben[6] — aber verlassen Sie sich[7] darauf! Ich bin gerecht, ich lese den Tartüffe —

Armande. Ew. Majestät werden wenig darauf achten[8], ob ich gefalle oder nicht —

Ludwig. Wie so?

Armande. Das kleine Interesse, das ich früher für Ew. Majestät zu haben schien, ist — leider vorüber[9] —

Ludwig. Die Gefühle der zärtlichsten Freundschaft und der Liebe — ein „kleines Interesse" — —!

Armande. Wann hätten Sie je ein Gefühl für mich empfunden, das solche Namen verdiente[10]!

La Roquette und Molière (beide bei Seite). Welche Koketterie!

Ludwig. Wie, Armande? Sie haben mich stets mit einer Kälte behandelt, die mich endlich verletzen mußte. Vor zwei Jahren, nachdem Molière Ihr Talent in aller Stille[11] gebildet hatte, traten Sie zum ersten mal auf[12]. Sogleich entzückte mich Ihr Spiel, Ihre

1. ich habe .... hinter mir, j'ai déjà parcouru. 2. être une des meilleures de Mr. votre époux. 3. avec tout cela. 4. au jour du jugement dernier. 5. et ne parlait pas des costumes. 6.. vous auriez eu le meilleur air du monde dans ces vêtements ou ces habits vous seraient allés à merveille. 7. mais, comptez-y. 8. V. M. fera peu attention. 9. ce faible intérêt que j'avais paru autrefois inspirer à V. M., hélas! il s'est éteint. 10. qui méritât d'être ainsi nommé? 11. dans le plus grand secret. 12. vous parûtes sur la scène pour la première fois ou vous fîtes votre premier début.

äußere Erscheinung![1] Ich suchte Ihre persönliche Bekanntschaft[2]. Ihre Liebenswürdigkeit fesselte mein Herz — O zuweilen schien es dann auch, als wäre die Liebe eines Königs Ihnen nicht gleichgültig; zuweilen aber setzten Sie meinen Bewerbungen die schneidendste Kälte entgegen[3] — dann wieder ließen Sie mich neue Hoffnung schöpfen[4] und nun — nun werden Sie Madame Molière —!

Armande. Wer — sagt — denn das?

Ludwig. Armande, Sie sind noch nicht entschlossen? Ihr Herz hätte noch nicht entschieden[5]?

Armande. Molière hat mich als arme Waise kennen gelernt[6], er hat mich erzogen, liebt mich, aber er leidet an dem Fehler der Eifersucht in einem Grade[7] —

La Roquette und Molière (bei Seite). Der sehr natürlich scheint.

Ludwig. Wie unruhig das hier im Theatergebäude ist[8]! Molière wäre eifersüchtig, auf wen[9]? Auf alle vielleicht, schwerlich doch — auf mich —!

Armande. Majestät, Sie kränken mich!

Ludwig. Kränken? Armande, es liegt heute etwas in Ihrem Wesen, was mich mehr denn je — ermuthigt —

Molière (bei Seite). Sie macht mich wahnsinnig!

La Roquette (bei Seite). Wär' ich nur geschützt[10] — man kann hier etwas lernen!

Ludwig. Ich frage Sie, Armande, ich frage Sie feierlich: Ist es Ihr Ernst[11], Molière's Gattin zu werden?

Armande. Mein Vormund ist er allerdings gewissermaßen — er wünscht es, er verfolgt mich — und ich stehe im Leben so allein da[12] —

Ludwig. Armande, erhalten Sie sich denen[13], die Sie lieben! Wenn Sie mir das würden, was Sie mir schon tausendmal zu sein verweigerten! O wenn ich — hoffen könnte! Sie schweigen?

Molière und La Roquette (bei Seite). Sie schweigt.

Ludwig. Warum lächeln Sie, Armande? O reden Sie! Kann es einen mächtigern Schutz geben, als den eines Königs? Sie zögern?

Molière und La Roquette (bei Seite). Sie zögert.

---

1. votre jeu, votre extérieur me ravirent sur le champ. 2. je cherchai à faire votre connaissance personnelle. 3. mais quelquefois aussi vous répondiez par un froid glacial à mes assiduités. 4. concevoir. 5. prononcé. 6. a fait ma connaissance (nicht: appris à me connaître) quand j'étais une pauvre orpheline. 7. mais il est atteint du défaut de la jalousie à un point..! 8. comme on est peu tranquille de ce côté du théâtre 9. de qui? 10. si seulement j'étais en sûreté! 11. est-ce tout de bon que vous songez? 12. et je suis si isolée dans le monde! 13. conservez-vous pour ceux.

Armande. Sire — diese schnelle Ueberraschung[1] — ein solcher — Wechsel der Verhältnisse[2] —

Ludwig. Ich lasse Ihnen Zeit — Bedenken Sie, was ich wünsche — Versailles sollte zum Feenparadiese werden —! Ich höre Geräusch — Sind wir nicht sicher?

Armande. Der zweite Act des Ballets beginnt — Jeden Augenblick kann Molière mich abrufen.

Ludwig. Ich gehe[3], aber mit den süßesten Hoffnungen. Geben Sie mir morgen ein Zeichen[4], daß ich nach der Vorstellung hier mit Ihnen reden darf!

Armande. Nach der Vorstellung? Wir können nur die heutige Vorstellung wiederholen — werden Sie eine so langweilige besuchen wollen, Sire?

Ludwig. Wenn Sie spielen, gewiß! Also nach der Vorstellung —? Hier?

Armande. Unmöglich! Da der Tartüffe nicht sein kann, müssen wir Neues[5] lernen. Ich glaube, daß wir morgen bis (um) Mitternacht[6] noch eine Leseprobe haben —

Ludwig. So stellen Sie sich krank![7]

Armande. Nennt Molière Theaterkrankheit und würde die Leseprobe dann hierher bestellen[8].

Ludwig. Aber wozu (schon) wieder ein neues Stück!

Armande. Sire, ich höre Geräusch — Morgen —

Ludwig. Morgen —?! Und hier? Wie erfahr' ich — ?[9]

Armande. Mitten im Spiel könnt'[10] ich Ihnen ein Zeichen geben — ob Ew. Majestät[11] wagen dürften, hierherzukommen —

Ludwig. Mitten im Spiel?

Armande. Das Publikum ahnt oft nicht[12], wie wir[13] neben unserer Rolle noch mit irgendeinem Einzelnen im Theater eine — kleine Nebenrolle spielen —

Ludwig. Himmlisch!

Armande. Ich empfange morgen nach der Vorstellung Ew. Majestät hier, wenn ich sicher bin, daß Molière nicht kommt und Molière kommt gewiß nicht, wenn ich einen Streit mit ihm gehabt habe. Ich müßte eine Scene mit ihm herbeiführen[14].

Ludwig. Vortrefflich!

Armande. Kurz vor der Vorstellung will ich einen Streit —

---

1. le saisissement de la surprise. 2. un tel changement de position. 3. je pars. 4. indiquez-moi demain par un signe. 5. du nouveau ou quelque chose de nouveau. 6. à minuit. 7. feignez d'être malade ou simulez une maladie. 8. et il ferait faire la lecture ici. 9. comment saurai-je (nicht apprends-je) . . . . .? 10. je pourrais, pendant que je joue. 11. faire signe à V. M. ai elle. 12. ne se doute souvent pas. 13. que. 14. Il me faudrait amener quelque querelle entre nous deux.

richtig über das Costüme beginnen[1] — darin ist er zu, zu eigensinnig — wenn die List gelungen ist — dann könnt' ich ja —

Ludwig. In Ihrem Costüm mir davon eine Andeutung geben[2].

Armande. Ja —! In meinem Costüm — ganz recht —

Ludwig. Ein blaues Tuch[3] für den Fall meines Glückes[4]? Ein blaues Tuch, wenn ich nach der Vorstellung hierherkommen darf—? Meinen Sie nicht? —

Armande. Ein blaues Tuch — In der Rolle, die ich morgen zu spielen habe, kann ich kein Tuch anbringen[5] —

Ludwig. Dann ein anderes Zeichen —

Armande. Ein Tuch wäre bequem und passend —

Ludwig. Hat man denn kein Stück, wo ein Tuch, ein blaues, anzubringen wäre —?

{Molière.
{LaRoquette (sich streckend, in Verzweiflung und ahnend[9]) }Ein Tuch?

Armande. Ich wüßte eines, wo ein gelbes Tuch —

Ludwig. Ein gelbes?

Armande. Für den Fall, daß ich den Streit nicht herbeiführen könnte —

Ludwig. Nein, nein, nur ein blaues! Also ein Stück, ein Stück mit einem Tuch —

Armande. Die „Schule der — Frauen", die kann wegen einiger Lücken im Personal morgen nicht gegeben werden — Man kommt — mein Gott —

Ludwig. Aber so sagen Sie doch[7] ein Stück, das so weit fertig ist[8], um morgen mit einem blauen Tuch hervorzutreten[9]!

Armande. Sire, der Tartüffe!

Molière. La Roquette. (Bei Seite.) Tartüffe?

Armande. Das ist das einzige, mir im Augenblick erinnerliche Stück[10], in welchem ich mich eines Tuches bedienen darf — Man hat schon geklingelt, ich habe keinen Augenblick Zeit — Sie sehen, Sire, es kann nicht sein[11] —

Ludwig. Was kann nicht sein? Tartüffe kann nicht sein[12]? Tartüffe? Tartüffe ist ja fertig[13] — Tartüffe kann ja jede Stunde hervortreten —[14]

Armande. Tartüffe, Sire? Bedenken Sie —

Ludwig. Tartüffe — freilich — freilich, Tartüffe — Molière's verwünschte Anrede[15] gestern an das Publikum — die Hindeutung auf[16] La Roquette — aber als Türkin, als arkadische Schä-

1. entamer. 2. à l'aide de votre costume me le faire savoir. 3. fichu. 4. si la fortune doit me sourire. 5. je ne saurais placer de fichu. 6. et pressentant quelque chose. 7. mais dites-moi donc. 8. dont l'étude soit assez avancée. 9. pour que vous y puissiez paraître. 10. dont je me souvienne en ce moment. 11. cela ne se peut pas. 12. on ne peut pas donner T. 13. mais on sait T. 14. se présenter. 15. allocution. 16. l'allusion à.

ferin legt man allerdings keine Tücher an — wegen des Tuches
müßte es doch wohl Tartüffe sein —

La Roquette (steht starr, bei Seite). Blos wegen des Tuches[1] —
Molière (folgt dem Spiele Armandens mit der glückseligsten
Spannung[2]).

Armande. Aber bedenken Sie, Majestät, den Tartüffe?

Ludwig. Freilich, freilich, ich besinne mich — es hat[3] Schwie-
rigkeiten! Aber, werd' ich darum aufhören[4], König von Frankreich
zu sein, wenn man den Tartüffe spielt?

Armande. Die Aerzte —

Ludwig. Bah, die Aerzte —

Armande. Die Advocaten —

Ludwig. Bah, die Advocaten —

Armande. Die unmoralischen Scenen mit dem Tuche —

Ludwig. Mit dem Tuch? Mit dem Tuch? Ha! Das hab'
ich ja ganz vergessen! Das ist ja die beste Scene im Stück!
Da haben Sie ja die schönste Gelegenheit[5], mir alles zu sagen,
ohne sich den mindesten Zwang anzuthun[6]. Ist Ihr Tuch gelb,
so komm' ich nicht! Ist es blau, so ist die List gelungen[7], Sie
haben eine Scene mit Molière gehabt, er läßt Sie den Abend frei,
ich bin hier und werde der Glücklichste aller Sterblichen! Jetzt laß'
ich Sie! Engel, anbetungswürdige Armande! (Ab.)
(Armande begleitet ihn zärtlich zur Thür. Wie er hinaus ist, klatscht sie lachend in die Hände.[8])

Molière (kommt mit Freude und Beschämung hervor[9]). Armande! Ist es möglich? Du hast den Tartüffe gerettet —

Armande. Nun, du Eifersüchtiger?

Molière. Ich halte mich nicht aufrecht[10] — das Entzücken überwältigt mich[11] — Armande! Himmlisches, herrliches Wesen!
Zu dem versammelten Personal hinaus und die Jubelbotschaft ver-
kündet:[12] Tartüffe ist gerettet! Gerettet durch die Liebe! (Beide ab.)
(La Roquette wickelt sich aus den Kleidern hervor[13] und sieht sich starr um.)[14]

La Roquette. (Was) das Werk der klügsten Berechnung aller
Umstände[15], was die gemeinschaftliche Arbeit[16] der Geistlichkeit, der
Gelehrten, der bevorrechteten Stände von ganz Frankreich (war),
ein Staatsereigniß scheitert[17] durch die Koketterie einer Schauspielerin
an[18] einem baumwollenen Tuch!

---

[1]. rien qu'à cause du mouchoir! [2]. dans une attente pleine de charmes ou
qui le remplit de joie. [3]. il y a des. [4]. mais cesserai-je (darum fällt weg.) [5].
vous y avez justement la meilleure occasion. [6]. sans la moindre gêne. [7]. c'est
que la ruse aura réussi. [8]. bat des mains en riant. [9]. s'avance joyeux et
confus. [10]. je ne me soutiens plus. [11]. je succombe à l'excès de mon bonheur.
[12]. qu'on aille annoncer ce joyeux message au personnel réuni. [13]. se dégage
avec peine de ses habits. [14]. et regarde d'un œil fixe autour de lui. [15].
le fruit d'un calcul des plus savants de toutes les circonstances. [16]. l'œuvre
commune ou le résultat des efforts combinés. [17]. vient échouer. [18]. contre.

Madeleine (öffnet schnell). Ha! Da sind Sie ja[1]! Na[2], um Sie hab' ich schöne Angst ausgestanden[3]. Alles im Theater ist voll Jubel und Bewegung. Tartüffe ist freigegeben[4]. (Man murmelt drohend hinter der Scene.[5]) Hören Sie den Lärm?

La Roquette. Was bedeutet das?

Madeleine. Die Arbeiter haben den Mann gesehen, der vor acht Tagen das Soufflirbuch des Tartüffe gestohlen hat — Er soll im Hause sein — sie suchen ihn überall — (drohender Lärm).

La Roquette (bei Seite). Mein Bedienter! Auch das noch[6]?

Madeleine. Himmel, was geht mir für eine Ahnung auf[7] — Jetzt begreif' ich, warum Sie den Tartüffe so auswendig können — Unglücklicher! Sie sind doch wohl nicht gar[8] —

La Roquette. Bewunderung vor Molière[9] — Achtung vor dem Genie — Quellenstudium[11] — Ich bin ein Gelehrter. —

Madeleine. Nein! Sie sind der Präsident La Roquette selbst! Der Mörder, der Verräther meiner Aeltern[12]! Aber Ihre Stunde hat erst morgen geschlagen![13] Her![14] (Nimmt ihm seine Perrücke ab.) Diese Perrücke kann morgen Molière für den Tartüffe brauchen! Den Mantel auch! (Reißt ihn ab. La Roquette beschwört sie um Schonung)[15]. Heute will ich noch Mitleid mit Ihnen haben! Nehmen Sie den Talar dafür[16]! Da den Turban! (Sie bekleidet La Roquette mit beiden Gegenständen.) Mag man heute noch einmal glauben, Sie Unglücklicher[17] wären ein Schauspieler aus der alten Schule.[18]

La Roquette (als Türke). Ach, es ist weit gekommen![18] Das Christenthum ist ausgerottet und die Gerechten müssen ihren Glauben abschwören! (Beide ab.) (Der Borhang fällt.)

Fünfter Aufzug.

Vorgemach der Theaterloge des Königs. Ein Zimmer links und rechts mit offenen Eingängen, erleuchtet mit einem Kronleuchter. Spiegel. Sessel. Die Hinterwand bildet in der Mitte ein im Anfang noch zugezogener[19] Borhang. Wird er später geöffnet, so erblickt man die Brüstung der (Theaterloge des Königs und sieht in's Theater[21].

Erster Austritt.

Molière.

Molière (schon für den Abend in täuschender Aehnlichkeit

1. eh mais, vous voilà! 2. dame! 3. j'ai eu joliment peur pour vous. 4. il est permis de jouer *Tartuffe*. 5. on entend des voix menaçantes gronder sourdement derrière la scène. 6. cela me manquait encore! 7. quel soupçon me vient à l'esprit? *ou* s'éveille en moi? 8. se pourrait-il que vous fussiez, *ou* seriez-vous peut-être . . . . ? 9. mon admiration pour M. 10. mon respect pour. 11. l'étude des sources. 12. le meurtrier de mes parents, celui qui les a trahis. 13. mais c'est demain seulement que l'heure du châtiment sonnera pour vous. 14. approchez. 15. la supplie de le ménager. 16. prenez en place ce manteau. 17. on pourra croire aujourd'hui encore, malheureux que vous êtes. 18. ah! à quoi en sommes-nous réduits *ou* où en sommes-nous venus? 19. baissé. 20. au lever de la toile. 21. et l'on voit l'intérieur du théâtre.

mit La Roquette als Tartüffe gekleidet [1], tritt auf und besieht sich im
Spiegel). Die Maske ist gut! Ich habe nicht vermeiden wollen,
dem Präsidenten ähnlich zu sehen [2]. Bin ich's? Ja ich bin's! Wo
Madeleine nur diese Perrücke entdeckt hat [3]! Sie ist für die Rolle
des Tartüffe wie gewachsen [4] — So ist denn der Augenblick da,
den ich so heiß ersehnte, der Augenblick nicht der Rache, nein der
Vergeltung [5]! Seit drei Uhr drängt sich das Publikum in den
Straßen. An der Kasse haben die Commissäre Mühe die Ordnung
aufrecht zu erhalten [6] — Mir ist so beklommen zu Muthe, wie dem
Krieger [7], eh' er in die Schlacht geht. — Wenn Armande wirklich
ein blaues Tuch trüge — nein, nein, sie hilft mir den Sieg gewinnen [8], in einem Feldzuge, den ich nur um ihretwillen begonnen [9]
habe. Sie! Sie, die Tochter des Duplessis, sie, der Preis dieses
Abends! Ihr, ihr selbst verdank' ich den Stoff, ihren Erinnerungen,
ihren Thränen [10] —! Dort ist die Loge der Prinzen, hier die des
Königs — Wenig Minuten noch und die Günstlinge versammeln
sich in diesem Vorsaal. (Lüftet den Vorhang [11].) Von dort sieht der
König auf Elmire Duplessis nieder [12], zittert wie ich, und wird sich getäuscht sehen, wenn es zu spät ist. [13] — Ich will mich noch ein wenig ausruhen und sammeln — Wo wär' ich ungestörter [14], als dort!
So mancher Fürst hat in der Politik die Rolle eines Schauspielers übernommen; ruh' auch einmal ein Schauspieler aus auf dem
Sessel eines Königs! (Geht hinein in das Innere der Loge. Der
Vorhang fällt hinter ihm wieder zu.)

Zweiter Auftritt.

Dubois. Lefèvre. Dann Chapelle. Zuletzt Lionne und Delarive.

Dubois. Man muß in die Corridore fliehen . . . . um Athem
zu schöpfen . . . .

Lefèvre. Das Haus füllt sich bis zum Giebel [15] —

Dubois. Es sollen Quetschungen und Verwundungen aller
Art an der Kasse vorgekommen sein — [16]

Lefèvre. Ein Beweis, daß die Aerzte nicht nöthig hatten,
sich über die Aufführung des Tartüffe zu beklagen —

---

1. dont le costume offre déjà pour cette soirée une ressemblance com-
plète avec celui de T. 2. de ressembler. 3. mais où donc M. a-t-elle
découvert cette perruque? 4. elle semble faite tout exprès. 5. le moment, non de la vengeance, mais des représailles. 6. de maintenir. 7. je me
sens aussi oppressé ou j'éprouve une anxiété aussi vive que le guerrier.
8. elle m'aidera à triompher (ou à remporter la victoire.) 9. entreprise.
10. c'est à elle, à elle-même, à ses souvenirs, à ses larmes que je dois le
choix de mon sujet. 11. soulevant la toile. 12. de là le Roi abaisse
ses regards sur E. D. 13. et reconnaîtra, mais trop tard, qu'on l'a trompé.
14. plus tranquillement. 15. la salle sera bientôt comble. 16. il soll-
. . . . vorgekommen sein, il y a eu, dit-on.

Dubois. Kommt die satirische Stelle auf die Advocaten, so werd' ich kein Auge von Ihnen verwenden.[1] —

Lefèvre. Der König hat die Deputationen, die gegen den Tartüffe waren, in seine Loge nehmen wollen. Unser Unglück trägt uns wenigstens eine große Ehre ein:[2] Sehen Sie unsern würdigen Freund Chapelle!

Dubois. Er scheint in tiefe Berechnungen versunken.[3] —

Chapelle (tiefsinnig wieder an den Fingern zählend tritt ein)[4].

Lefèvre. Berechnest du die Einnahme, würdiger[5] Freund? —

Dubois. Oder die Kopfzahl — ich rechne etwas über 2000 Menschen[6] —

Chapelle. Ich berechne, wenn das so fortgeht, wie viel Jahre der französische Geschmack brauchen wird[7], um gänzlich zu Grunde zu gehen[8].

Dubois. So lange noch Akademiker dichten[9], wird wenigstens Aussicht sein, daß es nicht immer so volle Häuser giebt.[10]

Lefèvre. Und denken Sie sich[11], Dubois, der Stoff des Tartüffe gehört eigentlich Chapelle, — er hat ihn selbst erfunden, er war der erste, der auf den Gedanken kam[12], einen Scheinheiligen auf die Bühne zu bringen[13]. —

Chapelle. Es war mein Originalgedanke —![14]

Dubois. Der Minister und der Kammerherr! —

(Lionne und Delarive treten ein.)

Delarive. Se. Majestät werden nicht mehr lange ausbleiben[15].

Lionne. Er unterzeichnete soeben noch[16] die Befreiung der Unruhestifter, die in der Bastille ihre Leidenschaft für ein Stück büßten[17], über dessen Zulassung ich mich in der That noch nicht sammeln kann[18].

Chapelle. Der Gewürzkrämer Matthieu ist glücklicherweise auf Befehl des Präsidenten La Roquette davon ausgenommen. Es ist einer der kunstgefährlichsten Claqueure!

Lefèvre. La Roquette? So ist es keine Frage[19], daß er seit Molière's Anrede an das Publikum den Tartüffe ganz allein auf

---

1. je ne détournerai pas les yeux de vous. 2. nous vaut du moins un grand honneur. 3. il semble absorbé par de profonds calculs. 4. entrant d'un air pensif et comptant sur ses doigts. 5. mon digne. 6. j'estime qu'il y a un peu plus de 2000 personnes. 7. ce qu'il faudra d'années au goût français. 8. pour périr complétement. 9. tant que nos académiciens cultiveront la poésie. 10. nous avons la perspective que la salle ne sera jamais aussi pleine. 11. imaginez-vous ou figurez-vous. 12. c'est lui qui le premier a eu l'idée. 13. de mettre en scène. 14. c'est une pensée qui m'appartient en propre ou éclose dans mon cerveau. 15. S. M. ne tardera pas à paraître. 16. le Roi vient encore de signer. 17. ont expié (auch expient.) 18. qu'il est maintenant permis de jouer, ce dont je ne puis encore me remettre. 19. alors il n'y a plus à douter.

sich beziebt[1]. Und noch mehr[2]! In den Papieren Matthieu's befindet sich ein Document, welches beweist, daß Madeleine ur= sprünglich den Namen Duplessis führt[3].

Lionne und Dubois. Duplessis?

Lefèvre. Erinnern Sie sich? Dies war der Name jener un= glücklichen Familie, von welcher Molière damals in der Audienz bei Ihnen, Herr Minister, so leidenschaftlich gesprochen hatte — darauf hab' ich in alten Acten die überraschende Entdeckung ge= macht, daß Duplessis' Kinder vor zwölf bis vierzehn Jahren wirklich einen hartnäckigen Proceß gegen La Roquette führten[4] —

Alle. Gegen La Roquette?

Delarive (an den Vorhang). Wie unruhig das Publikum ist[5]! Wie lärmend[6]! Sollte man nicht glauben, es gäbe eine Hinrichtung —[7]!

Dritter Aufzug.

Molière (tritt ihm aus der königlichen Loge entgegen). Die Vorigen.

Alle. Der Präsident!

Lionne. Er selbst! Ich erstaune, Sie im Theater zu sehen.

Delarive. Noch nie hatten die Schauspieler des Königs die Ehre, selbst den Herrn Präsidenten La Roquette anzuziehen.

Lefèvre (bei Seite). Ohne Zweifel — er ist der Tartüffe!

Molière. Hab' ich die Ehre von Ihnen erkannt zu sein?

Dubois (bei Seite). Ehre? Erkannt zu sein? Er scheint schon in der Irre zu sprechen[8].

Lionne. Er fühlt die Beziehung des Stückes auf[9] —

Chapelle. Herr Präsident, seien Sie versichert, daß ich alles aufbieten werde[10], diese Satire des Molière in allen Zeitschriften zu zergliedern[11], und Sie sollen sehen, daß es in Frankreich noch Federn giebt.

Molière. Die von Gänsen herkommen —[12]

Chapelle und Lefèvre. Von Gänsen?

Lionne (bei Seite). Er scheint in der That seiner Sinne nicht mehr mächtig[13] — (Laut.) Herr Präsident, liegen Ihnen die Schicksale der Familie Duplessis so am Herzen[14]?

Lefèvre. Sie wissen doch ohne Zweifel, daß die heutige

---

1. daß er . . . . den Tartüffe ganz allein auf sich bezieht, que . . . . il consi= dère T. comme ne pouvant s'appliquer qu'à lui *ou* qu'à sa personne. 2. bien plus! 3. a porté. 4. soutenu. 5. comme le public est agité! 6. quel vacarme il fait! 7. ne dirait-on pas qu'il va y avoir une exécution? 8. à l'entendre, on croirait qu'il bat déjà la campagne. 9. il sent que la pièce s'applique à. 10. que je n'épargnerai rien *ou* que je mettrai tout en œuvre. 11. pour réduire à néant (*ou* pour réduire en termes journalistiques Sprache= hieße es pour éreinter). 12. d'oie. 13. il semble en effet que sa raison a déménagé *ou* qu'il n'a plus sa tête. 14. prenez-vous si fort à cœur les malheurs de la famille Duplessis?

junge Debutantin, Madeleine, eine von den unglücklichen Töchtern des Dupleffis ist?

Molière (hocherstaunend [1]). Wie? Wer?

Lefèvre. Die Papiere des Matthieu, den Sie verhaften lie=ßen, beweisen, daß Sie, Sie es waren [2], der eine Zeit lang [3] im Hause der Aeltern dieses Mädchens —

Molière. Wessen? Madeleine's? Madeleine wäre — die Schwester Armandens? — Himmel! Ich höre die Klingel des Souf=fleurs — Das erste Zeichen [4] — diese wunderbare Nachricht von Madeleinen — Im dritten Act, meine Herren, sehen wir uns wieder. (Ab.)

Alle (lachend). Es war Molière!

Chapelle. Molière als Tartüffe!

Lionne. Bewunderungswürdig [5]! Der leibhaftige Präsident [6]!

Lefèvre. Es ist kein Zweifel, La Roquette ist der Tartüffe, La Roquette ist — (für sich) der falsche Freund des Dupleffis?

Delarive. Das wird die größte Rolle, die Molière je ge=spielt hat. Sehen Sie das unermeßlich gefüllte Haus [7]! Kommen Sie! Einen Augenblick nur! (Er lüftet den Vorhang.)

Alle (treten vorsichtig allmählig in die Loge hinein, gehen auch nicht ganz an die Brüstung, der Vorhang fällt hinter ihnen zu.)

Vierter Auftritt.

La Roquette (tritt vorsichtig herein. [8]) Später die Vorigen.

La Roquette. So ist es denn beschlossen und ohne Wunder geht dieser Abend nicht mehr zurück [9]. Ganz Paris ist in Bewegung, Alles will die Frommen auf der Bühne sehen. Die Stichwörter der Satire sind notirt; bei gewissen Stellen, die mit Händen zu greifen sind, wird ein unermeßlicher Jubel ausbrechen — Meine Freunde haben nach [10] Rom geschrieben — Das Interdict gegen alles, was auf diese Ausartungen der Komödie geht, kann nicht ausbleiben [11]. Aber für den heutigen Abend kommt alles zu spät—! Um einen Betrug das [12], den man sich mit dem König erlauben will! Gewiß, schon hätt' ich ihm die Intrigue verrathen, wenn ich sie nicht an einem für meinen Ruf zu gefährlichen Ort entdeckt hätte — er muß hier vorüber [13] — wenn ich es jetzt noch wagte [14]—! Es zog mich

---

1. au comble de la surprise. 2. que c'est vous, vous. 3. pendant quelque temps. 4. signal. 5. c'est admirable! 6. le président en per-sonne *ou* fam. tout craché. 7. voyez la foule énorme qui remplit cette salle! 8. entrant avec précaution. 9. et à moins qu'un miracle n'ait lieu, cette soirée aura l'effet désiré *ou* le succès de cette soirée est assuré. 10. à. 11. tout ce qui a trait à ces œuvres dégénérées de la comédie va être frappé d'interdiction. 12. et pourquoi? à cause d'une mystification. 13. il doit passer par ici. 14. si j'osais, à présent encore, le risquer!

unwiderstehlich hierher [1] — hier, dacht' ich, wäre der einzig sichere Ort im Hause [2] — denn das große Gefolge des Königs ist in der Mittelloge —

(Die Vorigen treten hinter dem Vorhang heraus.)

Alle. Ah, Molière!

Lionne. Lassen Sie sich noch Zeit [3]?

Delarive. Der Anblick eines so überfüllten Hauses hat etwas Bezauberndes, Molière.

Dubois. Eine so erwartungsvolle Menge [4], Molière —

Lefèvre. Sie schienen so betroffen zu sein [5], daß Madeleine Béjart eigentlich Madeleine Duplessis ist [6] —

La Roquette (bei Seite.) Gott im Himmel! Sie halten mich [7] schon für Molière!

Chapelle. Freilich, Herr Molière, Sie haben sich Ihren Stoff nicht erfunden [8]. Ich hörte, es war eine wahre Geschichte, die Sie uns in Ihrem Tartüffe (zum Besten) geben [9].

La Roquette. Für wen halten Sie mich?

Delarive. Für den größten Dichter, den Frankreich in der Komödie besitzt, für den treffendsten Sittenmaler Ihrer Zeit, für ein Muster spätester Jahrhunderte, falls Herr Chapelle nichts dagegen hat [10].

Chapelle. Molière, wenn Sie die Akademiker schonten —

Lionne. Wenn Sie die Polizei schonten —

Dubois. Wenn Sie die Aerzte schonten —

Lefèvre. Wenn Sie die Notare schonten —

La Roquette. Meine Herren, ich bin der Präsident La Roquette —

Lionne. In der That! Von einer täuschenden Aehnlichkeit — [11]

Delarive. Ganz auch der Ton! [12] Unübertrefflich copirt! [13]

Dubois. Sie werden mit einem Sturm von Beifall empfangen werden! [14]

Lefèvre. Sehen Sie nur! Die Angst, die Verlegenheit des Bösewichts [15] — wie treffend stehen sie auf den Zügen seines Antlitzes gemalt! [16] Molière, man glaubt, Sie stünden bei der kleinen Bäuerin und sprächen von der Baumwollenindustrie von Limoges —

1. une force irrésistible m'a attiré ici. 2. j'ai pensé que cet endroit serait le seul sûr dans toute la maison. 3. vous donnez-vous encore ce loisir? 4. une foule si pleine d'attente *ou* si impatiente. 5. vous avez semblé si surpris. 6. soit (nicht est.) 7. ils me prennent. 8. vous n'avez pas inventé votre sujet. 9. dont vous nous avez régalés dans votre T. 10. si Mr. Ch. veut bien y consentir. 11. vraiment! la ressemblance est frappante *ou* c'est à s'y méprendre! 12. c'est aussi tout-à-fait son ton. 13. la copie est hors ligne *ou* défie toute imitation. 14. vous serez reçu avec un tonnerre d'applaudissements. 15. du misérable *ou* scélérat. 16. comme ces sentiments sont admirablement peints sur les traits de son visage!

La Roquette. Wollen Sie mich toll machen?

Dubois. Dieser Ausbruch von Wuth wird Ihnen ausgezeich-net stehen[1], wenn Ihre Schandthaten, die Sie im Hause (des) ar-men Dupleſſis begingen, an den Tag kommen[2], wenn der Geiſt der betrogenen Adele, die Stimmen der hülfloſen Kinder, die durch Sie gezwungen wurden, auf der Bühne ſich einen Unterhalt zu ſuchen[3] —

(Die Ouverture beginnt hinter der Scene.)

Delarive. Die Ouverture beginnt —

Alle (bei Seite). Der König!

Fünfter Auftritt.

Ludwig. Die Vorigen (die ſich alle tief verneigen).

Ludwig (geht armverſchränkt und ſehr aufgeregt auf und ab[4].) Guten Abend, meine Herren! Ah! La Roquette — guten Abend, La Roquette — Wie kommen Sie hierher? Man hat Sie ſeit Menſchengedenken nicht im Theater geſehen[5].

Lionne. Sire, es iſt Molière in der Rolle des Tartüffe —

La Roquette (bei Seite). Ich vergehe[6]

Dubois. Sire, alle fangen wir an, dem erhabenen Beiſpiel Ew. Majeſtät zu folgen und uns mit dem Tartüffe zu verſöhnen, ſeitdem Molière eine ſo treffende Charaktermaske gewählt hat.

La Roquette. Sire —

Ludwig. In der That, es iſt Molière! Wie ſollte auch der Präſident an einen ſo ſündhaften Ort kommen[7]! Die Täuſchung iſt wunderbar[8]. (Bei Seite.) Ich habe nicht den Muth ihm ins Antlitz zu ſehen[9]; — (Laut.) Meine Herren, kommen Sie alle in meine Loge!

Chapelle. Sire, die Ehre!

Ludwig. Alle, alle, die früher (die) Gegner des Tartüffe waren! Molière, gehen Sie jetzt ans Werk! Sie ſcheinen verſtimmt[10]? Hatten Sie doch nicht eine — kleine Verdrießlichkeit hinter den Couliſſen? Kommen Sie, meine Herren! Ihre Feinde, Molière, ſollen von meinen Augen, von meinem eignen Beiſpiel gezwungen werden, zu applaudiren. (Er tritt nach hinten. Sowie er an die Brüſtung kommt, bricht eine Beifallsſalve aus. Die Ouverture löſt ſich in einen Tuſch auf und ſchweigt.)

Dubois. Man applaudirt ihm, weil er das Verbot aufgeho-ben. — (folgt.)

---

1. cette explosion de fureur vous ira à merveille. 2. viendront au jour. 3. de chercher au théâtre des moyens d'existence ou de gagner leur pain sur la scène. 4. se promenant en long et en large les bras croisés et dans une grande agitation. 5. on ne vous a pas vu, de mé-moire d'homme, au théâtre. 6. je me meurs! 7. comment le président abor-derait-il un si mauvais lieu? 8. l'illusion est merveilleuse! 9. de le re-garder en face. 10. vous paraissez avoir de l'humeur?

Chapelle. Rasch, rasch, dann gilt der Empfang auch uns[1]! (Die andern treten nach hinten näher. Der Vorhang bleibt offen.)

La Roquette (vorn allein. Verzweifelnd[2]). Ha, ha, ha! Sie halten mich für Molière! Und Duplessis ist mitten unter ihnen und die Schlösser meiner Truhen öffnen sich und zeugen wider mich — die Scene hat begonnen — schon hör' ich diese mordenden Verse — jetzt wird Elmire auftreten — wie der König über die Brüstung sich lehnt — die Scene mit dem Tuche kommt — (Man applaudirt draußen.) Klascht nur! Klatscht! Ha, sie kosten schon Blut — der Appetit steigert sich — nur zu! Zu[3]! Wir wollen sehen, wer bessere Zähne hat[4]. Noch geb' ich die Hoffnung[5] nicht auf — Noch eine Secunde und Elmire tritt ein — (Man applaudirt noch stärker.) Ha! Da ist sie! Der König beugt sich über — Das Tuch — Das Tuch[6] —

Ludwig (erhebt sich hinten plötzlich und kommt langsam vor[6]. Die Uebrigen lassen ihn durch[7] und gruppiren sich in bescheidener Entfernung[8]).

La Roquette (zieht sich rasch zurück an die Seite). Das Tuch — war gelb!

Lionne (bei Seite.) Hat den König eine Stelle verwundet?

Dubois (bei Seite.) Vielleicht eine persönliche Beziehung[9] —

Chapelle (bei Seite.) Oder ein schlechter Vers[10] —

La Roquette (für sich.) Das Tuch war gelb!

Delarive: Majestät geruhen zu befehlen — Sire, dürft' ich —

Lionne. Die Sprache des Stückes schien Ew. Majestät doch wohl zu frei[11]?

Chapelle. Bis jetzt hab' ich schon sechs falsche Reime[12] gezählt —

Lionne. Wünschen Ew. Majestät einen Protest?

Lefèvre. Ein Mandat?

Ludwig (setzt sich und stützt den Kopf auf[13]. Abscheulich —! Das Tuch war gelb! Wenn sie mich betrogen hätte!

La Roquette (bei Seite). Das Costüme des Stückes ist nicht gut gewählt — — ha, ha! Das ist allein

(Man applaudirt draußen.)

Lionne. Wünschen Ew. Majestät[14], so erklär' ich augenblicklich[15], daß der Vorhang fällt[16] —

Chapelle. Ludwig XIV. ist doch Ludwig XIV.!

---

1. vite, vite, que nous ayons aussi notre part de la réception! 2. seul sur le devant et en proie au désespoir. 3. allez seulement! allez! 4. qui a les meilleures dents. 5. tout espoir. 6. et s'avance lentement. 7. le laissent passer. 8. et se groupent à une distance respectueuse. 9. une allusion personnelle. 10. ou un vers défectueux. 11. a sans aucun doute paru trop libre à V. M.. 12. rimes fausses. 13. en soutenant sa tête. 14. si V. M. le désire. 15. je déclare à l'instant même. 16. que le rideau va tomber.

Ludwig. Chapelle, das ist der geistreichste Gedanke, den Sie je ausgesprochen haben[1]! Was seh' ich dort? Noch immer Molière?
(Alle blicken auf La Roquette.)

La Roquette (sammelt sich, entschlossen[2]). Sire, wenn ich wagen dürfte, Ihnen eine Mittheilung zu machen —

Ludwig. Worüber?

La Roquette. Ueber einen Gegenstand der Garderobe. Ueber das Tuch Elmirens!

Ludwig. Wie — Sie wissen? — Meine Herren, (zeigt auf die Loge) treten Sie näher. Lassen Sie uns allein!
(Alle verbeugen sich und gehen in den Hintergrund.)

La Roquette. Sire, erlösen Sie mich[3] von diesem grausamen Misverständnisse! Ich bin niemand anders als der Präsident La Roquette!

Ludwig. In der That! Sie sind La Roquette — was wissen Sie von Elmiren?

La Roquette. Ludwig's hochherziger Sinn ist getäuscht worden[4] von der Koketterie eines Weibes — Nur um die Aufführung des Tartüffe zu ermöglichen[5], hat man diese List erfunden und Ew. Majestät mit einem gewissen — Zeichen täuschen wollen —

Ludwig. Darum verlangte Armande —[6]?

La Roquette. Das Zeichen des blauen Tuches! Ein Stück mit einem auffallenden Tuche wurde gesucht und Ew. Majestät in Ihrer Güte und Großmuth, ertheilten deshalb —

Ludwig. Abscheulich, empörend! Aber woher wissen denn Sie das alles —

La Roquette. Der Zufall ließ mich die Bekanntschaft jener kleinen Debutantin machen[7], welche heute zum erstenmale die Bretter betritt —[8]
(Man applaudirt hinter der Scene.)

Ludwig. Wem applaudirt man (schon) wieder?

Delaroe (von hinten her). Dem Auftreten der kleinen Béjart-Duplessis.

La Roquette. Desselben jungen Mädchens, das mir von Chapelle zur Protection empfohlen wurde[9] — Sie besuchte mich[10], sie plauderte mit mir, sie hatte gestern eine gewisse Scene in Armandens Garderobe belauscht —

Ludwig. Protegiren Sie junge Debutantinnen? Und diese[11] hat Ihnen Armandens Hinterlist verrathen?

1. ayez (nicht avez.) 2. se remettant résolûment. 3. délivrez-moi. 4. le noble cœur de Louis a été la dupe. 5. c'est dans le seul but où en vue seulement de rendre la représentation du T. possible; que. 6. c'est pour cela qu'Armande a demandé...? 7. le hasard m'a fait connaître cette petite débutante. 8. monte sur les planches. 9. la même jeune fille que Ch. m'a recommandé de protéger. 10. elle m'a rendu visite ou elle est venue me voir. 11. et c'est elle qui.

La. Roquette (bei Seite). Sie spielt jetzt — ich bin sicher! (Laut.) Ja, Ew. Majestät — es ist nichts als ein Complot, ein Complot des Betrugs, einer sträflichen Hinterlist, eines Verraths an den zartesten Empfindungen Ihres Herzens —

Ludwig. Abscheulich! Ich sehe, Sie wissen Alles! — Aber ich glaube, sie spricht — oder ist es die andere? Diese Kleine scheint ein hübsches Organ zu besitzen —

La Roquette. Ew. Majestät wünschen doch, daß ohne Weiteres[1] diese hochverrätherisch durchgesetzte Vorstellung geschlossen wird —

Ludwig. Getäuscht — verrathen! Empörend! — — Aber sonderbar[2], daß mir diese Madeleine nicht erst vorgestellt worden ist — Wieder eine neue Pflichtvergessenheit Molières[3] — (Applaus.) Sie scheint zu gefallen —

La Roquette. Nicht wahr, das Stück soll nicht weiter gespielt werden[4] —?

Ludwig. Delarive, hat die Kleine Talent?

Delarive. Vortrefflich, hinreißend[5]!

La Roquette. Nicht wahr, Sire, das Stück ist zu Ende —?

Ludwig. Mit dem ersten Acte! (Ganz) gewiß oder — Es thut mir nur leid — um diese kleine Madeleine Béjart[6] — wie kommt sie zu dem doppelten Namen[7] —?

La Roquette. Sire, der Vorhang soll fallen[8]?

Ludwig. Noch nicht! Später. Und Sie sagen, sie ist[9] eine Schwester Armandens?

La Roquette. Es wird morgen in den Journalen heißen: Das Stück wurde zwar bis zu Ende des ersten Actes gespielt, aber Se. Majestät verließen schon nach der ersten Scene ihre Loge?

Ludwig. Ohne Zweifel! Das ist der rechte Ausweg[10]!
(Applaus hinter der Scene.)

La Roquette. Diese teuflischen Hände[11]!

Ludwig. Delarive, gefällt sie?

Delarive. Die Scene? allgemein, allgemein, Sire —

Ludwig. Ist sie gut costümirt?

Delarive. Die Scene?

Ludwig. Die neue Debutantin!

Delarive. Sie trägt ein blaues Tuch —

---

1. sur le champ. 2. il est étrange. 3. encore un oubli de ses devoirs dont M. s'est rendu coupable! 4. la représentation ne doit pas continuer? 5. elle est charmante, à ravir! 6. je suis seulement fâché pour cette petite M. B. 7. comment se trouve-t-elle avoir deux noms? 8. il faut baisser la toile? 9. que c'est. 10. c'est le meilleur moyen de sortir d'embarras. 11. ces satanées mains!

Ludwig (steht auf). Nun trägt Die ein blaues Tuch [1]? Hm! Das könnte ja möglicherweise eine Andeutung Armandens sein [2] — eine Art Bitte um Vergebung [3]! Diese Madeleine ist — gewiß sehr — reizend — jedenfalls neu und — noch nicht dagewesen —

La Roquette. Sire, nicht wahr, Sie befehlen den Wagen?

Ludwig. Präsident, — ich beobachte gern [4] die Entwickelung junger Talente — (bei Seite.) Daß ihr Armande ein blaues Tuch gestattete [5], damit hat sie jedenfalls etwas ausdrücken wollen [6] — jüngere Schwestern [7] sind zuweilen interessanter — — als ältere [8] — (Man applaudirt.) Delarive, sie muß vortrefflich spielen — Es wäre grausam, wenn ich sie kränken wollte und gehen [9]! Nein nein, Präsident, lassen Sie das noch mit dem Artikel in den Journalen [10]!

La Roquette. Sire, die Religion!

Ludwig. Delarive, (Delarive kommt näher) ich denke, man ist einmal hier [11], man weiß nicht, was man noch den Abend über beginnen soll [12], man sieht das Stück zu Ende [13] — Was?

Delarive. Alle Blicke richten sich sehnsuchtsvoll [14] nach diesem verlassenen [15] Sessel —

Ludwig. In der That, nicht wegen des Stückes, nicht wegen dieser — boshaften Armande, nicht wegen Molières, sondern um eine junge Debutantin nicht zu kränken — Gehen wir? Was meinen Sie [16]?

Delarive. Madeleine wird Armande schlagen, scheint es, ich meine in ihrer Rolle —

Ludwig. Ich will in der That nur das Glück der ganzen Welt, selbst auf meine eigenen Kosten! Madeleine muß ein bedeutendes Talent sein! Ich entschließe mich von nun an nicht mehr, (die) Künstlerinnen, sondern nur noch die Kunst zu protegiren. Meine Herren, kommen Sie, ich will das Stück zu Ende sehen! (Ab in die Loge.)

(Alle folgen dem König. Der Vorhang der Loge fällt zu.

Letzter Auftritt.

La Roquette. Später Molière. Dann Armande, Madeleine und Matthieu. Zuletzt Ludwig und die Uebrigen.

La Roquette (allein.) Alles verloren! Alles hin [17]! Ich

---

1. c'est elle maintenant qui porte un fichu bleu. 2. cela pourrait bien être une indication donnée par A. 3. une manière de demander grâce. 4. je suis avec intérêt *ou* j'aime à suivre. 5. en lui permettant de porter un fichu bleu! 6. en tout cas elle a voulu donner quelque chose à entendre. 7. les sœurs cadettes. 8. que les aînées. 9. de vouloir l'offenser en quittant le théâtre. 10. attendez encore pour faire insérer l'article en question dans les gazettes. 11. qu'étant une fois ici. 12. et ne sachant à quoi passer sa soirée. 13. nous assisterons à la pièce jusqu'à la fin. 14. dans l'attente et le désir. 15. désert. 16. qu'en dites-vous? 17. c'en est fait! tout est perdu!

bin verurtheilt rücklings auf (die) Nachwelt zu kommen[1] und noch
das Zwerchfell der spätesten Jahrhunderte zu kitzeln[2] — Flieh ich?
Bleib ich? Soll ich mich selbst sehen?

Molière (als Tartüffe tritt schnell herein).

La Roquette (sieht sich in Molière wieder[3]). Ha! Wer bist du!
Mensch? Was willst du von mir[4]? Hinweg Gespenst[5]! Laß mich.

Molière. Erkennst du mich? Fühlst du, wer ich bin? Dein
Gewissen! Ja, dich und den Schatten eines durch dich geopferten
Unglücklichen wollt' ich der Welt zeigen! Sieh hin, dort unten
steht Duplessis als Orgon, Elmire ist das Weib deines Freundes,
das zur schändlichsten Untreue du, du verleitetest; die Frauenstimmen,
die an dein Ohr dringen, sind die beiden Kinder deines Freundes,
die durch dich in die Nacht des Lebens geschleudert wurden und sich
in dem Augenblick, wo deine Missethaten ans Tageslicht kommen, erkennen und als Schwestern wiederfinden müssen. Sieh,
sieh, so wie ich hier stehe[6], dein Schatten, dein Ebenbild, werd'
ich jetzt vor die Menge treten und Jubel wird nicht Molière,
nicht Tartüffe, nein, den Präsidenten La Roquette empfangen —

Matthieu (hat rechts und links Madeleinen und Armanden
am Arm. Armande trägt eine blonde Perrücke in der Hand und
sonstige Kleidungsstücke, die Molière später braucht.)

Matthieu. Gott sei Dank! Molière, ich komme noch zur
rechten Zeit! Es hat mich 3000 Livres Caution gekostet[7]!

Madeleine. Da ist er! Der ist's![8] Dem verdanken wir
diese Verbote, diese gestohlenen Souffltrbücher, diese Bastillen! Schlechter Mann[9], wenn Sie mir nicht eine Schwester geschenkt hätten[10] —
(legt ihren Arm um Armande).

Molière. Hier stehen die beiden Erbinnen jener Summen,
die du dem Opfer deiner Heuchelei und Tücke geraubt hast! Versprichst du, Madeleinen ein Vermögen von 30,000 Livres auszuzahlen?

La Roquette. 30 Tau — Was hilft mir das jetzt?[11]

Molière. Versprichst du ferner[12] für den Antheil, der meiner
Armande gebührt, und auf den sie verzichtet, weil ich, der Muse sei
Dank! die Mittel besitze, sie zu ernähren, versprichst du mir für diesen Antheil, damit das Talent, das Laster zu entlarven, in Frankreich nicht aussterbe, 30,000 Livres zu dem Zweck zu bestimmen,

---

1. do passer à reculons à la postérité. 2. et d'épanouir la rate (ou
d'exciter l'hilarité) des siècles les plus lointains. 3. retrouvant ses traits
dans ceux de M. 4. que me veux-tu? 5. va-t'en, fantôme ou spectre!
6. tel que tu me vois ici. 7. il m'en a coûté. 8. le voilà! c'est lui!
9. méchant! 10. si vous ne m'eussiez pas fait don d'une sœur! 11. à
quoi cela me sert-il maintenant? 12. en outre ou de plus.

daß davon eine Theaterschule, eine Akademie für den Unterricht in der Schauspielkunst gestiftet wird [1]?

La Roquette. Blasphemie!

Molière. In diesem Falle siehe, was ich thue! Dankbar für die Idee, die du mir wider Willen zu einem Stück gegeben hast, will ich nicht, daß man sage, seht, das ist der Präsident La Roquette! Molière — beweise dir, daß er ein edleres Herz hat! Hier ein Tuch, das du nicht zu tragen pflegst! Hier ein Kopf, der nicht der deine ist! (Setzt sich rasch die große blonde Perrücke auf und bindet sich ein blaues Tuch als Leibbinde um.

La Roquette. Ha! Man wird mich nicht erkennen!

Molière. Deine Thaten ja! Aber deine Person will ich schonen [2]. (Draußen stürmischer Applaus.) Hörst du, wie sie dich schon erwarten? Die Ungeduld, dich in mir und mich in dir zu sehen, grenzt an Raserei [3]. Schwöre zu erfüllen, was ich verlangt habe — und ich gehe hinaus, so wie ich jetzt hier stehe!

La Roquette. Ich schwöre —

Madeleine, Armande. Nicht bei Gott, den du gelästert [4]!

La Roquette. Beim Lichte der — Wahrheit [5]!

Molière, Matthieu. Bravo, Tartüffe!

Ludwig (hat schon vorher den Vorhang gelüftet und tritt mit den Herren aus der Loge). Nein, schwören Sie nicht, La Roquette! Schwören Sie bei der Nacht der Lügel Molière, Sie haben Großmuth gezeigt einem Manne, der sie nicht verdiente!

La Roquette (bei Seite). Das wird der letzte Tag meines Lebens [6]!

Ludwig. Nichts entging mir von dem, was hier gesprochen wurde, und was ich nicht verstand, ergänzten diese Herren! La Roquette, das also sind die Frommen, die Frankreich und mich beherrschen wollen? Sie, das Urbild des Tartüffe, suchen Sie nie wieder die Nähe eines Fürsten auf [7], der für immer vom Ruder des Staats die Heuchler verbannt! Richter sind Sie, von diesem Amte kann ich Sie nicht entfernen, aber ohne Zweifel geben Sie selbst es auf [8], wenn ich Sie hiermit der übrigen Aemter, die Sie außerdem bekleiden [9], für immer enthebe —

La Roquette. Sire, Gnade —

Ludwig. Legen Sie die Würde eines Anwalts meiner Krone nieder! (Zu den andern.) Also zwei Schwestern! (Geht zu Madeleinen.) Schöne Madeleine, ich wünsche, daß Sie eine ebenso

---

1. de destiner 30,000 livres à la fondation d'une école dramatique, d'une académie pour l'enseignement de l'art du comédien? 2. mais ta personne, je l'épargnerai. 3. touche au délire. 4. ne jure pas par ton Dieu que tu as blasphémé! 5. par la lumière de la vérité. 6. ce jour sera le dernier de ma vie. 7. ne cherchez plus à vous approcher d'un prince. 8. vous y renoncerez vous-même. 9. dont vous êtes en outre revêtu?

große Künstlerin werden mögen[1], wie Armande[2], aber eine Künstlerin auf der Bühne, nicht (mit vorwurfsvollem Blick auf Armande[3]) hinter den Coulissen!

Armande (beschämt und bittend). Sire —

Ludwig. Schon gut, schon gut[4]! Ich werde meine Protection Madeleinen zuwenden. Sie aber, Molière — meine Herren, ich mache mir ein Vergnügen daraus, jetzt aus der großen Hauptloge, wo ich die Prinzen des königlichen Hauses erblicke, Frankreich zu zeigen, daß ich in Molière die Kunst, in der Verbannung und Entlarvung seiner (auf La Roquette) Feinde die Freiheit der Gedanken und Gewissen ehre. Folgen Sie mir! (Ab nach innen.)

Chapelle. In die große Hauptloge! Molière! Ein Sitz in der Akademie ist erledigt! Macht sich Ihr Stück in der Vorstellung besser als in der Lectüre, so seien Sie überzeugt, daß ich Ihre Berechtigung anerkenne, ebenso unsterblich zu sein — wie wir[5]!

(Bienne, Dubois, Lefèvre, Delarive folgen dem König.)

Matthieu. Herr Expräsident! Ich gehe unter den Kronleuchter[6] und räche mich für die Bastille[7] als Claqueur aller der Stellen, die auf Sie Bezug haben[8].

Molière. Die Bedingungen! Oder morgen bei der ersten Wiederholung stell' ich den Wolf in seinen wahren Kleidern dar. Meine Freundinnen, meine Schwestern, jetzt an die Lampen!

Matthieu. Und ich unter den Kronleuchter!

(Alle vier nach einer Seite hin zugleich ab.)

La Roquette (allein). Geht nur, geht! Fürs Leben hab' ich verloren[9] und auf der Bühne nur halb gewonnen[10] — Aber verjagen kann man uns wie die Wölfe, und wie' die Füchse kommen wir wieder! Rächt euch! Rächt euch! Wir werden es auch thun[11]. (Im[12] Ton der Demuth.) Ich trete[13] in den Orden der Jesuiten!

(Der Vorhang fällt.)

---

1. que vous deveniez une aussi grande artiste. 2. qu'Armande (nicht comme). 3. jetant un regard de reproche sur A. 4. c'est bien, c'est bien! 5. que je reconnais vos titres à être immortel ... comme nous. 6. je vais me placer sous le lustre. 7. et me vengerai de mon emprisonnement à la Bastille. 8. en claquant tous les passages qui se rapportent à vous. 9. pour le monde j'ai perdu la partie. 10. et sur la scène elle n'est qu'à demi gagnée. 11. nous nous vengerons aussi. 12. du. 13. j'entrerai.

Wörterbuch.

~~~~~

Erklärung der Abkürzungen.

a. Adjectiv. adv. Adverb. c. Conjunction. f. Femininum. fam. vertraulich
fig. figürlich. i. Interjection. m. Masculinum. n. Neutrum. pl. Plural.
prn. Pronomen. prp. Präposition. v. a. actives Verb. v. n. Verbum
Neutrum. v. r. reflexives Verb.

Abbestellen v. a. contremander, dé-
. commander.
abbrechen v. a. fig. couper court, briser
là-dessus, parler d'autre chose.
abbrängen v. a. déplacer en pous-
sant, déloger, débusquer.
Abend m. soir m., soirée f.
Abentheuer n. aventure f. [aventures.
abentheuern v. n. courir après les
Abentheurer m. aventurier m.
abentheuerlich a. aventureux.
aber adv. mais. [éconduire.
abfertigen, v. a. renvoyer, rebuter,
abführen v. a. emmener.
abgeben v. a. remettre, délivrer.
abgehärtet a. endurci, aguerri.
abgehen v. n. s'en aller, sortir, partir;
beim Abgehen, en sortant.
abgeneigt a. peu ou mal disposé pour.
Abgeordneter m. envoyé, député, représentant, mandataire m. [m.
Abgesandter m. envoyé, ambassadeur
abgesehen prp. abstraction faite de
Abglanz m. reflet m.
abhalten v. a. détourner. [ou à part.
abhanden adv. égaré ou perdu.
abhangen v. n. dépendre.
abhelfen v. n. remédier (à).
abhüpfen v. n. s'éloigner en sautillant.
abkarten v. a. concerter ou comploter
abkaufen v. a. racheter. [(secrètement).
abknicken v. a. fig. briser.
ablaufen v. n. sortir en courant.
ablenken v. a. détourner, écarter,
. éloigner.
ablösen v. a. remplacer, relever.
abmarschiren v. n. se mettre en marche,
. décamper, déloger.
abnehmen v. n. diminuer.
Abreise f. départ m.
abreisen v. n. partir.
abreißen v. a. rompre (un cachet).

abrichten v. a. dresser, façonner, dis-
abrufen v.a. appeler, rappeler. [cipliner.
abschaffen v. a. abolir, abroger, sup-
primer.
Abscheu m. horreur, abomination f.
abscheulich a. affreux, abominable.
abschicken v. a. envoyer, expédier, dé-
Abschied m. congé m. [pêcher.
Abschiedsaudienz f. audience (de congé).
abschießen v. a. lancer, décocher.
abschlägig a. qui contient un refus.
abschließen v. a. fermer; fig. conclure,
terminer, régler.
Abschluß m. conclusion f.
abschneiden v. a. couper.
abschwören v. a. abjurer.
Absicht f. projet, dessein, but m.,
intention f.
absichtlich adv. exprès, avec intention.
abstammen v. n. fig. descendre, sortir
(de), être issu ou venir (de).
Abstimmung f. vote m.
abstoßen v. a. repousser, rebuter.
abtreten v. n. sortir, se retirer; 2.
. v. a. céder.
abwarten v. a. attendre (qn ou qc).
abweichen v. n. fig. s'écarter ou sortir
(de son sujet), faire des digressions.
abweisen v. a. renvoyer, rebuter, refuser. [éloigner.
abwenden v. a. détourner, écarter,
abwerfen v. a. se débarrasser, se défaire (de), rejeter.
abwesend a. absent.
Abwesenheit f. absence f.
abzählen v. a. compter un à un.
abzwingen v. a. arracher, extorquer,
contraindre (qn) de faire (qc).
acht a. huit.
achten v. n. faire attention (à qc);
2. v. a. honorer, estimer, faire
cas (de).

Achtung f. attention f.; 2. respect m., estime, considération f., égard m.
achtzehn a. dix-huit. [pantomime f.
Action f. action (théâtrale), jeu m.,
Abele n. pr. Adèle f.
adelig a. noble, aristocratique.
Abler m. aigle m.; fig. aigle f.
Adolph n. pr. Adolphe m.
adoptiren v. a. adopter.
Adoptivsohn m. fils adoptif.
Advocat m. avocat m. [(d'un avocat).
Advocatenpflicht f. devoir de profession
ähnlich a. semblable, pareil, ressem-
Aehnlichkeit f. ressemblance f. [blant.
ängstlich a. soucieux, inquiet, anxieux, troublé.
Aengstlichkeit f. inquiétude f., souci, trouble m., anxiété f.
ärgerlich adv. avec humeur, de mauvaise humeur, d'un air maussade.
ärgern (sich) v. r. se chagriner, se fâcher, s'indigner.
ästhetisch a. esthétique.
äußerlich a. extérieur.
äußern v. a. énoncer, exprimer.
Aeußerung f. assertion, déclaration f.
ahnen v.a. pressentir, se douter (de), supposer, conjecturer.
Ahnung f. pressentiment m.
Akademie f. académie f.
Akademiker m. académicien m., membre m. de l'Académie.
akademisch a. académique.
Akt m. acte m.
all a. tout, chaque.
Allee t. allée f.
allein a. seul.
allein adv. mais.
Alleinherrscher m. autocrate m., souverain absolu.
allerdings adv. assurément, certes, sûrement, sans doute.
allergnädigst adv. très-gracieusement.
allerhand a. divers, différent, de toute
allerhöchst a. très-haut. [sorte.
allerliebst a. gentil, charmant, ravissant,
Alles n. tout m. [délicieux.
allgemein a. général, universel.
allgewaltig a. tout-puissant.
allmächtig a. tout-puissant.
allmälig adv. peu à peu, par degrés, graduellement.
alltäglich a. quotidien, journalier.
allzu adv. trop, avec excès.

Almosen m. aumône, charité f.
Almosenier m. aumônier m.
Alp m. cauchemar m.
Alpen f. pl. Alpes f. pl.
also adv. ainsi.
alt a. ancien, d'autrefois.
Alter n. âge m.; 2. vieillesse f.
Amme f. nourrice f.
Amt n. emploi m., charge, fonction f.
Amtspflicht f. devoirs attachés à une charge.
amüsant a. amusant, divertissant.
anbefehlen v. a. enjoindre, ordonner,
anbeten v. a. adorer. [commander.
Anbeter m. adorateur m.
anbetungswürdig a. adorable.
anbieten v. a. offrir, faire offre (de).
Anblick m. vue f., aspect m.
anbohren v. a. entamer, mettre en perce (un tonneau). [placer.
anbringen v. a. réussir à mettre, à
Andacht f. dévotion f.; 2. acte m. de dévotion, prière f.
Anecdote f. anecdote f.
andeuten v. a. indiquer.
Andeutung f. indication f.
androhen v. a. menacer (de qc.)
Anerbietung f. offre, proposition f.
anerkennen v. a. reconnaître.
anfahren v. a. brusquer, rudoyer, apostropher rudement.
Anfall m. accès m., attaque f.
Anfang m. commencement m.
anfangen v. a. et n. commencer.
anfangs adv. d'abord, dans l'origine, au commencement.
anfüllen v. a. remplir.
Angabe f. rapport, renseignement; 2. dessein, projet, plan m.
angeboren a. naturel, inné, natif.
angedeihen lassen v. n. accorder, concéder.
angehören v. n. appartenir (à), faire partie, être membre (de).
Angelegenheit f. affaire f.
angemessen a. conforme, convenable,
angenehm a. agréable. [propre (à).
angesehen a. considéré, estimé, notable.
angestrengt adv. avec de grands efforts,
angewiesen f. anweisen. [avec peine.
angewöhnen v. a. habituer, accoutumer.
angreifen v. a. attaquer.
Angriff m. attaque f. [affection f.
Anhänglichkeit f. attachement m.,

Anhalt m. appui, soutien m.
Angst f. inquiétude, angoisse, anxiété f.
Angstschweiß m. sueur froide.
anhören v. a. écouter, prêter l'oreille (à).
anknüpfen v. a. nouer; wieder—, renouer.
anklopfen v. n. heurter, frapper à la
ankommen v. n. arriver. [porte.
anlangen v. a. concerner, regarder.
anmelden v. a. annoncer.
anmerken v. a. (es jemanden aber einer
Sache) s'apercevoir de (qc), remarquer (qc) en (qn).
Anna n. pr. Anne, Anna f.
Annchen n. pr. Annette f.
annehmbar a. acceptable, admissible.
annehmen v. a. accepter; fig. admettre; 2. v. r. sich (jemandes
einer Sache) —, prendre soin (de),
s'intéresser à (qn, qc).
Annehmlichkeit f. agrément m., char-
anonym a. anonyme. [mes m. pl.
anpochen v. n. frapper, heurter.
anrathen v. n. conseiller, recommander.
anrechnen v. a. attribuer, imputer;
mettre sur le compte de.
Anrede f. allocution f. [qn), aborder.
anreden v. a. adresser la parole (à
anregen v. a. pousser, porter (à),
faire naître, provoquer.
Anregung f. impulsion, excitation f.
anrufen v. a. appeler, sommer (qn)
de s'arrêter.
Ansbach n. pr. Anspach m.
anschicken (sich) v. r. se disposer ou
se préparer (à qc).
Anschlagzettel m. affiche f.
anschließen (sich) v. r. se joindre,
s'associer, se réunir (à).
Anschluß m. adjonction f.
ansehen v. a. regarder. [ment m.
Ansicht f. vue, opinion f., avis, senti-
anspielen v. n. faire allusion (à qn, qc).
Anspielung f. allusion f.
Anspruch m. prétention f., droit, titre m.
anständig a. convenable, décent,
séant; adv. décemment.
Anstand m. décence f., décorum m.,
bienséances, convenances f. pl.
anstatt prép. au lieu de, en place de.
ansteckend a. contagieux.
anstellen v. a. arranger.
Anstellung f. place f., emploi m.
anstößig a. inconvenant, indécent,
scabreux, choquant.

Anstoß m. offense f., scandale m.
Antheil m. part f.
anthun v. a. fig. faire.
Antlitz m. visage m., face, figure f.
antragen v. a. proposer, offrir.
antreffen v. a. trouver, rencontrer
par hasard. [partie f.
Antwort f. réponse, réplique, ré-
antworten v. a. et n. répondre, ré-
pliquer, répartir. [instruire.
anweisen v. a. enseigner, diriger,
Anweisung f. enseignement m., instruction f. [alliée.
anverwandt a. parent, parente, allié,
anwenden v. a. employer, mettre en
usage. [ploi m.
Anwendung f. application f., em-
anwerben v. a. recruter, enrôler.
Anwesenheit f. présence f.
Anzahl f. nombre m.
Anzeige f. annonce, notification f.
anzeigen v. a. annoncer, notifier.
anziehen v. a. attirer, allécher.
anzüglich a. piquant, mordant, choquant, offensant.
Anzüglichkeit f. propos piquant, épi-
gramme f., sarcasme m.
apostolisch a. apostolique.
Apotheke f. pharmacie f.
Apotheker m. pharmacien, autref.
apothicaire m.
Appetit m. appétit m.
applaudiren v. a. applaudir. [m. pl.
Applaus m. applaudissements, bravos
Arbeit f. travail, ouvrage m.
arbeiten v. a. et n. travailler.
Arbeiter m. ouvrier, travailleur m.
Arbeitstisch m. table f. à ouvrage.
Arbeitszimmer n. chambre où l'on
Archiv n. archives f. pl. [travaille.
arg a. sévère, rude, fort.
Argwohn m. soupçon, ombrage m.,
défiance f.
Aristophanes n. pr. Aristophane m.
Aristoteles n. pr. Aristote m.
arkadisch a. d'Arcadie.
Arm m. bras m.
arm a. pauvre, indigent, nécessiteux.
Armee f. armée f.
Armenkasse f. caisse f. des pauvres.
Armleuchter m. candélabre m., gi-
randole f. [sère f.
Armuth f. pauvreté, indigence, mi-
armverschränkt a. les bras croisés.

Arreſtant m. détenu, prisonnier m.
Art f. espèce, sorte f., genre m.
artig a. joli, gentil, mignon, agréable, poli, aimable, courtois.
Artigkeit f. grâce, gentillesse f., agrément m., politesse, prévenance f.
Artikel m. article m.
Arzenei f. médicament, remède m.,
Arzt m. médecin m. [médecine f.
Aſſecuranz f. assurance f.
aſſecuriren v. a. assurer.
Aſſyrier m. pl. Assyriens m. pl.
Aſyl n. asile, refuge m.
Athem m. souffle m., haleine f.
Athemzug m. aspiration f., souffle m.
attachirt a. attaché.
Attentat n. attentat, crime m.
auch adv. aussi.
Audienz f. audience f.
aufbieten v. a. employer ses forces.
aufbrechen v. n. se mettre en marche.
aufbringen v. a. fig. irriter, courroucer, fâcher.
aufdecken v. a. découvrir, révéler.
Aufenthalt m. séjour m.
auferziehen v. a. élever.
auffallend a. frappant, singulier, qui fait sensation. [jouer, donner.
aufführen v. a. exécuter, représenter.
Aufführung f. exécution, représen-
Aufgabe f. tâche, mission f. [tation f.
aufgeben v. a. renoncer (à).
aufgehen v. n. se lever, monter; 2. s'ouvrir.
Aufgehen n. lever m. (du rideau).
aufgreifen v. a. saisir, arrêter.
aufhören v. n. cesser, discontinuer.
aufheben v. a. lever (une défense).
Aufhebung f. levée f. (d'une défense).
aufklären v. a. éclaircir, expliquer.
aufklären v. a. éclaircir; 2. éclairer, instruire, civiliser, expliquer.
Aufklärung f. éclaircissement m.; 2. culture intellectuelle, lumières f. pl., civilisation f. [dessus.
auflegen v. a. mettre, placer ou poser
auflesen v. a. ramasser, recueillir.
auflösen (sich) v. r. se changer ou se convertir (en).
aufmerksam a. attentif; adv. attentivement, avec attention.
Aufmerksamkeit f. attention f.
Aufnahme f. accueil m., réception; admission f.

aufnehmen v. a. accueillir, recevoir; admettre; 2. relever, ramasser.
aufrechthalten v. a. soutenir.
aufregen v. a. exciter, animer, agiter.
aufreizen v. a. exciter, irriter.
aufrichtig a. sincère, franc, ingénu; adv. franchement, sincèrement, à dire vrai.
Aufrichtigkeit f. sincérité, franchise, ingénuité f., bonne foi.
aufrühren v. a. agiter, remuer, pousser à la révolte, révolter.
aufschlagen v. a. ouvrir, feuilleter.
aufschließen v. a. ouvrir.
aufsetzen v. a. mettre (un chapeau).
Aufsicht f. surveillance, inspection f.
aufspringen v. n. sauter, bondir, se relever brusquement.
aufstehen v. n. se lever.
aufsteigen v. n. monter.
aufsteigend a. ascendant.
aufstellen v. a. poser; établir.
aufstöbern v. a. faire lever ou partir (le gibier).
aufstreben v. n. faire des efforts pour s'élever, tendre (à).
aufstützen v. a. appuyer sur (qc), étayer.
Auftrag m. commission f., ordre m.
auftreten v. n. s'avancer; paraître, se montrer, se produire, se présenter (devant le public).
Auftreten n. entrée f.; beim —, en en-
Auftritt m. scène f. [trant; 2. début m.
aufwachen v. n. se réveiller.
aufwachsen v. n. grandir, être élevé.
Aufwand m. dépense f., frais m. pl.
aufwarten v. n. rendre visite, ses hommages ou ses devoirs, faire sa cour (à qn). [ameuter.
aufwiegeln v. a. soulever, révolter.
Aufzug m. acte m.
Auge n. œil m.
Augenblick m. moment, instant m.
Augenzahn m. dent œillère.
Augustus n. pr. Auguste m.
ausarten v. n. dégénérer.
Ausartung f. dégénération f.
ausbeuten v. a. mettre à profit, utiliser, exploiter.
ausbilden v. a. perfectionner, développer, instruire, (achever de) former.
Ausbildung f. perfectionnement, développement m., instruction f.

ausbleiben v. n. tarder à venir, ne pas venir, manquer, se faire attendre. [sion.
ausbrechen v. n. éclater, faire explo-
Ausbruch m. explosion f., éclat m.
ausdehnen v. a. étendre.
ausdenken v. a. imaginer, inventer.
Ausdruck m. expression f. -
auseinander adv. séparés l'un de l'autre.
auseinandersetzen v. a. expliquer, ana-
·lyser. [tourner (bien ou mal).
ausfallen v. n. se terminer, finir,
ausforschen v. a. chercher à pénétrer, à découvrir (les secrets de qn.).
ausführen v. a. exécuter, effectuer, accomplir. [tout au long.
ausführlich adv. avec ou en détail,
Ausführung f. exécution f., accomplissement m.
Ausgabe f. édition f.
ausgeben (sich) v. r. se donner ou se faire passer (pour), se dire, se qualifier (de).
ausgehen v.n. sortir; 2.tendre, viser (à).
ausgelassen a. déréglé, immodéré, dé-
vergondé. [gondage m., licence f.
Ausgelassenheit f. dérèglement, déver-
ausgenommen adv. excepté, hormis, hors, sauf.
ausholen v. a. pressentir, sonder (qn).
Auskunft f. renseignement m., infor-
mation f. [se moquer ou rire (de).
auslachen v. a. railler, persifler,
Ausland n. (pays) étranger m.
auslegen v. a. exposer.
auslesen v. a. choisir, élire, trier.
ausmachen v. a. arrêter, résoudre; convenir (de qc).
Ausnahme f. exception f.
ausnahmsweise adv. par exception.
ausnehmen (sich) v. r. avoir (bonne ou mauvaise) apparence, faire (un bon ou mauvais) effet.
auspfänden v. a. saisir (les biens de qn).
auspfeifen v. a. siffler. [en babillant.
ausplaudern v. a. divulguer, ébruiter
ausrotten v. a. détruire, exterminer.
Ausrottung f. extermination f.
Ausruf m. exclamation f.
ausrufen v. n. s'écrier. [clamation.
Ausrufungszeichen n. point m. d'ex-
ausruhen v.n. se reposer, prendre du
ausschlagen v. a. refuser. [repos.
aussehen v. n. paraître, avoir l'air.

ausschließen v. a. exclure.
ausschließlich adv. exclusivement.
aussetzen v. a. blâmer, critiquer, reprendre.
aussöhnen v. a. réconcilier, rapprocher.
aussprechen v. a. exprimer.
aussterben v. n. fig. s'éteindre, tomber dans l'oubli. [nir m.
Aussicht f. perspective, chance f., ave-
ausstehen v. a. souffrir, supporter,
aussterben v. n. s'éteindre. [endurer.
Aussteuer f. dot f.
ausstoßen v. a. expulser, exclure.
aussuchen v. a. choisir.
ausstrecken v. a. étendre, allonger (ses mains, bras etc.).
ausstreuen v. a. semer, répandre, pro-
pager (de faux bruits).
ausstudiren v. n. achever, finir, terminer ses études.
austheilen v. a. distribuer, repartir.
austoben v. n. fig. se calmer, s'apaiser.
auswärtig a. du dehors, étranger.
auswechseln v. a. échanger.
Ausweg m. expédient m., ressource f.
ausweichend adv. d'une manière évasive.
ausweisen v. a. expulser, bannir, pro-
scrire; 2. v. r. sich—, se faire re-
auswendig adv. par cœur. [connaître.
auswerfen v. a. jeter.
Auswuchs m. fig.
auszeichnen v. a. distinguer.
Auszeichnung f. distinction f.
ausziehen v. n. déménager; 2. v. a. tirer, ôter de; déshabiller.
Autor m. auteur m.
baarfuß a. nu-pieds.
Baalpriester m. prêtre m. de Baal.
Babylonier m. pl. Babyloniens m. pl.
Bad n. bains m. pl., eaux f. pl.
baden v. n. se baigner.
Badeort n. endroit m. ou ville f.
bah int. bah! [d'eaux.
Bahn f. carrière, route f.
bahnen v. a. ouvrir, aplanir, frayer.
bald adv. bientôt, sous peu, inces-
baldig a. prompt. [samment.
Ballet n. ballet m.
Ballettänzerin f. danseuse f. de bal-
Band n. lien m. [let, ballérine f.
Barbar m. barbare m.
Barbarei f. barbarie f.
barmherzig a. miséricordieux, chari-
table.

Barmherzigkeit f. miséricorde, pitié,
Baron m. baron m. [charité f.
Bart m. barbe f.
Bäuerin f. paysanne, villageoise, cam-
Baumwolle f. coton m. [pagnarde f.
Baumwolleninbustrie f. industrie co-
tonnière. [coton.
Baumwollentuch n. mouchoir m. de
Bauplan m. plan m. de bâtisse.
Baute f. bâtisse f., bâtiment m.
beabsichtigen v. a. avoir en vue, pro-
jeter, se proposer. [inquiéter.
beängstigen v. a. alarmer, troubler,
bearbeiten v. a. travailler (à), composer.
beauftragen v. a. charger (qn de qc),
donner (à qn) la commission (de).
bedauern v. a. regretter, être fâché
ou désolé (de qc). [faire réflexion.
bedenken v. a. songer, considérer,
bedenklich a. délicat, épineux, dangereux, grave; adv. d'un air grave.
Bedenklichkeit f. scrupule m., hésitation,
bedeuten v. a. signifier. [difficulté f.
bedeutend adv. considérablement.
Bedeutung f. sens m., signification,
acception f.
bedeutungsvoll a. d'une grande importance, d'une haute portée.
bedienen (sich) v. r. se servir ou faire
usage (de). [chambre, serviteur m.
Bedienter m. domestique, valet de
Bedienung f. service m.
Bedingung f. condition f.
bedrohen v. a. menacer.
bedürfen v. n. avoir besoin de.
Bedürfniß n. besoin m.
beeilen v. a. hâter, accélérer, presser;
2. v. r. sich —, se hâter ou s'empresser (de). [atteinte) à.
beeinträchtigen v. a. nuire (ou porter
befassen (sich) v. r. se mêler, s'occuper (de).
Befehl m. ordre, commandement m.
befehlen v. a. ordonner, commander.
befinden v. a. trouver; 2. v. r. sich —,
se porter. [seconder.
befördern v. a. favoriser, encourager,
befolgen v. a. suivre; obéir (à).
befreien v. a. délivrer, affranchir.
Befreiung f. mise f. en liberté, délivrance f., élargissement m.
befremden v. a. étonner, surprendre.
Befremden n. étonnement m.; sur-
befreundet a. familiarisé. [prise f.

begegnen v. n. rencontrer; fig. arriver,
Begegnung f. rencontre f. [survenir.
begeistern v. a. enthousiasmer.
Begierde f. curiosité f.
begierig a. curieux.
Beginn m. commencement m.
begleiten v. a. accompagner.
Begleiter m. compagnon m.; 2. homme
de la suite. [suite, escorte f.
Begleitung f. accompagnement m.,
begreifen v. a. comprendre, concevoir.
Begriff m. idée, notion f.
begrüßen v. a. saluer.
behalten v. a. garder, conserver.
behandeln v. a. traiter.
Behandlung f. traitement m.
behaupten v. a. soutenir, maintenir.
beherrschen v. a. régner ou dominer
(sur), gouverner. [pire m.
Beherrschung f. domination f., em-
behexen v. a. ensorceler.
Beichtstuhl m. confessionnal m.
Beichtvater m. confesseur m.
beide a. les deux, l'un et l'autre.
beifällig a. approbatif.
Beifall m. succès m., suffrages, applaudissements m. pl. [ments.
Beifallsfalve f. salve f. d'applaudisse-
beiläufig adv. à peu près.
Beileidsbezeugung f. compliment m.
de condoléance.
Bein n. jambe f.
Beiname m. surnom, sobriquet m.
beisammen adv. ensemble.
beiseit adv. à part.
Beispiel n. exemple m.
Beistand m. appui, soutien m., aide f.
beitragen v. n. contribuer, concourir (à).
Bekannte s. (personne de) connaissance; ami, amie.
Bekanntschaft f. connaissance f.
bekehren v. a. convertir.
Bekehrung f. conversion f.
bekennen v. a. avouer, confesser.
Bekenner m. partisan, adhérent m.
Bekenntniß n. aveu m., confession f.
beklagen (sich) v. r. se plaindre.
bekleiden v. a. exercer, remplir, administrer; revêtir, être pourvu
bekommen v. a. recevoir. [(de).
belauschen v. a. écouter (en épiant).
beleben v. a. animer.
belehren v. a. instruire.
belehrend a. instructif.

beleidigen v. a. offenser, blesser. [m.
Beleidigung f. offense, injure f., affront
Beleuchtungskosten pl. frais m. pl.
d'éclairage. [des éloges (à).
beloben v. a. louer, vanter, donner
belohnen v. a. récompenser.
bemeistern (sich) v. r. s'emparer (de).
bemerken v. a. observer, remarquer.
Bemerken n. Bemerkung f., remarque
observation f.
bemühen (sich) v. r. se donner (ou
prendre) la peine de.
Bemühung f. peine f., effort m., démarche f. [comporter.
benehmen (sich) v. r. se conduire, se
benutzen v. a. profiter (de), mettre
à profit. [vation f.
Beobachtung f. remarque, obser-
Beobachtungsgabe f. don ou talent
bequem a. commode. [d'observation.
Bequemlichkeit f. commodité, aise f.
berauschen v. a. enivrer, griser.
berechnen v. a. compter, calculer,
supputer.
Berechnung f. calcul, compte m.
berechtigen v. a. autoriser, fonder.
bereit a. prêt (ou disposé) à.
bereits adv. déjà.
bereuen v. a. se repentir (de).
Berg m. montagne f.
Bericht m. rapport, compte rendu.
berichten v. a. rapporter, faire un
rapport (sur).
berüchtigt a. (m. p.) fameux.
berücksichtigen v. a. tenir compte (de),
prendre en considération. [dération.
Berücksichtigung f. prise f. en consi-
berühren v. a. toucher; fig. affecter.
Berührungspunkt m. point de contact.
Beruf m. mission, vocation, charge f.
berufen v. a. appeler.
beruhigen v. a. calmer, apaiser,
tranquilliser, rassurer.
besänftigen v. a. apaiser, calmer.
beschäftigen v. a. occuper.
beschämen v. a. rendre honteux ou
confus, humilier, faire rougir.
bescheiden a. discret; modeste.
Bescheidenheit f. discrétion, modestie f.
beschenken v. a. faire des présents (à).
Beschlag m. arrêt m.
beschließen v. a. décider, résoudre.
beschneiden v. a. rogner.
beschreiben v. a. décrire, dépeindre.

Beschreibung f. description, peinture f.
beschuldigen v. a. inculper; accuser
(de), imputer (à). [abriter.
beschützen v. a. protéger, défendre,
Beschützer m. protecteur, défenseur m.
beschwören v. a. conjurer, supplier,
adjurer. [instante.
Beschwörung f. supplication, prière
besehen v. a. regarder, voir, considérer, examiner.
beseitigen v. a. écarter.
besetzen v. a. occuper, garder.
besinnen (sich) v. r. se souvenir, se
Besitz m. possession f. [rappeler.
besitzen v. a. posséder.
besonder a. particulier, spécial.
besonders adv. particulièrement, surtout. [avisé, prudent.
besonnen a. réfléchi, circonspect,
Besorgniß f. soin, souci m., appré-
hension, crainte f.
besprechen v. a. parler ou conférer
(sur), discuter (de). [sion f.
Besprechung f. conférence, discus-
besser a. meilleur.
bessern v. a. réparer, raccommoder.
beständig a. continuel; fig. constant.
Beständigkeit f. constance f.
bestätigen v. a. confirmer.
bestäubt a. couvert de poussière, pou-
beste a. le meilleur. [dreux.
bestehen v. n. consister (en), être
composé (de).
bestehend a. existant, subsistant.
bestehlen v. a. voler, dérober (qn).
bestellen v. a. commander, faire venir.
bestirnen v. a. consteller.
bestens adv. pour le mieux.
bestimmen v. a. fixer, désigner, destiner, arrêter.
bestrafen v. a. punir, châtier.
Bestrafung f. punition f., châtiment m.
Bestrebung f. effort m.
bestreiten v. a. disputer, contester;
2. suffire à la dépense (de), faire
les frais (de).
Besuch m. visite f.
besuchen v. a. rendre visite (à), visiter, aller voir. [stupéfier.
betäuben v. a. étourdir, abasourdir,
beten v. n. prier, faire sa prière.
Betglocke f. cloche f. de la prière,
angélus m. [(à qe).
betheiligen (sich) v. r. prendre part

bethören v. a. éblouir (qn), fasciner l'esprit (de), tromper, séduire.
Betonung f. accentuation f.
betrachten v. a. considérer, examiner,
Betragen n. conduite f. [contempler.
betreffen v. a. concerner, être relatif ou avoir rapport (à).
betroffen a. surpris, confus, interdit.
betrüben v. a. attrister, contrister, affliger.
Betrübniß f. affliction, tristesse f.
betrügen v. a. tromper, décevoir, abuser, duper; en imposer (à).
Betrüger m. trompeur, imposteur,
beugen (sich) v. r. se pencher. [fourbe m.
beunruhigen v. a. agiter, inquiéter, alarmer, troubler. [trouble m.
Beunruhigung f. inquiétude f.,
beurtheilen v. a. juger.
Beurtheilung f. jugement m.
Bevölkerungstabelle f. tableau m. de la population. [tentiaire.
Bevollmächtigter m. ministre plénipo-
bevor conj. avant que ou de.
bevorrechtet a. privilégié.
bevorworten v. a. recommander; appuyer (une demande).
Bevorwortung f. recommandation f.
Bewegung f. mouvement m.; fig. émotion, agitation f.
Beweis m. preuve f.
beweisen v. a. prouver, démontrer.
bewerben (sich) v. r. se mettre sur les rangs.
Bewerbung f. mouvement m.; fig. émotion, agitation f.
bewilligen v. a. accorder, concéder.
Bewilligung f. concession f. [venue (à).
bewillkommnen v. a. souhaiter la bien-
bewogen a. engagé, décidé à (faire
Bewunderer m. admirateur m. [qc).
bewundern v. a. admirer.
Bewunderung f. admiration f.
bewunderungswürdig a. admirable.
Bewußtsein n. sentiment intime, con-
bezahlen v. a. payer. [science f.
bezaubern v. a. ravir, charmer, enchanter, séduire. [charmant.
bezaubernd a. enchanteur, ravissant,
beziehen (sich) v. r. se rapporter (à), concerner; etwas auf sich —, s'appliquer qc.
Beziehung f. relation f., rapport m.
Bezug m. relation f., rapport m.

bezweifeln v. a. douter (de), mettre
Bibel f. Bible f. [en doute.
biblisch a. biblique.
bieder a. brave, honnête, loyal.
Biedermann m. honnête homme, homme
Bier n. bière f. [de cœur.
Bierkrug m. cruche f. de bière.
bilden v. a. former, cultiver, faire l'éducation (de).
Bild n. image f.; 2. portrait m.
Bildung f. éducation, instruction f.
Bildungsgeschichte f. histoire de l'édu-
Billet n. billet m. [cation.
billig a. équitable, raisonnable.
billigen v. a. approuver, agréer, trouver bon ou juste.
Billigung f. approbation f., agrément, consentement, aveu m.
binnen prép. dans l'espace de, d'ici à.
Birkenwäldchen n. bois m. de bouleaux.
bis prép. jusque; 2. conj. jusqu'à ce que.
bisweilen adv. quelquefois, parfois.
bitten v. a. prier, demander.
bitter a. amer, triste, douloureux, pénible, rude, dur.
Bitterkeit f. amertume, aigreur f.
blamiren (sich) v. r. se rendre ridicule, faire rire à ses dépens.
blank a. brillant, reluisant.
Blasebalg m. soufflet m.
blaß a. pâle, blême, blafard.
blau a. bleu.
Blechmütze f. casque m.
bleiben v. n. rester, demeurer.
blenden v. a. éblouir, fasciner.
Blick m. regard m.
blind a. aveugle. [l'œil.
blinzeln v. n. (mit den Augen) cligner
Blitzableiter m. paratonnerre m.
blitzen v. n. briller, reluire, flamboyer.
blond a. blond. [embarrassé.
blöde a. craintif, timide, honteux,
Blöße f. fig. faible, défaut m.
Blut n. sang m.
Blumenstock m. plante f. en vase.
Blumenmädchen n. bouquetière f.
Blumentopf m. pot m. à fleurs.
blühend a. fig. florissant, prospère.
Boden m. terre f., terrain, sol m.
böse a. méchant, mauvais; 2. fâché, irrité (contre qn).
Bösewicht m. vaurien, scélérat m.
Bonvivant m. bon vivant.

borgen v. a. emprunter.
bornirt a. faible d'intelligence, à vue courte, borné. [intelligence bornée.
Bornirtheit f. faible portée d'esprit,
boshaft a. malicieux, malin.
Bote m. messager m.
Botschaft f. message m. [l'incendie.
Brandversicherer m. assureur m. contre
brauchen v. a. avoir besoin (de).
Braunschweig n. Brunswick m.
Bräutigam m. fiancé m.
Braut f. fiancée f. [neur.
Brautführer m. premier garçon d'hon-
Brautschau f. zur —gehen, aller chercher femme.
brav adv. brave! à merveille! très
brechen v. a. rompre, briser. [bien!
Brett n. planche f.
Brief m. lettre f.
Briefadresse f. adresse f. de lettre.
Briefchen n. petite lettre, billet m.
Briefwechsel m. correspondance f.
Brille f. lunettes f. pl.
bringen v. a. apporter, amener.
Brodkrume f. miette f. de pain.
Broschüre f. brochure f.
Bruder m. frère m.
Brüsseler a. de Bruxelles, bruxellois.
Brüstung f. appui m.
Brummbär m. grondeur, grognard m.
brummen v. n. murmurer, gronder.
Buch n. livre m.
buchig a. bossu.
Büchermensch m. savant, érudit m.
Bühne f. scène f.
Bühnenfreiheit f. liberté f. de la scène.
bürden v. a. amasser, entasser, amon-
Bürger m. bourgeois m. [celer.
bürgerlich a. bourgeois; fig. simple.
Bürgerschaft f. bourgeoisie f.
Bürgerstand m. (les) bourgeois m. pl.
büßen v. n. payer pour, expier.
Büßerhemd n. cilice m.
Bund m. ligue, association, coalition f.
bunt a. bigarré, bariolé

censiren v. a. faire la critique (de), censurer.
Ceremonial n. cérémonial m. [fusion f.
Chaos n. chaos, tohu-bohu m., con-
Charakter n. caractère m.
Charakterbild n. tableau m. de carac-
charakterisiren v. a. caractériser. [tère.
Charakteristik f. caractéristique f.
Charaktermaske f. masque m. à caractère.
Charlatan m. charlatan, empirique m.
Chef m. chef m.
Chiffre f. chiffre m.
Chicane f. chicane, tracasserie f.
Chocolade f. chocolat m.
Choleriker m. homme enclin à la colère, irascible, emporté, irritable.
Christenheit f. chrétienté f.
christlich a. chrétien.
Clärchen n. pr. Claire, Clara f.
Claque f. claque f., claqueurs m. pl., fam. chevaliers m. pl. du lustre,
Claqueur m. claqueur m. [Romains m.pl.
classisch a. classique.
Clausel f. clause f.
Client m. client, protégé m.
Clique f. clique f.
Clubb m. club m.
Codicill n. codicille m.
Collation f. repas m., collation f.
collationiren v. a. collationner.
Collecte f. collecte, quête f.
Colleg n. conseil m.
College m. collègue, confrère m.
combiniren v. a. et n. combiner, faire des combinaisons.
Combination f. combinaison f.
Commando n. commandement m.
Comite n. comité m.
commerziell a. commercial.
Commerzcollegium n. conseil m. ou chambre f. de commerce.
Commissär m. commissaire m.
Commission f. commission f.
Committent m. commettant m.
Comödiant m. comédien m.

Conſtellation f. conjoncture f.
Contur f. contour m.
Copie f. copie f.
copiren v. a. reproduire, copier.
Correſpondenz f. correspondance f.
correſpondiren v. n. correspondre.
Corridor m. corridor, couloir m.
Coſtüm n. costume m.
coſtümiren v. a. costumer.
Coterie f. coterie f.
Couliſſe f. coulisse f., décor m.
Couliſſengeheimniß n. secret m. des
Courier m. courrier m. [coulisses.
Courierdienſt m. service m. de courrier.
Courierpferd n. cheval d'estafette ou
de courrier.
Couvert n. couvert m. [tique, ſéide m.
Creatur f. créature f., partisan fana-
criminaliter adv. d'une façon crimi-
nelle, criminellement.
Cultur f. développement m., lumières
f. pl., culture intellectuelle.
curios a. singulier, étrange, bizarre.
dafür adv. pour cela.
Dahingeſchiedener m.défunt, trépassé m.
Dame f. dame f.
dampfen v. n. fumer.
Dampfwolke f. nuage m. de fumée.
Dank m. remercîment m.; actions f.
pl. de grâce. [gratitude.
dankbar a. reconnaissant, plein de
Dankbarkeit f. reconnaissance, grati-
tude f.
danken v. n. remercier, rendre grâces.
dann adv. alors; 2. puis.
darbieten v. a. présenter, offrir.
darſtellen v. a. représenter, peindre,
dépeindre, décrire.
Darſteller m. auteur; 2. acteur m.
Darſtellung f. représentation, peinture, description f.
darüber adv. sur cela, à ce sujet.
Daſeinsüberdruß m. dégoût m. de la
daß conj. que. [vie ou de l'existence.
davon adv. de cela, en.
Debüt n. début m.
Debütantin f. débutante f.
Deckmantel m. fig. manteau, voile,
masque, prétexte m.
Defenſive f. défensive f.
Degen m. épée f.
dein a. ton, ta.
Delicateſſen f. pl. friandises f. pl.
Demonſtration f. démonstration f.

demnächſt adv. sous peu, bientôt, in-
demüthig a. humble. [cessamment.
demüthigen v. a. humilier.
Demüthigung f. humiliation f.
Demuth f. humilité f.
denken v. n. penser, songer (à).
Denkſchrift f. mémoire m.
denkwürdig a. mémorable.
denn conj. car. [tion f.
Denunciation f. dénonciation, accusa-
denunziren v. a. dénoncer, accuser.
Depeſche f. dépêche f.
Deputation f. députation f.
dergleichen a. pareil, semblable.
dermaleinſt adv. un jour.
deſperat a. maussade, désespérant.
Detail n. pl. détails m. pl. [ment.
deutlich a. distinct; 2. adv. distincte-
Diatribe f. diatribe f., attaque pas-
dicht adv. tout près de. [sionnée.
dichten v. n. faire des vers.
Dichter m. poète m.
dichteriſch a. poétique.
Dichtung f. poésie f., poème m.
dick a. épais.
Dieb m. voleur, larron m.
Diebſtahl m. vol, larcin m.
dienen v. n. servir.
Diener m. serviteur m.
Dienſt m. service m. [ou fonction.
dienſtthuend a. de service, en exercice
Differenz f. différend m.
Dilettant m. amateur m.
Ding n. chose f.
Diplomat m. diplomate m.
diplomatiſch a. diplomatique.
Director m. directeur m.
discuriren v. n. discourir.
Doctor m. médecin; docteur m.
Doctorchen n. petit docteur.
Document n. document m., pièce f.
donnern v. n. tonner.
donnernd a. tonnant, de tonnerre.
doppelſinnig a. à double-sens.
doppelt a. double.
Dorfſchöne f. beauté villageoise.
dornenvoll a. semé d'épines, épineux.
Doſe f. tabatière f.
Drama n. drame m.
Dramatiker m. écrivain ou auteur
dramatiſch a. dramatique. [dramatique.
drängen v. a. presser, serrer; 2. v. r.
ſich—, pénétrer (qe part) à force
d'importunités.

braußen adv. dehors.
brehen v. a. tourner, tordre, tresser;
2. v. r. sich—, se tourner.
breist a. hardi, audacieux, effronté.
Dreßben n. pr. Dresde.
britte a. troisième.
brohenb a. menaçant, imminent.
Drohung f. menace f.
brollig a. drôle.
brüben adv. de l'autre côté, au-delà.
brüden (sich) v. r. se serrer, se presser.
bünn a. mince. [torisé (à).
bärfen v. n. oser, pouvoir; être au-
Düte f. cornet m.
bulben v. a. et n. souffrir, endurer.
bumm a. imbécile, sot, stupide, borné.
Dummheit f. bêtise, sottise, stupidité f.
buntel a. obscur, sombre, ténébreux.
Dunfel m. obscurité f., ténèbres f. pl.
burch prp. par, à travers.
burchfallen v. n. fig. échouer; tomber.
burchgehen v. n. déserter, lâcher pied.
burchschauen v. a. pénétrer, percer à
jour. [vers.
burchschleichen v. a. se glisser à tra-
burchsehen v. a. venir à bout de.
Durst m. soif f.
Dutenb n. douzaine f.
Ebbe f. reflux m.; — unb Fluth, flux
et reflux. [ment du reflux.
Ebbezeit f. temps de la marée, mo-
ebenfalls adv. également, pareillement.
Ebenbild n. image, ressemblance f.,
portrait m. [pas moins.
ebenfo adv. absolument de même, aussi.
Eberjagb f. chasse f. au sanglier.
Ede f. coin, angle m.
ebel à. noble, élevé, généreux.
Ebuarb m. pr. Édouard.
eher adv. plutôt.
Ehe f. mariage m.
Ehemann m. mari, époux m.
Ehevertrag m. contrat m. de mariage.
Ehebinberniß n. obstacle matrimonial.
Ehre f. honneur m.
ehrenvoll a. honorable.
Ehrenwache f. garde f. d'honneur.
ehrenwerth a. honorable.
ehrfurchtsvoll, a. respectueux, plein de
respect ou de vénération.
Ehrgeiz m. ambition f.
ehrgeizig a. ambitieux.
ehrwürbig a. vénérable, respectable.
Egoismus m. égoïsme m.

egoistisch a. égoïste.
eichen a. de chêne.
Eiferfucht f. jalousie f.
eiferfüchtig a. jaloux.
eigen a. propre, personnel.
eigenhänbig a. en mains propres; 2
de sa propre main.
Eigenschaft f. qualité f.
eigenfinnig a. entêté, obstiné, opiniâtre.
Eigenthum n. propriété f. [original.
eigenthümlich a. propre, particulier,
Eigenthümlichkeit f. particularité, propriété, originalité f. [ment parler.
eigentlich adv. proprement, à propre-
eilen v. n. se hâter, s'empresser.
eilig a. pressé, pressant, urgent.
einanber prn. l'un l'autre, les uns les
autres; réciproquement, mutuelle-
ment. [tion, chimère f.
Einbilbung f. pensée, idée, imagina-
Einbilbungskraft f. imagination f.
einbringen v. a. rapporter, produire,
valoir.
einbringen v. a. fig. s'imposer, s'établir (chez qn)a force d'intrigues
ou d'importunités.
Einbruck m. impression f.
einfach a. simple; adv. simplement.
Einfall m. saillie f. [l'esprit.
einfallen v. n. venir à l'idée ou à
Einfaltspinfel m. nigaud, imbécile,
sot m. [glisser adroitement.
einflechten v. a. fig. faire entrer, insérer,
Einflüsterung f. insinuation f. sugges-
tion, instigation f. (mauvais) con-
Einfluß m. influence f., crédit m. [seil.
einflußreich a. influent, considéré.
einführen v. a. introduire.
Eingang m. entrée f.
eingehen v. n. entrer (dans les idées
de qn., dans l'esprit d'un rôle.)
Eingriff, m. atteinte f., empiètement
m., usurpation f.
einherlaufen v. n. approcher en courant.
Einhorn m. licorne f.
einige a. quelque.
Einfunft f. revenu m.
einlaben v. a. inviter.
einlabenb a. engageant.
Einlabung f. invitation f. [recevoir.
einlaffen v. a. laisser entrer, admettre,
einmal adv. une fois.
Einnahme f. recette f.

einnehmen v. a. occuper, tenir; 2. recevoir (de l'argent); 3. fig. pré-
venir (pour ou contre.)
einnehmen a. fig. engageant, prévenant.
einpacken v. n. faire sa malle, son
coffre, s'en aller.   [permettre.
einräumen v. a. accorder, concéder,
Einräumung, f. concession f., octroi
m., permission f.
einsam a. solitaire, isolé, seul.
Einsamkeit f. solitude f., isolement m.,
retraite f.; abandon m.
einschiffen v. a. embarquer.
Einschiffung f. embarquement m.
einschlafen v. n. s'endormir.
einschlagen v. a. fig. prendre (un chemin, une route).
einschließen v. a. fig. comprendre,
renfermer, faire entrer dans.
einstecken v. a. empocher ou avaler
(une insulte), garder (un affront).
einstimmen v. n. consentir, adhérer
(à), être d'accord (sur).
einstimmig adv. d'une commune voix,
unanimément, à l'unanimité.
einstudiren v. a. étudier, apprendre
par cœur.   [arriver, se passer.
eintreten v. n. entrer; fig. survenir,
Eintreten n. (entrée) f. de qn.
Eintritt m. entrée f.
Eintrittsgeld n. entrée f.
einundzwanzig a. vingt et un.
einverstanden a. d'accord, d'intelligence.
Einverständniß m. intelligence, entente
f., accord m.   [f., concert m.
Einvernehmen n. intelligence, entente
einverstanden a. d'accord, d'intelligence.
einweihen v. a. initier.
einwenden v. a. objecter.
Einwendung f. objection f.
einwilligen v. n. consentir (à).
Einwohner, m. habitant m.
einzeln a. isolé, séparé, seul.
Einzelnes m. particulier m., détails m. pl.
einzig a. seul, unique.
eisern a. de fer.   [illusoire.
eitel a. vain, frivole, chimérique,
Eitelkeit f. vanité, frivolité f.
elegant a. élégant.
Eleganz f. élégance f.
elend a. misérable, pauvre, indigent,
nécessiteux; fig. m. p. misérable.
Elend n. misère, pauvreté, indigence
f., dénuement m.

Eltern m. pl. parents m., pl. père et
mère.
Emissär m. émissaire, agent (secret).
Empfänger m. celui qui reçoit; destinataire (d'une lettre).
Empfang m. réception f., accueil m.
empfangen v. a. recevoir.
empfehlen v. a. recommander.
Empfehlung f. recommandation f.
empfinden v. a. sentir, ressentir, éprouver.
empfindlich a. susceptible, chatouilleux.
Empfindlichkeit f. susceptibilité f.
Empfindung f. sentiment m. sensation f.
empören v. a. soulever, révolter.
empörend a. qui soulève d'indignation,
Ende n. fin f.   [révoltant.
endlich a. définitif, final; adv. défini-
tivement, finalement, enfin. [nitif.
Endresultat m. résultat final ou défi-
engagiren v. a. engager, enrôler.
Engel m. ange m.
England n. Angleterre f., Grande Bre-
englisch a. anglais, britannique. [tagne.
ennuyiren v. a. ennuyer, fatiguer, lasser.
Ensemble n. ensemble m. [peut se passer.
entbehrlich a. superflu, inutile, dont on
entblößt a. découvert, décolleté.
entdecken v. a. découvrir, révéler, faire
connaître.
Entdeckung f. découverte; révélation f.
entfernen v. a. éloigner, écarter.
Entfernung f. éloignement m. [exciter.
entflammen v. a. échauffer, enflammer,
entgegen adv. au-devant ou à la rencontre (de).
entgegenarbeiten v. n. contrarier, contrecarrer (qn), s'opposer à (qc).
entgegeneilen v. n. courir au devant
ou à la rencontre de (qn),
entgehen v. n. échapper (à), éviter.
entheben v. a. dispenser (qn.) de (qc).
Enthusiasmus m. enthousiasme m.
entlarven v. a. démasquer.
entlassen v. a. congédier, donner congé
(à), licencier, renvoyer.
Entlassung f. congé, licenciement, ren-
voi m., démission f.
entlehnen v. a. emprunter. [(de qn.)
entnehmen v. a. prendre ou emprunter
enträthseln v. a. déchiffrer.
Entrée n. entrée f.
entreißen v. a. arracher (qn à).
entrüstet a. indigné, outré.
Entrüstung f. indignation f.

entſcheiben v. a. décider, prononcer.
entſchließen (ſich) v. r. se décider, se
résoudre, se déterminer (à). [(à qn.)
entſchuldigen v. a. excuser, pardonner
Entſchuldigung f. excuse f.
entſeblich a. horrible, affreux, effroyable.
Entſebenslaut m. cri d'effroi.
entſinnen (ſich) v. r. se souvenir de
ou se rappeler (qc.)
entſtehen v. n. naître, provenir, résulter (de), se former.
entſtellen v. a. défigurer, dénaturer,
fausser, travestir.
Entſtellung f. défiguration f., travestissement m., parodie f.
enttäuſchen v. a. désappointer, désa-
buser, désillusionner, détromper.
Enttäuſchung f. désappointement, désa-
entvölkern v. a. dépeupler. [busement m.
Entvölkerung f. dépeuplement m.
entwenden v. a. dérober, voler, soustraire,
entwerfen v. a. esquisser. [détourner.
entwickeln v. a. développer, dérouler.
entwürbigen v. a. avilir, dégrader,
déshonorer. [(qn) priver (qn de qc).
entziehen v. a. soustraire, dérober (qc à
entzücken v. a. ravir, charmer, enchanter.
Entzücken n. ravissement, enchantement
Epiſtel f. épître f. [m., extase m.
Epithalamium n. épithalame m., poème
equipiren v. a. équiper. [nuptial.
Equipirung f. équipement m.
erbärmlich a. à faire pitié, misérable,
pitoyable.
erbarmen (ſich) v. r. avoir pitié ou
compassion (de), compatir (à).
Erbin f. héritière f.
erbitten v. a. prier d'accorder. [mosité f.
Erbitterung f. aigreur, irritation, ani-
erblaſſen v. n. devenir pâle ou blême,
erblicken v. a. apercevoir. [pâlir, blêmir.
Erbprinz m. prince héréditaire, héri-
tier présomptif (de la couronne).
erbrechen v. a. ouvrir, décacheter
(une lettre). [tament.
Erbſchleicherei f. captation f. de tes-
Erbſe f. pois m.
Erbe f. terre f.
erbenklich a. imaginable, concevable.
erfahren v. a. apprendre, entendre dire.
erfinden v. a. inventer, trouver.
Erfindung f. invention, fam. trouvaille.f.
erfolgen v. n. suivre, succéder (à).
erfreuen v. a. réjouir, récréer.

erfreulich a. réjouissant, satisfaisant.
erfüllen v. a. remplir, satisfaire.
ergänzen v. a. compléter.
Ergebenheit f. dévouement m.
Ergebniß n. résultat m.
ergebenſt adv. très humblement.
ergießen (ſich) v. r. se vider, se jeter.
ergreifen v. a. saisir.
ergründen v. a. approfondir, pénétrer.
erhalten v. a. recevoir; 2. tenir, conser-
erheben (ſich) v. r. se lever. [ver, garder.
erhiben v. a. échauffer.
erholen (ſich) v. r. se remettre, se recueillir, revenir à soi (d'une faiblesse, d'une frayeur). [venir (de).
erinnern v. a. (an) rappeler, faire souve-
erinnern (ſich) v. r. se souvenir (de),
erkennen v. a. reconnaître. [se rappeler.
erkranken v. n. tomber malade.
erkundigen (ſich) v. r. s'informer, se
renseigner, prendre des informations ou des renseignements.
erlauben v. a. permettre.
Erlaubniß f. permission f. [ence (de).
erleben v. a. éprouver, faire l'expéri-
erlaucht a. auguste.
erledigt a. vacant.
Erlöſung f. délivrance f.
erleuchten v. a. éclairer.
erloſchen a. éteint.
ermeſſen v. a. présumer, estimer, juger.
Ermunterung f. encouragement m.
ernähren v. a. nourrir, entretenir.
ernſt a. sérieux, grave.
Ernſt m. gravité f., sérieux m.; sincérité f.; im vollen Ernſte, très-
sérieusement, tout de bon.
ernſtlich adv. sérieusement, tout de bon.
Erörterung f. discussion f., débat m.
erobern v. a. conquérir, faire la con-
Eroberung f. conquête f. [quête (de).
erquicken v. a. récréer, restaurer, ra-
errathen v. a. deviner. [nimer, rafraîchir.
erregen v. a. exciter; agiter, émouvoir, exalter, [exaltation f.
Erregtheit f. excitation, émotion,
erreichen v. a. atteindre, parvenir (à).
erringen v. a. gagner avec peine,
obtenir par ses efforts.
errötben v. n. rougir, avoir honte.
erscheinen v. n. paraître, se montrer.
erschießen v. a. fusiller; 2. v. r. ſich —,
se brûler la cervelle.
erschöpft a. épuisé, à bout.

erſchrecken v. n. s'effrayer, prendre
erſchüttern v. a. ébranler. [peur.
erſehen v. a. juger (de qc par qc).
erſehnen v. a. désirer ou souhaiter
erſparen v. a. épargner. [ardemment.
erſt a. premier.
erſtaunen v. n. s'étonner, être surpris ou étonné. [prise f.
Erſtaunen n. étonnement m., sur-
erſtens adv. premièrement, d'abord.
erſticken v. a. étouffer.
erſtrecken v. a. étendre.
erſuchen v. a. prier.
ertragen v. a. souffrir, supporter, en-
erwachen v. n. s'éveiller. [durer.
erwachſen v. n. fig. résulter, naître,
erwarten v. a. attendre. [provenir (de).
Erwartung f. attente f.
erweitern v. a. élargir, agrandir.
erwerben v. a. acquérir, gagner.
erwirken v. a. procurer, ménager,
faire obtenir (qc à qn).
erwartungsvoll a. impatient, inquiet.
erwünſcht a. désiré, souhaité.
erzählen v. a. raconter, conter, réciter, narrer. [m.
Erzählung f. narration f., récit, conte
Erzbiſchof m. archevêque m.
Erzeugniß n. produit m., production f.
Erzfeind m. grand ennemi, ennemi
mortel ou juré.
Erzhanswurſt m. paillasse consommé,
roi des polichinelles, bouffon achevé.
Erzherzog m. archiduc m.
erziehen v. a. élever, faire l'éducation
Erziehung f. éducation f. [(de).
erzürnen v. a. mettre en colère, irri-
eſſen v. a. manger. [ter, fâcher.
Europa n. Europe f.
europäiſch a. d'Europe, européen.
Eva n. pr. Ève f.
Evolution f. évolution f.
ewig a. éternel; adv. éternellement.
examiniren v. a. examiner, faire subir
un examen (à qn).
Exercirplatz m. place f. d'armes,
champ m. de manœuvres.
Exil n. exil, bannissement m.
Exiſtenz f. existence f.
exiſtiren v. n. exister, être.
Erpräſident m. ex-président m.
Fabrik f. fabrique, manufacture f.
Fabrikerzeugniß n. produit manufac-
turé, objet fabriqué.

Fackeltanz m. danse f. aux flambeaux.
Facta n. pl. faits m. pl., choses
vraies ou réelles.
Faden m. fil m.
Fächer m. éventail m.
fähig a. capable ou en état (de).
Fähigkeit f. capacité, aptitude, ha-
bileté, adresse f.; talents m. pl.
Fahne f. drapeau, étendard m.
Fall m. cas m.
fallen v. n. tomber.
falſch a. faux, fourbe, double, perfide, traître, menteur; adv. faux,
mal, contre les règles.
Falſchmünzer m. faux-monnayeur m.
Familie f. famille f.
Familienapplaus m. applaudissement
m. de famille. [famille.
Familiengeheimniß n. secret m. de
faſſen v. a. saisir, empoigner; fig.
saisir, concevoir.
faſt adv. presque, à peu-près.
fatal a. fâcheux, contrariant.
Feder f. plume f.
Feenparadies n. paradis m. féerique.
fehlen v. n. manquer.
Fehler m. défaut m., faute f.
fehlgeſchlagen v. n. échouer, manquer.
feierlich a. solennel; adv. solennelle-
Feind m. ennemi m. [ment.
Feld n. champ, domaine m.
Feldherr m. fig. capitaine m.
Feldzug m. campagne, expédition f.
Felſen m. rocher, roc m.
Felſenpartie f. partie f. à travers les
Fenſter n. fenêtre, croisée f. [rochers.
Ferien f. pl. vacances f. pl., congés
fern adv. loin. [m. pl.
Ferne f. distance f., lointain, éloigne-
fertig a. prêt. [ment m.
Feſſel f. chaîne f.
feſſeln v. a. captiver, enchaîner.
Feſt n. fête, réjouissance f.
feuerfeſt a. à l'épreuve du feu, in-
combustible. [ment m.
Feuersbrunſt f. incendie, embrase-
Fiaker m. fiacre m., voiture f. de
Fichte f. pin, sapin m. [louage.
Figur f. tournure, taille f., port m.
Filz m. vilain, avare, ladre m.
Finanzminiſter m. ministre des finances.
finden v. a. trouver.
Finger m. doigt m.
Flamme f. flamme f.

Flasche f. bouteille f.
flatterhaft a. léger, inconstant, volage.
Flebermaus f. chauve-souris f.
Fliege f. mouche f., moucheron m.
fliehen v. n. fuir, s'enfuir, se sauver.
Flitterjahr n. premières années de mariage, belles années; fam. lunes f. pl. de miel.
Flitterwochen f. pl. premiers temps du mariage; belles semaines, fam. lune f. de miel.
Flöte f. flûte f.
fluchen v. n. jurer, pester.
Flügelthüre f. porte f. à deux battants.
förmlich a. formel; adv. formellement.
folgen v. n. suivre, succéder (à); 2. obéir (à), suivre les avis (de).
folgend a. suivant.
Foliant m. in-folio m.
foltern v. a. tourmenter, torturer.
Form f. forme f.
formen v. a. façonner, former.
fort adv. loin; — fein, être parti, s'en être allé.
fortfahren v. n. continuer, poursuivre.
fortgeben v. n. s'en aller, partir, se [retirer.
fortsetzen v. a. continuer.
fortwährend adv. sans relâche ou sans cesse. [suivre son chemin.
fortwandeln v. n. continuer ou pour-
Foulard m. foulard m.
Frack m. habit, frac m.
Frage f. question, demande f.
Frankreich n. France f.
französisch a. français.
Franzose m. Français m.
frappiren v. a. surprendre, étonner, [frapper.
Frau f. femme, dame f.
Frauenstimme f. voix f. de femme.
Frauenzimmer n. personne f. du sexe, [femme f.
frei a. libre.
Freibillet n. entrée f. de faveur.
Freiheit f. liberté f.
freigeben v. a. élargir, rendre la liberté (à qn); lever la défense (d'un livre etc.).
freigebig a. libéral, généreux.
freilich adv. assurément, certes, sans [doute, en effet.
fremd a. étranger.
Fremder m. étranger m.
Fremdling m. étranger m. [vorer.
fressen v. a. manger goulûment, dé-
Freude f. joie f., plaisir, amusement
Freund m. ami m. [m.

freundlich a. affectueux, bienveillant.
Freundschaft f. amitié f.
Frevel m. attentat, crime, forfait m.
Frieden m. paix f., repos, calme m.
Friedrich n. pr. Frédéric m.
frisch a. frais, florissant, vif, brillant.
Frömmelei f. fausse dévotion, cagoterie f.
Frömmigkeit f. piété, dévotion f.
Frömmler m. faux dévot, cagot, cafard
froh a. gai, joyeux, content. [m.
Frohsinn m. enjouement m., gaîté f.
fromm a. pieux, dévot.
früh a. précoce; adv.tôt, de bonne heure.
Frühe f. matin m., matinée f.
früher adv. autrefois, jadis.
Frühstück n. déjeûner m.
frühstücken v. n. déjeûner.
frühzeitig a. de bonne heure, précoce, prématuré.
Fuchs m. fig. homme rusé, renard m.
Fuchsjagd f. chasse f. aux renards.
fühlen v. a. sentir, éprouver.
führen v. a. conduire, mener.
fünf a. cinq.
fünfhundert a. cinq cents.
fünfzehn a. quinze.
fünfundzwanzig a. vingt-cinq.
für prép. pour.
fürchten v. a. craindre, redouter.
fürchterlich a. terrible, affreux, effra-
Fürsorge f. sollicitude f. [yant.
Fürst m. prince, souverain m.
Fürstin f. princesse f.
Fürstenthum n. principauté f.
Fürwort n. recommandation, apos-
Füßchen n. petit pied. [tille f.
füttern v. a. nourrir, alimenter.
furchtbar a. S. fürchterlich.
furchtsam a. craintif, timide.
Fuß m. pied m.
Fußtritt m. coup de pied.
Gabe f. don m.
gänzlich adv. entièrement, tout à fait.
Galanterie f. propos flatteur ou aimable; compliment m.
Galgen m. gibet m., potence f.
Galle f. bile f., fiel m.
Gans f. oie f.; fig. petite sotte.
Garbedragoner m. dragon m. de la
Gartüche f. gargote f. [garde.
Garnisonküchenverwaltung f. intendance f. des cuisines militaires.
Gast m. hôte m.

Gasthaus n., Gasthof m. auberge, hôtellerie f.

Gastrolle f. rôle joué en représentation.

Gastvorstellung f. représentation sur un théâtre étranger.

Gatte m. époux, mari m.

Gattung f. genre m., espèce f.

Gaukler m. jongleur, bateleur, saltim-

Gebet n. prière f. [banque m.

gebildet a. cultivé, éclairé, (homme)

geboren a. né. [d'esprit, de goût.

gebühren v. n. convenir, être séant.

Geburt f. naissance f.

Gedächtniß n. mémoire f.

Gedanken m. pensée f. [plagiat m.

Gedankendiebstahl m. vol intellectuel,

gedeihen v. n. prospérer, réussir.

gedenken v. n. compter, se proposer.

Geduld f. patience f.

geduldig a. patient.

gefährlich a. dangereux, périlleux.

Gefährlichkeit f. danger qui s'attache à (qc), gravité f. (d'un mal).

gefällig a. agréable, engageant, charmant.

gefallen v. n. plaire, être agréable.

gefallsüchtig a. coquet, minaudier.

gefangen a. prisonnier, détenu, captif.

Gefangenschaft f. captivité, détention f., emprisonnement m.

Gefühl n. sentiment m.

gefühllos a. insensible, impassible, froid, sans cœur.

gegen prp. contre; 2. envers.

Gegenstand m. sujet m., matière f.; 2. objet m.

Gegentheil n. contraire m.

Gegenwart f. présence f.

gegenwärtig a. présent, actuel.

Gegner m. adversaire, antagoniste m.

Gehalt m. appointements m. pl, traitement m.

geheim a. secret, mystérieux, occulte.

Geheimniß n. secret, mystère m.

geheimnißvoll a. secret, mystérieux.

gehen v. n. aller.

gehören v. n. appartenir (à).

gehorsam a. docile, obéissant.

Gehorsam m. obéissance, déférence, soumission f. [ou humblement.

gehorsamst adv. très respectueusement

geißeln v. a. fig. châtier, flageller, faire la guerre (à), poursuivre de sarcasmes, tenir sur la sellette.

Geißelung f. fig. blâme m. énergique, rude censure, flétrissure f.

Geist m. esprit m., intelligence f.

Geistesverwirrung f. dérangement d'esprit, folie, démence f.

Geistlicher m. ecclésiastique, prêtre, homme d'église, membre du clergé.

Geistlichkeit f. ecclésiastiques m. pl., clergé m. [nieux.

geistreich, geistvoll a. spirituel, ingégeizig a. avare, intéressé, ladre. [m. pl.

Gelächter n. risé, moquerie f., sifflets

Gelag n. banquet, festin m., orgie f.

Gelassenheit f. tranquillité f., calme,

Gelb n. argent m. [sang-froid m.

gelegen a. à propos, opportun.

Gelegenheit f. occasion f.

gelehrt a. savant, érudit.

Gelehrtenbünkel m. morgue doctorale, suffisance, outrecuidance f.

Geleit n. conduite f.; bad — geben, accompagner, reconduire.

geliebt a. cher, bien-aimé.

Geliebte m. et f. amant m., amante f.

gelingen v. n. réussir, avoir du succès.

gelungen a. réussi, bien-fait.

Gemach n. appartement m.

Gemahl m. époux, mari m.

Gemahlin f. épouse f.

gemeinschaftlich a. commun.

Gemisch n. mélange m.

Gemüth n. cœur m., ame f., caractère m., penchants m. pl.

gemüthlich a. doux, tranquille, agréable, paisible. [ment, précisément.

genau a. exact, précis; adv. exacté-

Generalsynode f. synode général. [m.

Genesung f. guérison f., rétablissement

genial a. de génie, d'esprit, supérieur.

genießen v. a. jouir (de), goûter.

Genre n. genre m.

genug adv. assez, suffisamment.

Genugthuung f. satisfaction f.

Genuß m. jouissance f. [justement.

gerade adv. précisément, exactement,

geradezu adv. sans façons, sans gêne.

Geräusch n. bruit confus, vacarme, tumulte m.

gerecht a. juste, équitable

Gerechtigkeit f. justice, équité f.

Gerechtigkeitspflege f. administration f. de la justice.

Gerechtigkeitssinn m. sentiment de justice, d'équité; loyauté f.

Gericht n. tribunal m., cour f. de
justice.
gerichtlich a. judiciaire, juridique.
Gerichtshof m. cour f. (de justice),
tribunal m.
Gerichtsstube f. enceinte f. d'un tribunal, salle f. d'audience.
gering a. petit, mesquin, chétif, insignifiant; de condition inférieure.
geruhen v. n. daigner.
Gesandter m. envoyé, agent diplomatique, ministre, ambassadeur m.
Gesandtschaft f. légation, ambassade f.
Geschäft n. affaire, occupation f.,
commerce m.
geschäftig a. occupé, actif, affairé.
geschehen v. n. arriver, survenir, se
passer, avoir lieu.
gescheidt a. intelligent, sensé, sage,
prudent, judicieux.
Geschenk n. don, présent, cadeau m.
Geschichte f. histoire f.
Geschlecht n. sexe m.
Geschmack m. goût m. [élégant.
geschmackvoll a. de bon goût, gracieux,
geschmeidig a. souple, flexible, accom-
modant, coulant.
Geschmeidigkeit f. souplesse, flexibilité f.
Geschoß n. fig. trait m., flèche f.
Geschwister n. pl. frère (s) et sœur (s).
geschwind adv. vite, rapidement.
geschwätzig a. babillard, bavard, lo-
quace.
gesellig a. sociable, liant, hospitalier,
prévenant, d'un commerce agréable.
Geselligkeit f. sociabilité, affabilité,
humeur sociable.
Gesellschaft f. société f.
gesellschaftlich a. de la société. social.
Gesetz n. loi f.
gesetzlich a. légal.
Gesicht n. figure f., visage m.
Gesichtskreis m. champ d'observation,
sphère f.
Gesichtspunkt m. point de vue.
Geständniß n. aveu m.
Gestalt f. forme, figure f. [concéder.
gestatten v. a. permettre, accorder,
gestehen v. a. avouer, confesser, re-
gesternt a. décoré. [connaître.
gesund a. bien portant, en bonne
Gesundheit f. santé f. [santé.
Gesundheitspolizei f. bureau m. de
santé, police f. sanitaire.

Getränk n. boisson f. breuvage m.
getreu a. fidèle, exact.
Getreue m. féal m. [courageusement.
getrost adv. hardiment, sans crainte,
Gevatterschaft f. compères m. pl. ou
commères f. pl.
gewachsen a. fait (pour qn ou qc).
Gewänder n. pl. vêtements, habille-
ments m. pl.
Gewalt f. force, puissance f. [riblement.
gewaltig adv. fort, extrêmement, ter-
Gewerbe n. métier m., profession f.
Gewerbfleiß m. industrie f.
Gewehr n. fusil m.
Gewinn m. gain, bénéfice, lucre m.
gewiß a. certain, assuré, sûr; 2. certain (homme etc.).
Gewissen n. conscience f.
gewissenhaft a. consciencieux.
Gewissenhaftigkeit f. exactitude con-
ciencieuse ou scrupuleuse.
gewissenlos a. sans probité ou foi, de
mauvaise foi, peu scrupuleux;
indélicat. [pour ainsi dire.
gewissermaßen adv. en quelque sorte,
gewöhnlich a. ordinaire, habituel;
adv. ordinairement. à l'ordinaire,
habituellement.
gewohnt a. habitué, accoutumé (à).
Gewürz n. épices f. pl.; assaisonnement m.
Gewürzkrämer m. épicier m.
giftig a. fig. empoisonné, envenimé,
venimeux.
Gildenuniform f. uniforme m. d'une
corporation.
glänzend a. brillant, éclatant.
Glanz m. éclat m., splendeur f.
Glas n. verre m. [ajouter foi (à qc.)
glauben v. a. et n. croire, penser,
Glauben m. foi, croyance f.
glaubwürdig a. digne de foi, croyable.
gleich a. semblable, égal, pareil.
gleich adv. tout de suite, à l'instant.
gleichfalls adv. pareillement.
gleichgültig a. indifférent.
Gleichgültigkeit f. indifférence f.
Gleichniß n. comparaison, similitude,
allégorie f. [dire.
gleichsam adv. à peu près, pour ainsi
gleichviel adv. indifféremment.
gleißnerisch a. dissimulé, feint, hypocrite, mensonger.
Glied n. membre m.

glimmen v. n. fig. n'être pas encore éteint, brûler en secret, couver.
Glocke f. cloche f.
Glockenschlag m. coup de cloche.
Glück n. bonheur m., félicité f.
glücklich a. heureux, fortuné.
glücklicherweise adv. par bonheur, heureusement. [comble de la félicité.
glückselig a. enivré de bonheur, au
Glückwunsch m. félicitation f.
glühend a. brûlant, ardent, enflammé.
gnädig a. gracieux.
Goldfasan m. faisan doré.
goldgesegnet a. très lucratif.
Gott m. Dieu m. [religieux.
gottesfürchtig a. craignant Dieu, pieux,
gottlos a. impie, méchant, scélérat, immoral.
graciös a. gracieux, plein de grâce.
gradwegs adv. tout droit.
Gränze f. limite, borne f.
gräßlich a. affreux, horrible, effroyable.
Graf m. comte m.
Grammatik f. grammaire f.
Gras n. herbe f.
gratuliren v. a. féliciter, complimenter.
grausam a. cruel, inhumain, barbare.
Grausamkeit f. cruauté, inhumanité, barbarie f. [ton grave, solennel.
gravitätisch adv. avec gravité, d'un
Grazie f. grâce f.
greifen v. a. saisir.
Grenadier m. grenadier m.
Griff m. coup de main.
Grimm m. colère, rage, fureur f.
grob a. grossier, rude, impoli.
Grobheit f. grossièreté, rudesse, impolitesse f. [vation; importance f.
Größe f. grandeur; puissance; élé-
groß a. grand.
großartig a. grandiose.
Großartigkeit f. grandeur f., aspect grandiose, élévation, majesté f.
Großbritannien n. Grande Bretagne.
großbritannisch a. de la Grande Bretagne, britannique.
Großmacht f. grande puissance.
großmüthig a. généreux, magnanime.
Großmuth f. grandeur d'âme, géné-
grün a. vert. [rosité, magnanimité f.
gründlich adv. à fond.
Grund m. fond m.; fig. motif m.
grundbäßlich a. d'une laideur amère, amèrement laid.

Grundlage f. base f., fondement m.
Grundsatz m. principe m.
grundsätzlich adv. en principe.
gruppiren v. a. grouper, réunir en groupes.
Gruß m. salut m., salutation f.
grüßen v. a. saluer.
günstig a. favorable, propice.
Günstling m. favori m.
gütlich a.dv. à l'amiable.
Güte f. bonté f.
gut a. bon.
gutmüthig a. bon, doux, excellent; adv. avec bonhomie.
Haar n. cheveu m.
Hänfling m. linotte f., linot m.
hängen v. n. pendre, suspendre.
haaren a. de poil, de crin.
häßlich a. laid.
Häßlichkeit f. laideur f.
Hafen m. port m.
halbblau adv. à demi voix.
halbmilitärisch a. à demi militaire.
Halbwilder m. homme à demi sauvage.
Halsband n. collier m.
halten v. a. tenir; 2. v. n. s'arrêter.
Haltung f. habitude, contenance, Hand f. main f. [tenue f.
handeln v. n. agir, se conduire, se comporter. [merciale.
Handelsrücksicht f. considération com-
Handelstractat m. traité m. de com-
Handlung f. action f. [merce.
Handschrift f. écriture f.; 2. manu-
Handschuh m. gant m. [scrit m.
hannöverisch a. hanovrien, de Hanovre.
harmlos a. inoffensif.
harren v. a. attendre.
hartnäckig a. obstiné, opiniâtre.
hassen v. a. haïr, détester.
hastig adv. vivement, brusquement.
Hauch m. souffle m.
Haudegen m. sabreur, guerrier m.
Hauptdach m. chef principal.
Haupteingang m. entrée principale.
Hauptloge f. grande loge, loge royale.
Hauptperiode f. période principale.
Hauptreffen n. grande bataille.
Haufen m. nombre m., foule f.; der große —, le peuple, la multitude.
Haus n. maison, famille f.
Hausfreund m. ami m. de la maison.
Hausherr m. maître de la maison, seigneur du logis.

Hauêbofmeifter m. maître m. d'hôtel.
Hauêftanb m. ménage m.
Heibencomöbie f. comédie païenne.
Heibucke m. heiduque m.; laquais
Heilanb m. (le) Sauveur. [galonné.
heilig a. saint, sacré.
heiligen v. a. sanctifier.
Heiligtbum n. sanctuaire m.
heimlicb a. caché, dérobé, secret; 2.
adv. en cachette, furtivement, à la dérobée.
Heiratb f. mariage m., alliance f.
heiratben v. n. se marier¡, prendre femme ou mari.
heiß adv. ardemment, avec ardeur.
heißen v. n. s'appeler, se nommer; 2. v. a. ordonner.
heiter a. gai, enjoué, serein.
Heiterfeit f. gaîté f., enjouement m., sérénité f.
Helb m. héros m.
helfen v. n. aider, secourir.
Hembärmel m. manche f. de chemise.
herablaffenb a. gracieux, affable, condescendant.
Herablaffung f. manières affables, affabilité, condescendance f.
herabwürbigen v. a. rabaisser, avilir, dégrader.
herauskommen v. n. être divulgué, découvert; s'ébruiter.
herauêtreten v. n. sortir, s'avancer de.
herbeiführen v. a. occasionner, amener, causer, provoquer.
hereinrufen v. a. appeler (qn) pour (le) faire entrer.
hereinftürzen v. n. entrer précipitamment ou se précipiter dans.
hereintreten v. n. entrer.
Herfunft f. extraction, origine f.
Herr m. monsieur; 2. maître m.
herrlich a. magnifique, splendide, superbe, charmant, délicieux.
Herrfchaft f.domination, puissance, souveraineté f., empire, ascendant m.
herftellen v. a. établir, fonder, constituer. [le papillon).
herumflattern v. n. voltiger (comme
herumgeben v. n. faire le tour de; 2. courir çà et là.
herumfchwärmen v. n. parcourir joyeusement, folâtrer, errer.
herumwinbbeutelu v. n. semer (ou débiter) ses gasconnades en tout lieu.

hervorrufen v. a. fig. faire surgir ou naître. [se présenter.
hervortreten v. n. paraître, s'avancer,
hervorwickeln (fich) v. r. se démêler
Herz n. cœur m. [d'une affaire.)
Herzeleib n. chagrin m., souffrance morale, crève-cœur m.
herzenêgut a. d'une bonté parfaite, d'un cœur excellent.
Herzenverfchmelzung f. union ou fusion f. des cœurs.
herzlich a. cordial, affectueux.
Hetzjagb f. chasse f. à courre.
Heuchelei f. fausse dévotion, hypocrisie f.
Heuchler m. faux dévot, hypocrite, tartuffe m. [pocrite.
heuchlerifch a. faux, simulé, feint, hy-
heute adv. aujourd'hui, de nos jours.
heutig a. d'aujourd'hui, présent, ac-
Hexe f. sorcière f. '[tuel, moderne.
hier adv. ici.
Himmel m. ciel m.
himmlifch a. céleste, divin.
himmelêweit adv. à mille lieues de distance, immensément. [ciel.
hinaufbliden v.n. lever les yeux vers le
hinauêfprechen v. n. parler par (la porte, la fenêtre).
hineingehen v. n. entrer.
hineinfchleichen v. n. se glisser vers (qn ou qc.)
hineinfcherzen (fich) v. r. se lancer ou s'embarquer étourdiment ou à la légère (dans qc).
hinfallen v. n. tomber par terre.
Hingebung f. dévouement, abandon m.
hingleiten v. n. glisser sur.
hinreißen v. a. entraîner, ravir.
hinftellen v. a. mettre, poser (sur).
hinfterben v. n. mourir lentement, dépérir.
hinten adv. derrière, en arrière.
hinterlaffen v. a. laisser (en mourant), léguer.
Hinterlift f. machination occulte, embûche f., artifice odieux.
hintern a. de derrière.
hintertreiben v. a. empêcher, faire échouer, rompre.
Hinterwanb f. décor m. du fond.
Hinweifung f. allusion f. (à qn. ou qc.)
hinwerfen v. a. jeter vers (qn ou qc.)
hinziehen v. n. aller, se transporter, marcher vers (qn ou qc.)

hinzufügen v. a. ajouter, joindre (à).
Histrion m. comédien de bas étage, histrion m.
hochdeutsch a. haut allemand.
hochherzig a. noble, généreux, magnanime.
Hochwald m. bois'm. de haute futaie.
Hochzeit f. noce (s) f. (pl).
höchstwahrscheinlich a. très probable.
höflich a. civil, poli, courtois.
Höflichkeit f. civilité, politesse, cour-
Höfling m. courtisan m. [toisie f.
hölzern a. de bois; fig. raide, lourd, gauche, empesé, gourmé.
hören v. a. entendre.
Hof m. cour f.
Hofballet n. ballet m. de la cour.
Hofdame f. dame f. d'honneur.
hoffen v. a. et n. espérer.
Hoffeuerwerk n. feu d'artifice de la
Hoffnung f. espoir m. [cour.
Hoheit f. altesse f.
holen v. a. aller (ou venir) chercher.
holländisch a. de Hollande, hollandais.
Hotel n. hôtel m.
hübsch a. joli, mignon, gracieux.
Hühnerauge n. cor aux pieds.
Hülfe f. aide f., secours, appui m.
hülflos a. abandonné, délaissé.
Hülfsmittel n. ressource f.
Hüterin f. gardienne f.
huldvoll a. gracieux, clément.
Humor m. tournure d'esprit originale; bonne humeur, disposition facétieuse. [bizarre, original.
Humorist m. homme (d'un caractère)
humoristisch a. facétieux, plaisant, 'hu-
Hund m. chien m. [moristique.
hundert a. cent.
Hundert n. centaine t.
Hut m. chapeau m.
Hypochonder m. hypocondriaque, misanthrope m., homme atrabilaire.
Ich prn. je.
Ideal n. idéal, modèle m.
Idee f. idée f.
Ignorant m. ignorant, âne m. [vos.
ihr prn. bon, sa, ses; leur, leurs; votre,
ihretwegen adv. à cause de vous, pour (l'amour de) vous.
immer adv. toujours.
Impertinenz f. impertinence f.
impfen v. a. inoculer, greffer.
imponiren, v. n. imposer (à qn.)

Impopularität f. impopularité f.
inconsequent a. inconséquent.
Inconsequenz f. inconséquence f.
indessen adv. en attendant, cependant.
indiscret a. indiscret.
Indiscretion f. indiscrétion f.
Industriefreund m. ami de l'industrie.
industriell a. industriel, de l'industrie.
ingleichen adv. pareillement.
Inhalt m. contenu m., substance f., fond m., matière f.
Innere, n. intérieur m.
innerlich adv. fig.'au dedans, au fond
innerst a. intime. [de l'âme.
innig a. intime.
Insinuation f. insinuation f.
Institut n. établissement, institut m.; institution f.
instruiren v. a. instruire, informer.
Intendant m. intendant m.
Intendantur f. intendance f.
Interdict n. interdit m.
Interesse n. intérêt m.
interessant a. intéressant.
interesselos a sans intérêt ou sympathie (pour) indifférent (à).
interpelliren v. a. interpeller.
Intrigue f. intrigue f.
Investitur f. investiture f. [attendant.
inzwischen adv. pendant ce temps, en
irreleiten v. a. induire en erreur, tromper. abuser. [dans l'erreur.
irren v. n. se tromper, s'abuser, être
Italien, n. Italie f.
Italiener m. Italien m.
italienisch a. italien.
Ja adv. oui.
Jahr n. année f., an m. [années.
jahrelang adv. durant ou pendant des
Jahrhundert n. siècle m.
jahrhundertjährig a. de plusieurs siècles.
Jansenismus m. jansénisme. m.
Jansenist m. janséniste m.
jede prn. chaque, tout.
jemand prn. quelqu'un.
Jesuit m. jésuite m.
jesuitisch a. jésuitique.
jetzt a. à présent, maintenant, actuellement, à cette heure.
jetzig a. d'aujourd'hui, actuel.
Joch n. joug, despotisme m., tyrannie f.
Journal n. journal m., feuille publique, gazette f. [pl. d'allégresse.
Jubel m. joie bruyante, transports m.

Jubelbotschaft f. message joyeux.
jung a. jeune.
Jüngling m. adolescent, jeune homme.
Jüngerin f. élève f.
Jugend f. jeunesse f.
Jugendfreund m. ami m. de jeunesse
jugendlich a. juvénile, jeune.
Jugendvers m. vers de jeune homme
  ou d'écolier. [taire ou de garçon.
Junggesellenschaft f. état de céliba-
Jurisrrudenz f. jurisprudence f.
Jurist m. jurisconsulte m.
Jury f. jury m.
Justiz, f. justice f.
Kabale f. cabale, intrigue f.
Kälte f. fig. froideur, indifférence f.
kämpfen v. n. combattre, lutter.
Kätchen n. pr. Goton f.
Kaffeehaus n. café m. [périale.
Kaiserhaus n. maison ou famille im-
Kaiserin f. impératrice f.
Kaiserkrone f. couronne impériale.
kalt a. froid; fig. froid, indifférent.
Kamasche f. guêtre f.
Kameel n. chameau m.
Kamerad m. camarade m.
Kammer f. chambre f.
Kammerbiener m. valet m. de chambre.
Kammerherr m. chambellan m.
Kammerhusar m. hussard m. de la
  chambre.
Kammerjungfer f., Kammermädchen n.
  fille de chambre, suivante, sou-
Kampf m. combat m., lutte f. [brette f.
Kanapee n. canapé m.
Kanone f. canon m.
Kanonenschuß m. coup de canon.
Kapelle f. chapelle f.
Karte f. carte f.
Kasse f. caisse f. [faire recette.
Kassengweck m. combinaison f. pour
Katechismus m. catéchisme m.
Katheder n. chaire f. (de professeur).
Katze f. chat m.
kauen v. a. mâcher.
Kaufmann m. marchand m.
kaufmännisch a. mercantile.
kaum adv. à peine.
keck a. hardi, audacieux, osé.
Keckheit f. hardiesse, audace f.
Kehrbesen m. balai m.
kein a. aucun, point de, pas un.
keineswegs adv. nullement, aucune-
  ment, (pas), du tout.

kennen v. a. connaître, savoir.
Kenner m. connaisseur, juge m.
Kenntniß f. connaissance f.
Kerker m. cachot m., prison f.
Kessel m. chaudron m., marmite f.
Kind n. enfant m. et f.
Kinderschuh m. soulier m. d'enfant.
kindisch a. puéril.
kindlich a. d'un enfant, filial.
Kirche f. église f.
Kittel m. blouse f.
kitzeln v. a. chatouiller.
klar a. clair, intelligible, évident.
klatschen v. n. claquer ou battre des
  mains, applaudir.
Kleid n. vêtement, habit m.
kleiden v. a. et n. fig. seoir (ou aller
Kleidung f. costume m. [bien) à (qn.)
Kleidungsstücke n. pl. vêtements m. pl.
klein a. petit.
Kleinigkeit f. bagatelle f. [spection f.
Klugheit f. prudence, sagesse, circon-
Klingel f. sonnette, clochette f.
klingeln v. n. sonner.
klirren v. n. faire sonner ou vibrer.
Klosterstraße f. rue f. du cloître.
Knabe m. jeune garçon, gamin m.
Knäuel n. peloton m. [la révérence.
knicksen v. n. s'incliner, saluer, faire
Knie genou m. [à genoux.
knieen v. n. s'agenouiller, se mettre
Kniff m. ruse, finesse f., stratagème m.
Knochenbau m. charpente osseuse.
König m. roi m.
Königin f. reine f.
königlich a. royal.
Königreich m. royaume m.
Königskrone f. couronne royale.
Königsthum n. royauté f.
können v. a. pouvoir, être en état (de).
Kohle f. charbon m.
Kokette f. coquette f.
Kolben m. crosse f. de fusil.
Komik f. comique m.
Komiker m. comique m. [risible.
komisch a. comique, plaisant, drôle,
kommen v. n. venir.
Komödiant m. comédien, acteur m.
Komödiantin f. comédienne, actrice f.
Komödie f. comédie f.
Kopf m. tête f.
Kopfzahl f. nombre m. des têtes.
Kost f. nourriture, table f.
kosten v. a. coûter.

koſtſpielig a. coûteux, dispendieux.
Kraft f. force, énergie; puissance f.
kränken v. a. offenser, blesser, froisser.
Kränkung f. offense, injure f., affront m.
krank a. malade.
krankhaft a. maladif, morbide. §
Krankheit f. maladie f.
Kreis m. cercle m.
kriechen v. n. ramper, se traîner.
Krieg m. guerre f.
Krise f. crise f.
Kritik f. critique f.
krönen v. a. couronner.
Krone f. couronne f.
Kronleuchter m. lustre m.
Kronprinz m. prince royal.
Krug m. cruche f.
Küche f. cuisine f.
Küchenlateiner m. homme qui parle un latin de cuisine, lécorcheur de latin.
kühn a. hardi, audacieux, téméraire.
Kühnheit f. hardiesse, audace, témérité f.
kümmern v. a. regarder, concerner.
künftig a. futur, à venir.
Künstler m., Künstlerin f. artiste m. et f.
kürzlich adv. récemment, naguère.
küſſen v. a. baiser.
Kugel f. balle f.; boulet m. [peine f.
Kummer m. chagrin m., affliction,
Kunde f. nouvelle; connaissance; science f.
Kundſchaft f. pratique, clientelle f.
Kunſt f. art m.
kunſtgefährlich n. dangereux pour l'art.
Kunſtgeſetz n. loi f. de l'art.
Kunſtintereſſe n. intérêt m. pour l'art.
Kunſtleiſtung f. production f. artistique.
Kunſtliebe f. goût m. des arts.
Kunſtnovize m. et f. artiste novice et inexpérimenté.
Kunſtwerk n. œuvre f. d'art.
Kurfürſt m. électeur m.
Kurhut m. bonnet électoral.
kurios a. étrange, bizarre, original.
Kuß m. baiser m.
Kutſche f. voiture f., carrosse m.
lachen v. n. rire.
Lachen n. rire m.
Lachluſt f. envie f. de rire.
Lachmuskel m. diaphragme m.
Ladeſtock m. baguette f.
lächeln v. n. sourire.

lächerlich a. risible, ridicule, comique.
Ländchen n. petite terre, petit pays.
Länge f. longueur f. [coin m. de terre.
läſtern v. a. médire (de), injurier, calomnier, diffamer.
läſtig a. importun; gênant, à charge.
läugnen v. a. nier.
Lage f. position, situation f.
Lagerhaus n. entrepôt m.
Lakai m. laquais m. [ment.
lakoniſch a. laconique; adv. laconique-
Lampe f. lampe f.
Lampenlicht n. lueur f. de la rampe.
Land n. pays m., contrée f.
Landesmutter f. mère f. de la patrie, souveraine f. [prince régnant.
Landesvater m. père m. de la patrie,
Landgut n. campagne, terre f., bien m.
Landsmann m. compatriote m.
Landsmännin f. compatriote f.
lang a. long.
langſam a. lent; adv. lentement.
langweilig a. ennuyeux, fatigant.
Langeweile f. ennui m.
Larve f. masque m.
laſſen v. a. laisser.
Latwerge f. électuaire m.
Lauf m. cours m.
Laufbahn f. carrière f.
laufen v. n. courir, [train m.
Laune f. humeur f., enjouement, en-
launenhaft a. capricieux, fantasque,
Leben n. vie, existence f. [bizarre.
leben v. n. vivre.
lebendig a. vivant, en vie.
Lebensbahn f. carrière f.
lebensfroh a. vif, gai, éveillé.
Lebensmaxime f. précepte m., règle de la vie ou de conduite.
Lebenskenner m. homme qui a l'expérience de la vie, ou du savoir-vivre.
Lebensſpeiſe f. aliment m. de la vie.
lebenstreu a. fig. vivant.
Lebensweiſe f. genre m. de vie, manière f. de vivre.
lebhaft a. vif, animé, brillant.
Lectüre f. lecture f. [manège.
Lederkoller m. buffle m., collet m. de
leer a. vide.
lehnen v. n. s'appuyer.
Leib m. corps m. [haut personnage.
Leibarzt m. médecin (ordinaire) d'un
Leibbinde f. ceinture f.
Leichnam m. cadavre m.

leicht a. léger; 2. facile; adv. facilement. [ment.
leichtfertig adv. à la légère, étourdi-
Leichtsinn m. étourderie, légèreté f.
leichtsinnig a. inconsidéré, irréfléchi.
Leid n. peine f., chagrin m.
leiden v. a. souffrir, endurer, tolérer.
leidig a. triste, fâcheux, déplorable.
Leidenschaft f. passion f.
leidenschaftlich a. passionné.
leise adv. bas, à voix basse; doucement.
Leopard m. léopard m.
lernen v. a. apprendre.
lesen v. a. lire.
letzt a. dernier.
Leuchtkugeln f. pl. ballon m. d'artifice.
Levante f. Levant m. [2. chandelle f.
Licht n. lumière, clarté f., jour m.;
lieb a. cher, bon. [jouer de la prunelle.
liebäugeln v. n. faire les yeux doux,
Liebe f. amour m., tendresse f., attachement m., affection f.
lieben v. a. aimer.
liebend a. aimant, épris.
liebenswürdig a. aimable.
Liebenswürdigkeit f. amabilité f.
lieber adv. plutôt.
Liebhaber m. amoureux, amant m.
Liebhaberin f. amoureuse, amante f.
liebkosen v. a. caresser.
Liebkosung f. caresse f.
liefern v. a. fournir, procurer.
Lieferung f. fourniture, livraison f.
liegen v. n. être, se trouver.
Linde f. tilleul m.
Linie f. ligne f.
links adv. à gauche.
Liste f. liste f.
Literatur f. littérature f.
literarisch a. littéraire.
Livre f. livre f.
Livree f. livrée f.
Lobrede f. panégyrique, éloge m.
Lobeserhebung f. louange f., éloge m.
löblich a. louable, estimable.
Löffel m. cuillère f.
Löschanstalt f. appareil m. contre [l'incendie.
Löwe m. lion m.
Loge f. loge f.
Logenschließerin f. ouvreuse f.
Louisdor m. louis m. d'or.
Luchs m. lynx m.
Ludwig n. pr. Louis m.
Lücke f. vide m., lacune f.

lüften v. a. soulever.
Lüge f. mensonge m., fausseté, imposture f.
lügen v. n. mentir, en imposer.
lügnerisch a. faux, mensonger, fallacieux.
lüstern a. voluptueux, lascif.
Lüsternheit f. couvoitise, concupiscence f.
Lustgarten m. jardin m. de plaisance,
lustig a. gai, joyeux, enjoué. [parc m.
Lustigkeit f. gaîté, joie f., enjouement m.
Lustschloß n. château m. de plaisance m.
Lustspiel n. comédie f.
Luxusartikel m. objet m. de luxe.
machen v. a. faire. [pouvoir m.
Macht f. force, énergie, puissance f.,
mächtig a. puissant. [soubrette f.
Mädchen n. jeune fille; 2. suivante,
Männchen n. petit homme, bout
männlich a. mâle, viril. [d'homme.
Märchen n. conte m., fable f.
Märtyrerkrone f. couronne, palme f.
Mäßigung f. modération f. [du martyre.
Magazin n. magazin m.
magisch a. magique.
Magnetismus m. magnétisme m.
Mahlzeit f. repas m.
Maientag m. jour de mai.
Majestät f. majesté f. [majesté.
Majestätsverbrechen n. crime m. de lèze-
majorenn a. majeur.
man prn. on.
manche prn. maint, plus d'un, plusieurs.
manchmal adv. quelquefois, parfois.
Mandat n. mandat (d'amener) m.
Mangel m. défaut m.
mangeln v. n. manquer.
Manier f. manière f.
Mann m. homme m.
Manöver n. manoeuvre f. [manoeuvres.
manövriren v. n. manoeuvrer, faire des
Manuskript n. manuscrit m. [scrits.
Manuskriptraub m. vol m. de manu-
Mart f. Marche f.
martern v. a. tourmenter, torturer.
Maske f. masque m.
Masse f. masse f.
Maßregel f. mesure f.
mathematisch a. mathématique.
Matratze f. matelas m.
Mauer f. mur m., muraille f.
Maus f. souris f.
Mecklenburg n. Meklembourg m.
Meinung f. opinion f., avis m.
meinen v. a. vouloir dire, avoir en vue.

— 112 —

meinetwegen adv. pour (ou à cause de)moi.[sommé, de main de maître.
meisterhaft a. parfait, achevé, con-
Meisterstück n. chef d'œuvre. [souvent.
meistens adv. ordinairement, le plus
Melancholie f. mélancolie f.
melden v. a. annoncer. [sur les rangs.
melben (sich) v. r. se présenter, se mettre
melodisch a. mélodieux.
Mensch m. homme m., personne f.
menschenfeindlich a. misanthropique.
Menschenhaß m. misanthropie f.
menschenfreundlich a. philantropique.
Menschenhasser m. misanthrope m.
Menschheit f. humanité f., genre humain.
menschlich a. humain.
Menschlichkeit f. humanité f.
Menuett m. menuet m. [merce.
Merkantilfrage f. question f. de com-
merken v. a. remarquer, observer.
merklich a. facile à apercevoir, sensible.
merkwürdig a. remarquable.
Merkwürdigkeit f. curiosité f.
Mesalliance f. mésalliance f.
messen v. a. fig. toiser.
messen (sich) v. r. se mesurer.
Messerspitze f. pointe f. d'un couteau.
Methusalem n. pr. Mathusalem.
Miene f. figure, mine f.
Mienenspiel n. jeu muet, pantomime f.
Milchbart m. fig. duvet, coton m.; 2. blancbec m.
Milchbruder m. frère m. de lait.
Milchschwester f. sœur f. de lait.
Milchretter m. cousin m. de lait.
mild a. doux.
militärisch a. militaire. [uniforme m.
Militärcostüm n. costume m. militaire,
Mimik f. mimique f.
Mimisches n. mimique, pantomime f.
mindest a. le moindre, le plus petit.
Minister m. ministre m.
Ministerium n. ministère m.
Minute f. minute f.
Misanthrop m. misanthrope m.
Mißbrauch m. abus m.
Missethat f. méfait m. [ment m.
mißfallen n. déplaisir, mécontente-
Mission f. mission f. [manquer.
mißlingen v. n. ne pas réussir, échouer,
Mißtrauen n. méfiance, défiance f.
mißtrauen v.a.se méfier ou se défier(de).
mißversiehen v. a. mal comprendre, se
méprendre (sur le sens de qc).

Mißverständniß n. méprise, confusion f., malentendu m.
Mitarbeiter m. collaborateur m.
Mitgift f. dot f.
Mitglied n. membre m. [mener.
mitnehmen v. a. prendre avec soi; em-
mitsammen adv. ensemble.
mitsingen v. a. et n. chanter avec (qn).
Mitspielender m. qui joue avec d'autres.
Mittagsschlaf m. sieste f.
Mittagstisch m. diner m.
Mittel n. moyen m.
mittelmäßig a. médiocre.
Mittelthür f. porte f. du milieu.
Mitternacht f. minuit m.
mittheilen v. a. faire part (de), annon-
cer, communiquer.
modern a. moderne.
mögen v. a. et n. pouvoir.
möglich a. possible.
Möglichkeit f. possibilité f.
Mörder m. meurtrier, assassin m.
Monarch m. monarque, souverain m.
Monolog m. monologue m.
moralisch a. moral.
morden v. a. tuer, assassiner.
Morgen m. matin m., matinée f.
Morgenröthe f. aurore f.
Morgenstunde f. heure f. de la matinée.
mühevoll a. pénible, laborieux, fatigant.
Mündel m. n. et f. pupille m. et f.
mündlich a. oral, de vive voix.
Münze f. monnaie f.
müssen v. n. devoir, être forcé (de).
mütterlich a. maternel.
Mütze f. bonnet m.
Mund m. bouche f.
munter a. vif, alerte, gai.
Municipalität f. municipalité f.
murmeln v. n. murmurer.
Muse f. muse f.
Muselmann m. Musulman, Ottoman m.
Musensitz m. temple m. des Muses,
sanctuaire m. de la science.
musiciren v. n. faire de la musique.
Musik f. musique f.
Musikant m. musicien m.
Muskel m. muscle m.
Muth m. courage m., bravoure f.
Mutterpfennig m. argent mignon.
Nachahmungstalent n. talent d'imita-
tion, mimique ou imitatif.
Nachbar m. voisin m.
Nachdenken n. réflexion, méditation f.

nachdenklich a. pensif, rêveur.
Nachfolger m. successeur m.
nachreisen v. n. partir pour rejoindre
qn ; suivre qn.
Nachricht f. nouvelle f., avis m.
nachstürzen v. n. s'élancer ou se précipiter sur les pas (de qn).
Nacht f. nuit f.
Nachtheil m. inconvénient, préjudice,
Nachtzeit f. nuit f.   [dommage m.
Nachwelt f. postérité f.   [m. pl.
Nabelgeld n. fig. épingles'f. pl., gants
Nabelöhr n. trou m. d'une aiguille.
nächst a. prochain, premier.
nächtlich a. nocturne, de nuit.
Nähe f. voisinage m., proximité f.
nähen v. a. et n. coudre.
nähern (sich) v. r. s'approcher, s'avan-
nämlich adv. savoir, c'est à dire. [cer.
närrisch a. drôle, plaisant, original.
nah adv. près, proche (de).
nahen (sich) v. r. s'approcher (de).
Namen m. nom m.
namenlos a. sans nom, inexprimable.
namentlich adv. nommément.
Narr m. fou, insensé m.
Narrheit f. folie, démence f.,' délire'm.
Nase f. nez m.
naseweis a. indiscret, impertinent;
Nation f. nation f.   [blanc-bec m.
Nationalinteresse n. intérêt m. national.
Natur f. nature f.
natürlich a. naturel.
neben prp. à côté de'; outre.
Nebenbuhler m. rival m.
Nebenbuhlerei f. rivalité f.   [accessoire.
Nebenrolle f. rôle m. secondaire ou
Nebenzimmer n. chambre voisine ou
  contiguë.
Nebucadnezar n. pr. Nabuchodonosor m.
Neffe m. neveu m.
nehmen v. a. prendre.
Neid m. envie, jalousie f.
Neigung f. penchant m., inclination'f.
nett a. charmant, joli, mignon.
Netz n. filets m. pl.
neu a. nouveau.
Neugier f. curiosité f.
neugierig a. curieux.
Neuigkeit f. nouveauté f.
Neuerung f. nouveauté, innovation f.
nichtssagend a. qui ne dit rien, insig-
nifiant, sans expression.
niederfallen v. n. se laisser tomber.

Niederlage f. défaite f.
niedrig a. adv. bas.
niemals adv. jamais.
Niemand prn. personne.
nimmermehr adv. jamais.
nirgends adv. nulle part.
Nobile m. gentilhomme, noble m.
noch adv. encore.
nöthig a. nécessaire.
nöthigenfalls adv. au besoin.
Notar m. notaire m.   [indigence f.
Noth f. embarras, besoin m., misère,
nothdürftig adv. avec peine, à peine.
Nothfall m. cas de besoin.
nüchtern a. à jeun; fig. sensé, calme,
  froid.   [à cette heure.
nunmehr adv. à présent, maintenant,
nur adv. seulement, ne . . . . que.
Nymphe f. nymphe f.
oben adv. en haut.
obendrein adv. en outre, par dessus
  le marché.
Oberfläche f. surface f.
oberflächlich a. superficiel; adv. su-
  perficiellement.   [souveraineté f.
Oberherrschaft f. autorité souveraine,
Oberhofprediger m. premier prédica-
oberst a. suprême.   [teur de la cour.
Oberst m. colonel m.
obgleich conj. quoique.
öffentlich a. public ; adv. publiquement
öffnen v. a. ouvrir.
öfters adv. souvent.
Oestreich n. Autriche f.
östreichisch a. autrichien, d'Autriche.
offen a. ouvert, franc, sincère, ingénu.
Offizier m. officier m.
offizierlich a. d'officier.
Ohr n. oreille f.
Onkel m. oncle m.
Oper f. opéra m.
operiren v. n. opérer.
Opfer n. sacrifice m.; 2. victime f.
opfern v. a. sacrifier, immoler.
Orangenblüthe f. fleur f. d'orange (r).
orangenfarben a. de couleur d'orange,
Orchester n. orchestre m.   [orangé.
Orden m. ordre religieux; 2. déco-
  ration f., ordre m.
Ordensband n. cordon m.
Ordensverbrüderung f. confrérie f.
Ordnung f. ordre m.
Organ n. organe m., voix f.
orientiren (sich) v. r. s'orienter.

Original m. homme bizarre, singulier, original.

Original-Gedanken m. pensée originale.

originell a. original.

Ort m. lieu, endroit m.

Ostindien n. Indes orientales.

ostindisch a. des Indes orientales.'

Ouvertüre f. ouverture f.

Paar (ein) n. quelques.

Packet n. paquet m.

Page m. page m., [de page.

Pagenkleider m. pl. vêtements m. pl.

Pagentracht m. costume m. de page.

Paladin m. paladin m.

Papier n. papier m.

Pappel f. peuplier m.

Parade f. parade f.

Paradies n. paradis m.

parabiesischweit adv. aussi loin que le paradis, à une distance immense.

Paragraph m. paragraphe m.

Pariser m. parisien m.

Parkanlage f. plantation f. d'un parc.

Parlament n. parlement m. [parlement.

Parlamentsrath m. conseiller m. de

Paroxysmus m. paroxysme m.

Parquett n. parquet m.

Parterre-Loge f. baignoire f.

Partie f. partie f. [libelle m.

Pasquill n. pasquinade f., pamphlet,

Paßbureau n. bureau m. des passe-

passend a. convenable, à propos. [ports.

passiren v. n. passer.

passiv a. passif.

Pastete f. pâté m.

Patriotismus m. patriotisme m.

pathetisch a. adv. pathétique(ment.)

Patrone f. cartouche f.

Patronentasche f. giberne f.

Pause f. pause f., silence m.

Pech n. poix f.

Perrücke f. perruque f.

Perrückendieb m. voleur m. de perruques.

Perrückenmacher m. perruquier m.

Person f. personne f.

Personal n. personnel m. [sonne.

persönlich a. personnel; adv. en per-

Persönlichkeit f. personnalité f. [sonnes.

Personenverzeichniß n. liste f. de per-

Pfeifchen n. petite pipe, sifflet m.

Pfeife f. pipe f. [brûle-gueule m.

Pfeifenstummel m. tronçon m. de pipe,

Pfeil n. flèche f., trait m.

Pferd n. cheval m.

Pferdhaar n. crin m.

Pflaster n. emplâtre m.

Pflegekind n. pupille m. et f. [père.

Pflegevater m. père nourricier, second

Pflicht f. devoir m. [devoirs.

Pflichtvergessenheit f. oubli m. de ses

Phantasie f. imagination f.

Philosoph m. philosophe m.

Physiognomie f. physionomie f.

Pille f. pilule f. [giat m.

Plagiat n. piraterie f. littéraire, pla-

Plan m. plan m.

Platte f. plateau m.

Platz m. place f.

plauderhaft a. bavard, babillard.

Plauderhaftigkeit f. babil, bavardage m.

plaudern v. n. jaser, causer, babiller.

Pleonasmus m. pléonasme m.

plötzlich adv. soudain, tout à coup.

plump a. lourd, grossier, maladroit.

Poesie f. poésie f.

Poet m. poète m. [poète.

Poetenwirthschaft f. ménage m. de

poetisch a. poétique.

Polen n. pr. Pologne f.

Politik f. politique f. [commercial.

politisch-merkantilisch a. politique et

Polizei f. police f. [de police.

Polizeicommissar m. commissaire m.

Polizeidiener m. agent m. de police.

polizeilich a. de (la) police; 2. adv. par ordre de la police.

Polterabend m. veille f. des noces.

polternd a. colérique et bruyant.

Polybius n. pr. Polybe m.

Polyp m. polype m.

Popularität f. popularité f.

Portechaise f. chaise f. à porteurs.

Posse f. farce, facétie, bouffonnerie f.

Possendichter m. auteur m. de farces, de pièces bouffonnes.

Possenspiel n. farce f.

Possenreißer m. bouffon, farceur m.

Potsdamer a. de Potsdam.

Posthaus n. (maison de la) poste f.

Posthorn n. cor m. du postillon.

Postwagen m. chaise f. de poste.

Prachtdegen m. épée f. de parade.

practiciren v. n. pratiquer; exercer (une profession).

prächtig a. superbe, magnifique.

Präsident m. président m.

präsentiren v. a. présenter.

Prätension f. prétention f.

Prahlerei f. fanfaronnade, rodomontade f.

Praktikant m. avocat stagiaire.

Pranger m. pilori m.

Praxis f. pratique f.

Predigt f. sermon m.

Preiscourant m. prix-courant m.

preisgeben v. a. livrer, abandonner.

prellen v. a. tromper, duper, escroquer.

Preußen n. Prusse f.

preußisch a. de Prusse, prussien.

Prinz m. prince m.

Prinzessin f. princesse f. [lière.

Privatangelegenheit f. affaire particu-

Privatbibliothek f. bibliothèque particulière.

Privatmittel n. moyen particulier.

Privilegium n. privilège m.

Prinzipal m. chef m.

Probe f. épreuve f.; 2. répétition (d'une pièce de théâtre ou de musique).

Procent n. pour-cent, intérêt m.

proclamiren v. a. proclamer.

Production f. représentation f.

Project n. projet, plan m. [bitive.

Prohibitiv-Maßregel f. mesure prohi-

profan a. profane, mondain. [nade.

Promenadezeit f. temps de la prome-

Prosa f. prose f.

prosaisch a. en prose; m. p. prosaïque.

Protection f. protection f., appui m.

protegiren v. a. protéger.

protestiren v. n. protester.

Protokoll n. procès-verbal m.

Provinz f. province f.

Provinzialstadt f. ville f. de province.

Prozeß m. procès m. [examen (à qn.)

prüfen v. a. examiner, faire subir un

Prüfung f. examen m.

Prüfungslectüre f. lecture f. d'une pièce devant le comité drama-

Publicum n. public m. [tique.

Puder n. poudre f. (à poudrer).

Pulver n. poudre f. (à canon).

Pulverdampf m. fumée f. de la poudre.

Pulvermühle f. poudrière f.;

pünktlich a. exact.

Puls m. pouls m.

Pult n. pupitre m.

Punkt m. point m.

Puppe f. poupée f.

Purganz f. purgatif, laxatif m.

Quacksalber m. empirique, charlatan m.

Quartband m. in-quarto m.

Quelle f. source f.

quellen v. n. émaner, jaillir, partir.

Quellenstubium n. étude f. des sources.

Querfrage f. question bizarre, étrange, singulière.

quetschen v. a. froisser, meurtrir.

Quetschung f. contusion, meurtrissure f.

Rache f. vengeance f.

Rakete f. fusée f.

Rad n. roue f.

rächen v. a. venger.

räthselhaft a. énigmatique, inexplicable.

rauben v. a. enlever, dérober, voler.

Rank m. menée artificieuse, intrigue, cabale f.

rasend a. furieux, en démence.

Raserei f. folie furieuse, démence f., égarement m.

rasch a. prompt, vif, brusque; adv. vivement, promptement.

Rath m. conseil; 2. conseiller m.

rathen v. a. conseiller.

rauben v. a. enlever, dérober, sous- [traire.

rauchen v. n. fumer.

Rausch m. ivresse f.

Rauschen n. frôlement m.

rauschend a. bruyant.

rauh a. rude, grossier.

Recensent m. critique m.

Recension f. critique f.

rechnen v. a. et n. compter.

Rechnung f. compte m.

recht a. juste, convenable, utile.

Recht n. droit m.

rechtfertigen v. a. justifier.

rechts adv. à droite.

Rechtsgelehrte m. jurisconsulte m.

Rechtskunde f. science f. du droit, jurisprudence f. [chicaneur.

rechtsverdrehend a. qui fausse le droit,

recognosciren v. a. reconnaître.

Rede f. discours m.

reden v. a. et n. parler.

redlich a. loyal, honnête, probe, in-

Regel f. règle f. [tègre.

regelmäßig a. régulier.

Regiment n. régiment m.

Regensburg n. pr. Ratisbonne.

Regierung f. gouvernement, règne m., régence f. [au pouvoir.

Regierungsantritt m. avènement m.

Regiment n. régime; 2. régiment m.

Regung f. fig. mouvement m.

reich a. riche, opulent.

Reich n. empire m.
reichen v. a. tendre, présenter.
Reichstag m. diète f.
reichgalonnirt a. richement galonné.
Reichthum n. richesse, opulence f.;
Reihe f. rang m. [trésor m.
Reim m. rime f.
reimen (sich) v. r. rimer.
rein a. pur.
reinigen v. a. nettoyer; purifier.
Reise f. voyage m.
Reisebericht m. relation f. de voyage.
Reisebild n. tableau m. de voyage.
Reisegefährte m. compagnon m. de
Reisekleid n.habit m.de voyage.[voyage.
reisen v. n. voyager, partir (pour).
Reisewagen m. voiture f. de voyage.
reißen v. a. déchirer, lacérer.
Reiz m. charme, attrait m.; pl. ap-
pas m. pl. [cieux.
reizend a. charmant, ravissant, déli-
Rekrut m. conscrit m., recrue f.
Religion f. religion f.
religiös a. religieux.
Religionsflüchtiger m. réfugié m.
Religiosität f. religiosité, piété f.
Repräsentant m. représentant m.
repräsentiren v. a. représenter.
Republik f. république f.
Residenz f. résidence f.
respectiren v. a. respecter.
Rest m. reste m.
Resultat n. résultat m.
retten v. a. sauver.
Reveille f. réveil m., diane f.
Revenüe f. revenu m.
Revier n. quartier m.
revolutionär a. révolutionnaire.
rhetorisch a. rhétorique.
Riesenanstrengung f. effort gigantesque
ou surhumain.
richtig a. juste; adv. justement.
richten v. a. régler.
Rinnsse f. remise f.
ringsum adv. tout autour.
Ritter m. chevalier m.
Rittergut n. bien m.
ritterlich a. chevaleresque.
Rock m. habit m.
rollen v. n. rouler.
romantisch a. romantique.
Rosenfinger n. doigt m. de rose.
roth a. rouge.
rothgebunden a. relié.en rouge.

rothgewürfelt.à petits carreaux rouges.
Ruder n. rame f., aviron m.; 2. gou-
vernail, timon m.
Ruf m. réputation, renommée f.
ruhig a. calme, tranquille, paisible.
Ruhm m. réputation, renommée, cé-
lébrité f., renom m.
ruhmvoll, ruhmwürdig a. glorieux, ad-
Ruin m. ruine f. [mirable.
Rücken m. dos m.
Rückkehr f. retour m.
Rückkunft f. retour m.
Rücknahme f. retrait m.
Rücksicht f. égard m., considération f.
rühren v. a. émouvoir, attendrir,
toucher. [les préparatifs.
rüsten (sich) v. r. se préparer, faire
Saal m. salle f.
Sache f. affaire f.; 2. cause f.
Sachsen n. Saxe f.
Sänfte f. chaise f. à porteurs, litière f.
Sänger m. chanteur, chantre m.
Säule f. colonne f., pilier m.
Sage f. tradition f.
Saite f. corde f. [tueux.
salbungsvoll a. plein d'onction, onc-
Salz n. sel m.
sammeln v. a. recueillir. [se remettre.
sammeln (sich) v. r. fig. se recueillir,
sämmtlich a. tous (ensemble).
Sand m. sable m.
sanft a. doux, paisible.
Satan m. Satan, (le) Diable.
Satire f. satire f.
Satiriker m. satirique m.
satirisch a. satirique, caustique.
sauber a. iron. joli, beau, étrange.
sauer a. fig. pénible, fatigant.
sauersüß a. aigre-doux.
saumselig a. lent, négligent, insou-
Scene f. scène f. [ciant.
Scenenprobe f. répétition f. des scè-
Schaden m. dommage m. [nes.
schaden v. n. faire du mal à.
Schaf n. mouton m.
Schäferin f. bergère f. [champêtre.
Schäferspiel n. pastorale f., drame m.
Schäfchen n. petite brebis; agneau m.
schämen (sich) v. r. avoir honte, rougir.
schändlich a. honteux, déshonorant.
Schändlichkeit f. infamie, indignité,
turpitude f. [cas (de).
schätzen v. a. estimer, apprécier, faire
Schaffot m. échafaud m.

Schaffdur f. toute f. des moutons.
schalthaft a. espiègle, mutin, nar-
Schande f. honte f. [quois.
Schandthat f. crime affreux ou révol-
tant, infamie, turpitude f.
Scharfrichter m. exécuteur des hau-
tes œuvres, bourreau m.
Scharfrichterei f. habitation f. du
bourreau. [f., discernement m.
Scharffinn m. pénétration, sagacité
Schatten m. ombre f.
Schattenriß m. esquisse, silhouette f.,
Schatz m. trésor m. [portrait m.
Schau f. vue, exposition f., spectacle,
Schaudern m. frisson m. [m.
schaukeln v. n. et a. se balancer; balancer. [drame m.
Schauspiel n. pièce f. de théâtre,
Schauspieler m. comédien, acteur m.
Schauspielerin f. comédienne, actrice f.
Scheibe f. cible f.
scheiden v. n. se séparer (de), quitter.
scheinbar a. apparent.
scheinen v. n. sembler, paraître.
Scheinheiliger m. faux dévot, hypocrite, cafard, cagot m.
Scheinheiligkeit f. dévotion hypocrite,
faux semblant de piété, hypocrisie, cafardise, cagoterie f.
scheitern v. n. échouer, manquer.
scheel adv. de mauvais œil, avec envie ou déplaisir.
schelten v. a. gronder, réprimander.
Schemel m. tabouret, escabeau m.
schenken v. a. donner, faire don ou
présent (de).
Scheere f. ciseaux m. pl.
scheeren v. a. tondre.
Scherge m. estafier m.
Scherz m. plaisanterie, raillerie f.
scherzen v. n. plaisanter, railler.
schicken v. a. envoyer.
Schicksal n. sort, destin m., destinée f.
schießen (sich) v. r. se battre au pis-
Schifffahrt f. navigation f. [tolet.
Schiffvertrag m. convention navale.
schildern v. a. peindre, dépeindre, dé-
crire. [tinelle f.
Schildwache f. factionnaire m., sen-
Schlacht f. bataille f., combat m.
Schlachtplan m. plan m. de bataille.
schlafen v. n. dormir, reposer.
Schlafrock m. robe f. de chambre.
Schlag m. coup m.

Schlange f. serpent m.
schlau a. fin, rusé, adroit.
Schlauheit f. finesse, ruse, adresse f.
schleichen v. n. se glisser furtivement
ou en tapinois.
Schleicher m. sournois m.
Schleier m. voile m.
schlicht a. simple, sans détour, droit.
schließen v. a. fermer; fig. conclure;
contracter (une alliance).
Schloß n. château m.
Schloßbefehl m. ordre m. du château.
Schloßmeister m. intendant d'un château, châtelain.
schlummern v. n. sommeiller.
Schluß m. fin, conclusion f.
Schlußwort n. mot final ou de la fin.
schmal a. fig. maigre, mesquin, mo-
dique. [vais) goût.
schmecken v. n. avoir (bon ou mau-
schmeichelhaft a. flatteur.
schmeicheln v. n. flatter, flagorner.
Schmeichelrede f. discours flatteur.
Schmeichler m. flatteur, flagorneur,
adulateur, courtisan m.
schmerzlich a. pénible, affligeant, douloureux.
schmieden v. a. forger, tramer.
schmiegen v. a. plier, courber.
Schminke f. fard m. [trebande.
schmuggeln v. a. introduire par con-
schnauben v. n. bouffer (de colère).
Schnauzbart m. moustaches (épaisses).
schnippisch a. prude, mutin, moqueur,
schnupfen v. n. priser. [narquois.
Schnupftuch n. mouchoir m. de poche.
Schnurrbart m. moustaches f. pl.
schön a. beau, joli.
Schönheit f. beauté f.
schöpfen v. a. puiser.
Schöpfer m. créateur m.
Schöpfung f. création f.
schon adv. déjà. [specter.
schonen v. a. épargner, ménager, re-
Schonung f. ménagement m.
Schoß m. sein m.
Schoßhündchen n. bichon m.
schottisch a. écossais.
Schottland n. Écosse f.
Schrank m. armoire f.
schreiben v. a. et n. écrire.
Schreibmaterialien n. pl. ce qu'il faut
Schrift f. l'Écriture f. [pour écrire.
Schritt m. pas m., fig. démarche f.

schüchtern a. timide, craintif, em-
Schülerin f. écolière f.   [barrassé.
Schüssel f. plat m.
schützen v. a. protéger, défendre.
Schuld f. dette f.; 2. faute f.
Schuldner m. débiteur m.
Schule f. école f.
Schulfreund m. camarade m. d'école
Schulter f. épaule f. [ou de collège.
Schulverfassung f. organisation f. sco-
    laire ou des écoles.
Schutz m. protection f., appui m.
Schutzbefohlene m. et f. client m.,
    cliente f., protégé, protégée.
Schutzgeist m. génie m. tutélaire,
schwach a. faible.   [ange gardien.
Schwachheit f. faiblesse f. [faible m.
Schwäche f. côté faible, faiblesse f.!;
Schwärmerei f. disposition f. roma-
    nesque; enthousiasme rêveur.
schwanken v. n. chanceler, hésiter.
schwarz a. noir.
schweben v. n. planer, se balancer.
Schweden n. Suède f.
schwedisch a. suédois.
schweigen v. a. taire.
schwelgen v. n. s'enivrer (de), savourer.
schwerfällig a. lourd, pesant.
Schwerfälligkeit f. lourdeur, pesanteur f.
Schwermuth f. mélancolie f., humeur
    f. sombre.   [sombre.
schwermüthig a. mélancolique, morne,
Schwert n. épée f., glaive m.
Schwester f. sœur f.
Schwierigkeit f. difficulté f.
schwören v. n. jurer, faire un serment.
schwül a. lourd, étouffant, orageux.
Scorbut m. scorbut m.
sechs a. six.
sechste a. sixième.
Seele f. âme f.   [f. des âmes.
Seelenfreundschaft f. amitié ou union
seelengut a. bon jusqu'au fond de
    l'âme, excellent.
Seelenkrankheit f. maladie f. de l'âme,
    affection mentale.
Segnung f. bénédiction f.
sehen v. a. et n. voir.
Seide f. soie f.
seiden a. de soie.
seitdem adv. depuis lors, jusqu'à présent.
Seite f. côté m.
Seitenblick m. regard d'intelligence.
Seitenthüre f. porte latérale.

Seitentreppe f. escalier latéral.
Seitenzimmer n. porte latérale.
Sekunde f. seconde f.
Selbstmord m. suicide m.
Selbstständigkeit f. indépendance f. de
Sentenz f. sentence f. [caractère.
Serviette f. serviette f.
Sessel m. siège m., chaise f.
sicher a. sûr, en sûreté.
Sicherheit f. sûreté f.
sichtbar a. visible.
Sieg m. victoire f., triomphe m.
siegen v. n. vaincre, triompher, l'em-
Sieger m. vainqueur m. [porter.
Silbe f. syllabe f.
Silberservice n. vaisselle f. d'argent.
Silberwäscher m. écureur m. de l'ar-
    genterie.   [tomber.
sinken v. n. s'affaisser, se laisser
Sinn m. sens; jugement; goût m.
Sinnbild n. symbole, emblême m.,
    allégorie f.
Sinnestrug m. illusion f. des sens.
Sitte f. usage m., coutume, habi-
    tude f.;|2. mœurs f. pl., moralité f.
Sittenbild n. peinture f. ou tableau
    m. de mœurs.
sittenlos a. sans mœurs, immoral.
Sittenmaler m. peintre m. de mœurs.
sittlich a. moral.
Sittlichkeit f. moralité f.
sitzen v. n. être assis.
Sitzung f. séance f.
Skizze f. esquisse f.
Sklave m. esclave m.
Sklavin f. esclave f.
soeben adv. à l'instant, en ce moment.
sogar adv. même.
sogleich adv. aussitôt, sur le champ,
Sohn m. fils m.   [à la minute.
sonderbar a. singulier, bizarre, étrange.
Sonne f. soleil m.
Sonnenschein m. lumière ou clarté f.
    du soleil, beau temps.
Sonett n. sonnet m.
sonntäglich a. chaque dimanche.
Sonntag m. dimanche m.
Sorge f. souci m., inquiétude f.;
    soin m., sollicitude f.
Sorgenbrecher m. chasse-souci m.
Sorgenstuhl m. fauteuil m. à la Voltaire.
Souffleur m. souffleur m.
Soufflirbuch n. livre m. de souffleur
souffliren v. a. souffler.

Souverän m. souverain, monarque m.
spät adv. tard.
Spannung f. impatience extrême, préoccupation, attente f.
Sparsam a. économie, parcimonieux.
Sparsamkeit f. économie f.
Spaß m. plaisanterie f.
Specialuntersuchung f. enquête spéciale.
Species f. espèce f., genre m.
Spectaculum n. spectacle m.
Sperrsitz m. stalle f.
Spiegel m. miroir m., glace f.
Spiel n. jeu m.
Spielart f. variété f.
spielen v. a. et n. jouer; fig. jouer, faire (le). [épicier m.
Spießbürger m. petit bourgeois; fig.
Spitzbube m. fripon, coquin m.
Spitze f. pointe f.; 2. extrémité f., bout m. [m. pl.
Spitzen f. pl. dentelles f. pl., points
Spitzenhaube f. coiffe f. de dentelle.
Sporn m. éperon m. [sifflage m.
Spott m. moquerie, raillerie f., per-
Spottgelächter n. rire ou ris sardonique.
Sprache f. langue f.
Sprachfehler m. faute f. de langue.
sprachlos a. muet, silencieux, frappé de mutisme. [m. do langues.
Sprachmeister m. maître ou professeur
sprechen v. a. et n. parler.
spröde a. fig. roide, prude, dédaigneux.
Sproß m. rejeton m.
Spruch m. aphorisme; passage m. de la Bible ou biblique.
Spuk m. apparition f. d'un (ou de) fantôme(s), rumeur nocturne causée par des lutins.
spülen v. a. rincer.
Staat m. Etat m.
Staatsdegen m. épée f. de cérémonie ou de gala. [tique.
Staatsereigniß n. événement m. poli-
staatsgefährlich a. dangereux pour l'Etat.
Staatsgefängniß n. prison f. d'État.
Staatsmann m. homme d'Etat, politique m. [litique.
Staatsverschwörung f. conjuration po-
Ständer m. support, montant m.
stärken v. a. empeser, amidonner.
Städtchen n. petite ville.
Stätte f. lieu, endroit m.
Stamm m. tronc m., tige f.

Stand m. état m., condition f.
stark a. fort, robuste, énergique.
stattlich a. superbe, magnifique.
staunen v. n. s'étonner, être surpris.
Steckbahn f. carrière f.; hippodrome m.
stecken v. n. être, se trouver, être caché; 2. v. a. introduire, glisser, fam. fourrer. [soustraire.
stehlen v. a. et n. voler, dérober,
steigen v. n. monter, s'élever.
steigern v. a. augmenter, survivre.
Stein m. pierre f.
Stelle f. place f., passage, endroit (d'un écrit) m.; 2. poste, emploi m., charge f.
stellen v. a. mettre, placer; 2. v. r. sich—, feindre, simuler; faire sem-
Stellung f. position f. [blant d'être.
Stempel m. sceau m.
stempeln v. a. sceller.
sterben v. n. mourir, périr.
sterblich a. mortel.
Stern m. étoile f., astre m.
Stichblatt n. plastron m., point de mire. [2. mot consacré.
Stichwort n. réplique f., dernier mot;
sticken v. a. broder.
Stickrahmen m. tambour m.
Stiefel m. botte f.
stiften v. a. fonder, instituer, établir.
Stifter m. fondateur m.
Stiftung f. fondation f., établisse-
still a. silencieux, tranquille [ment m.
Stillschweigen n. silence m.
Stimme f. voix f.
Stirne f. front m.
stocken v. n. hésiter en parlant.
stören v. a. déranger, troubler, incommoder. [docile.
störrig a. entêté, rétif, mutin, in-
Stoff m. sujet, thème m., matière f.
stolz a. fier, orgueilleux.
Stolz m. fierté f., orgueil m.
stopfen v. a. bourrer.
stoßen v. a. pousser, heurter.
stottern v. n. bégayer, balbutier.
sträflich a. punissable, coupable, condamnable. [de disciplina.
Sträflingscompagnie f. compagnie f.
Strafe f. punition f., châtiment m.
strafen v. a. punir, châtier.
Straße f. rue, route f., chemin m.
strategisch a. stratégique.
Strauß m. bouquet m.

ſtreng a. sévère, austère. [poudre f.
Streuſand m. sable (à poudrer) m.,
ſtricken v. a. et n. tricoter.
Strickſtrumpf m. bas tricoté, tricot m.
Strumpf m. bas m.
ſtudiren v. a. et n. étudier.
Stublum n. étude f.
Stüď n. pièce f.
ſtürmen v. a. assaillir, prendre d'assaut.
ſtürmiſch a. orageux, turbulent.
ſtürzen v. n. so précipiter, s'élancer.
Stufe f. degré m.
ſtumpf a. émoussé, usé.
Stunde f. heure f.
Stuhl m. siège m., chaise f.
ſtundenlang adv. des heures entières.
Stußen n. hésitation f., mouvement de surprise.
ſtußen v. n. être frappé de surprise.
Styl m. style m.
Subordination f. assujétissement m.,
Sünde f. péché m. [subordination f.
Sünder m. pécheur m.
Sünderin f. pécheresse f.
ſündhaft, ſündig a. coupable, criminel.
ſüß a. doux, agréable.
ſuchen v. a. chercher.
Suppenterrine f. terrine f. de soupe.
Sylphide f. femme gracieuse et légère; sylphide f.
Syſtem n. système m.
Tabak m. tabac m
Tabaksbeutel m. blague f. [meurs.
Tabakscollegium n. club m. des fu-
Tabaksgeſellſchaft f. société f., cercle m. de fumeurs.
Täubchen n. fam. amie, mignonne f.
täuſchen v. a. tromper, abuser.
täuſchend a. à s'y méprendre. [erreur f.
Täuſchung f.illusion f.; mécompte m.,
tadeln v. a. blâmer, critiquer,censurer.
Tafel f. table f.
Tag m. jour m., journée f.
täglich adv. journellement, chaque jour, tous les jours.
Tagebuch n. journal m.
Talent n. talent m.
Talg m. suif m.
Tanz m. danse f.
tanzen v. a. et n. danser.
Taſche f. poche f.
Taſchentuch n. mouchoir m.' de poche.
tattowiren v. a. tatouer.
taub a. sourd.

taugen v. n. convenir.
Tauſende n. pl. milliers m. pl.
tauſendfach a. mille fois autant ou plus.
tauſendmal adv. mille fois.
Teller m. assiette f.
Tendenz f. tendance f.
Terrain n. terrain m. [terrain.
Terrainkenntniß f. connaissance f. du
Teufel m. diable m. [tané.
teufeliſch a. diabolique, infernal, sa-
Thaler m. écu m. (de Prusse).
That f. fait m.
Thatſache f. fait m.
Theater n. théâtre m.
Theaterdiener m. garçon m. de théâtre.
Theaterdirector m. directeur m. de
Theatergeſetz m.loi f.du théâtre [théâtre.
Theatermanuſcript n. rôle manuscrit.
Theatermutter f. mère f. d'emprunt ou de théâtre. [théâtre.
Theaterraum m. emplacement d'un
Theaterutenſilien n. pl. accessoires m.pl.
Theatervorſtellung f. représentation dramatique.
Theaterwelt f. monde m. du théâtre.
theatraliſch a. de théâtre, théâtral.
Theil m. portion; partie, part f.
theilen v. a. partager.
Theilnahme f. sympathie f., intérêt m.
theilnehmend a. qui prend intérêt (à qn), qui sympathise avec (qn).
sympathique, affectueux.
theilweiſe adv. en partie.
thönern a. d'argile, de terre glaise.
Thonpfeife f. pipe f.d'argile. [chère.
Thor n. (grande) porte f.; porte co-
Thorheit f. folie f.
thöricht a. fou, extravagant, insensé.
Thräne f. larme f.
Thron m. trône m.
thun v. a. et n. faire.
Thür f. porte f.
tief a. profond; adv. profondément.
Tiefe f.profondeur f. [deur; profond.
tieferwogen a. combiné avec profon-
tiefſinnend a. en s'inclinant profondément, en faisant une profonde révérence ou un profond salut.
Tiger m. tigre m.
Tinctur f. teinture f.
Tinte f. encre f.
Tiſch m. table f.
Titel m. titre m.
Titelſucht f. manie f. des titres.

Toben v. n. tempêter, faire rage.
Toben n. emportements désordonnés,
Tochter f. fille f. [transports m. pl.
Tod m. mort f.
todt a. mort.
Toilette f. toilette f. [toilette.
Toilettengegenstand m. objet m. de
Tollkopf m. tête chaude; fam. crâne,
Topf m. pot, vase m. [enragé m.
Tracht f. costume m.
tragen v. a. porter.
Trauerkleid n. (vêtements de) deuil m.
Trauerspiel n. tragédie f.
traulich a. familier, intime.
Traum m. songe, rêve m. [affligeant.
traurig a. triste. fâcheux, déplorable,
treffend a. juste, frappant, propre,
trefflich a. excellent. [précis.
Treppe f. escalier m.
treten v. n. marcher.
Treue f. fidélité f.; 2. femme fidèle
ou dévouée à son mari.
Tribunal n. tribunal m.
trinken v. a. et n. boire.
Triumph m. triomphe m.
triumphiren v. n. triompher.
trocken a. sec; adv. sèchement.
trocknen v. a. sécher.
Trommel f. tambour m.
Trommler m. tambour m. [tambour.
trommeln v. n. battre la caisse ou le
Trommeln n. roulement de tambours.
trösten v. a. consoler.
Trost m. consolation f.
trostlos a. inconsolable, désespéré.
Trotzkopf m. tête mutine.
Trüffel f. truffe f.
Truhe f. armoire f., bahut m.
Trunk m. boisson f., breuvage m.
Truppe f. troupe f.
Tuch n. mouchoir, fichu m.
Tücke f. malice f. [sournois.
tückisch a. malicieux, perfide, traître,
tüchtig adv. bien, comme il faut.
Türke m. Turc m.
Türkin f. Turque f.
Tugend f. vertu f.
Tuilerieen f. pl. Tuileries f. pl. [ries.
Tuileriengarten m. jardin m. des Tuile-
Tusch m. fanfare f.
Tyrann m. tyran, despote m.
tyrannisiren v. a. tyranniser, opprimer.
übel a. désagréable, déplaisant, mal.
üben v. a. exercer.

überbringen v. a. apporter, remettre,
délivrer.
Ueberall adv. partout, en tout lieu.
überdies adv. en outre, au surplus.
überdrüßig a. las, saturé, dégoûté,
ennuyé, rassasié (de qe).
Ueberdruß m. satiété f., dégoût m.
überflügeln v. a. dépasser, distancer.
überführen v. a. convaincre (qn de qc).
übergeben v. a. remettre, transmettre.
übergebeugt a. penché par-dessus.
überkommen v. n. passer, franchir.
überlassen v. a. laisser, abandonner
(qe à qn). [(sur).
überlegen v. a. réfléchir (à), méditer
Ueberlegung f. réflexion f., examen m.
Ueberlieferung f. tradition f.
übermenschlich a. surhumain; au-des-
sus des forces ou des facultés hu-
maines. [reprendre.
übernehmen v. a. se charger (de), en-
überraschen v. a. surprendre, étonner.
Ueberraschung f. surprise f., étonnement m. [délivrer (qc à qn).
überreichen v. a. remettre, présenter,
überschreiten v. a. dépasser, franchir.
überschütten v. a. accabler, combler(de).
überschwemmen v. a. inonder, sub-
merger. [débordement m.
Ueberschwemmung f. inondation f.,
übersetzen v. a. traduire.
überstehen v. a. résister, survivre (à).
übertreffen v. a. surpasser. [déborder.
überwallen v.n.fig.se faire jour, éclater,
überwiegend a. à un haut degré, pré-
dominant, prépondérant.
überzeugen v. a. convaincre.
Ueberzeugung f.conviction f.[accoutumé.
üblich a. ordinaire, habituel, usuel,
überwältigen v. a. maîtriser, dominer,
surmonter,subjuguer,vaincre.[(qn).
überwerfen (sich) v. r. se brouiller avec
übrig a. restant, de reste. [surplus.
übrigens adv. du reste, d'ailleurs, au
umarmen v. a. embrasser.
Umarmung f. embrassement m.
umblicken (sich) v. r. regarder (ou promener ses regards) autour de soi.
umfangen v. a. enlacer, entourer de ses
bras, embrasser.
umfassen v. a. embrasser.
Umgang m. rapports m. pl., liaisons
f. pl., commerce m.
umgeben v. a. entourer, environner.

Umgebung f. entourage m.
umgehen v. a. éluder, tourner.
umgekehrt a. à rebours. [sur ses pas.
umkehren v. n. s'en retourner, revenir
umkleiben (sich) v. r. changer d'habits
ou de vêtements, refaire sa toilette.
Umlauf m. circulation f.
umschaffen v. a. changer, convertir
(en), métamorphoser.
umschreiben v. a. paraphraser.
Umschreibung f. paraphrase f.
umschweben v. a. planer ou flotter
autour de (qn ou qc).
umsehen (sich) v. r. regarder (ou promener ses regards) autour de soi.
umspähen v. n. promener autour de
soi des regards scrutateurs.
umsonst adv. vainement, en vain, en
pure perte; 2. pour rien, gratis.
Umständliches n. particularité f., détail m. [cérémonie f.
Umstand m. circonstance f.; 2. façon,
umstricken v. a. enlacer, circonvenir.
umstürzen v. a. renverser, bouleverser.
Umtrieb m. menée, manœuvre f.
unangenehm a. désagréable, déplaisant.
unansehnlich a. de peu d'apparence.
unantastbar a. inviolable, sacré.
unartig a. impoli, désobligeant.
unbedingt a. absolu; adv. absolument.
unbedeutend a. insignifiant, sans importance.
unbegreiflich a. inconcevable, incroyable.
unbegründet a. sans fondement.
unbekümmert a. sans crainte ou souci,
rassuré. [pionné.
unbelauscht a. sans être écouté ou es-
unbemerkt a. inaperçu.
unbesorgt a. sans inquiétude.
unbeweglich a. immobile.
undankbar a. ingrat.
Undankbarkeit f. ingratitude f.
undelicat a. indélicat.
uneigennützig a. désintéressé.
Uneigennützigkeit f. désintéressement m.
uneins a. en désaccord, brouillé(s).
unendlich a. infini; adv. infiniment.
unerfahren a. inexpérimenté.
unerfreulich a. fâcheux, attristant, peu
unerhört a. inoui. [satisfaisant.
unermeßlich a. immense; adv. immensément. [tre temps.
unerwünscht a. mal à propos, à con-
unfehlbar adv. infailliblement.

ungebildet a. !sans instruction, sans
culture, grossier.
ungebunden a. libre, licencieux, libertin
ungeheuer adv. immensément. [dissolu.
Ungeduld f. impatience f. [tience.
ungeduldig a. impatienté, avec impa-
ungehindert adv. sans obstacles, libre-
ment. [tun.
ungelegen a. mal à propos, inoppor-
ungeniert adv. sans gène, sans façons.
ungestört a. sans trouble, tranquille;
adv. en paix, tranquillement.
ungeschminkt a. sans fard, sans déguisement, franc, sincère.
ungestüm a. brusque, emporté, impé-
ungewiß a. incertain. [tueux, fougueux.
Ungewißheit f. incertitude, indécision f.
Ungestüm m. impétuosité, fougue f.,
ungetreu a. infidèle. [emportement m.
Unglück n. malheur m., infortune f.
unglücklich a. malheureux, infortuné.
Ungnade f. disgrâce f. [geux.
ungünstig a. défavorable, désavanta-
unheilig a. profane, impiemondain.
Uniform f. uniforme m. [taire.
Universität m. réforme f. universi-
unmittelbar a. immédiat; adv. immé-
unmöglich a. impossible. [diatement.
unmoralisch a. contraire aux bonnes
unmündig a. mineur. [mœurs, immoral.
unnötig a. superflu, inutile.
unparteilich a. impartial; adv. im-
partialement.
Unparteilichkeit f. impartialité f.
unpassend a. inconvenant, indécent,
déplacé. [alarmes f. pl.
Unruhe f. agitation f., trouble m,
unruhig a. agité, troublé, inquiet;
2. turbulent, remuant. [émeutier m.
Unruhstifter m. factieux, brouillon,
unsererseits adv. de notre côté ou part.
unsichtbar a. invisible,
Unsichtbarkeit f. invisibilité f.
unsittlich a. immoral.
Unsittlichkeit f. immoralité f.
unsterblich a. immortel.
unstreitig adv. incontestablement, sans
contredit, sans doute.
unterbrechen v. a. interrompre.
Unterbrechung f. interruption f.
Unterdrückung f. suppression, défense f.
Unterhändler m. négociateur m.
Unterhalt m. moyens de subsistance
ou d'existence.

unterhalten v. a. entretenir, divertir, amuser.

Unterhaltung f. conversation f., entretien m.; 2. amusement, divertissement, passe-temps m.

Unterhandlung f. négociation f.

Unterhaus n. chambre basse ou des communes.

Unterleib m. bas-ventre m.

unternehmen v. a. entreprendre.

Unternehmung f. entreprise f.

unterordnen v. a. subordonner.

Unterricht m. enseignement m., instruction f.

unterrichten v. a. donner des leçons (à); enseigner, instruire, informer.

unterscheiden v. a. distinguer, discerner, démêler.

Unterschleif m. détournement m., soustraction, malversation f.

unterstehen (sich) v. r. s'aviser (de).

unterstreichen v. a. souligner.

unterstützen v. a. soutenir, aider, appuyer.   [aide f.

Unterstützung f. appui, secours m., untersuchen v. a. examiner, visiter.

Untersuchung f. enquête f.

unterthänigst adv. très humblement.

unterwerfen v. a. soumettre.

Unterthan m. sujet m.

unterzeichnen v. a. signer.

untrüglich a. infaillible.

unübertrefflich a. qu'on ne peut surpasser, admirable, inimitable.

unverfänglich a. naturel, simple, sans arrière-pensée.

unvergeßlich a. inoubliable.

unvergleichlich a. incomparable.

unvermerkt a. insensiblement.

unverzeihlich a. impardonnable.

unverzüglich adv. sans délai ou retard.

unvollkommen a. imparfait, incomplet.

unwiderstehlich a. irrésistible.

Unwillen m. déplaisir m., indignation f., dépit m.

unwillig a. avec humeur, ou impa-unwillkommen a. importun.   [tience.

unwürdig a. indigne.

Urbild n. modèle, type m.

Urlaub m. congé m.

Ursache f. cause, raison f., motif m.

ursprünglich adv. dans l'origine, originairement.

Ursprung m. origine f.

Urtheil n. jugement, avis m., opinion f.

Vagabund m. vagabond m.

verabfolgen v. a. délivrer, remettre.

verabscheuen v. a. détester, abhorrer, avoir en horreur.

verabschieden v. a. congédier.

verachten v. a. mépriser.

Verachtung f. mépris m.

verändern v. a. changer, modifier.

Veränderung f. changement m., modification f.

verantworten v. a. répondre (de qc), justifier, prendre sur soi.

verantwortlich a. responsable.   [scrire.

verbannen v. a. bannir, exiler, pro-

Verbannung f. banissement, exil m., proscription f.

verbergen v. a. cacher, dissimuler.

verbessern v. a. améliorer, perfectionner, corriger, réparer.

Verbesserung f. amélioration f., perfectionnement m.

verbeugen (sich) v. r. s'incliner, faire un salut, une révérence, saluer.

Verbeugung f. salut m., révérence, inclination f.

verbieten v. a. défendre, interdire.

verbinden v. a. unir, joindre, allier.

Verbindung f. alliance, union f., mariage m.

Verblendung f. aveuglement m.

verbrennen v. a. brûler, incendier.

verbrechen v. a. commettre un délit ou un crime.

Verbrechen n. crime, forfait, attentat

Verbum n. verbe m.   [m.

verdächtigen v. a. rendre suspect; 2. soupçonner, suspecter.

verdammen v. a. maudire.

verdammt! int. peste!

verdammt a. maudit, damné, exécrable.

verdanken v. a. devoir (qc à qn), être redevable (de qc à qn).

verdecken v. a. couvrir, cacher.

verderben v. a. gâter, déranger, faire manquer.   [contrariant, vexant,

verdrießlich a. désagréable, fâcheux,

Verdrießlichkeit f. mauvaise humeur; 2. contrariété f., désagrément m.

verdienen v. a. mériter. [fit, bénéfice m.

Verdienst n. mérite m.; 2. m. gain, pro-

Verehrer m. admirateur, adorateur m.

Verehrung f. vénération f., respect m., adoration f.

Berein m. société, association, réunion f.

vereinfachen v. a. simplifier. [nion f.

vereinigen v. a. réunir, rassembler.

vereint a. uni, d'accord, de concert.

vereiteln v. a. déjouer.

Verfasser m. auteur m. (d'un écrit).

verfehlen v. a. manquer.

verfolgen v. a. poursuivre, persécuter.

Verfolgung f. persécution f.

vergangen a. passé, écoulé.

vergehen v. n. passer, s'écouler.

vergeben v. a. pardonner.

vergebens adv. en vain, inutilement.

Vergebung f. pardon m.

Vergeltung f. représailles f. pl.; loi f. du talion.

vergessen v. a. oublier.

vergeuden v. a. dissiper, dilapider.

Vergleich m. comparaison f.

vergleichen v. a. comparer.

Vergnügen n. plaisir m.

vergnügt a. joyeux.

vergöttern v. a. déifier; fig. idolâtrer, adorer, vouer un culte (à).

Vergötterung f. culte m., idolâtrie,

Vergoldung f. dorure f. [apothéose f.

Verhältniß n. relations f. pl., liaison f.

verhaften v. a. arrêter.

Verhaftung f. arrestation f.

verhandeln v. a. négocier, traiter (de).

Verhandlung f. négociation f.

verhaßt a. odieux, haïssable, détesté.

verhehlen v. a. cacher, dissimuler.

verheirathen v. a. marier.

verhimmeln v. a. diviniser.

Verhör n. interrogatoire m.

verhören v. a. interroger, soumettre à un interrogatoire.

Verhörzimmer n. chambre f. des interrogatoires.

verjagen v. a. chasser, expulser.

verkaufen v. a. vendre.

verkannt a. méconnu.

verkennen v. a. méconnaître.

verkehren v. n. avoir commerce ou des rapports (avec qn).

verkehrt a. faux, absurde, pervers.

Verkleidung f. déguisement, travestissement m.

verklagen v. a. porter plainte ou intenter une action contre (qn).

Verkleidungsrolle f. rôle m. à travestissement. [proclamer.

verkündigen v. a. annoncer, publier,

verlangen v. a. demander, exiger, réclamer.

verläumden v. a. calomnier. [clamer.

Verläumdung f. calomnie f.

verlassen v. a. abandonner, quitter, déserter. [ter (sur).

verlassen (sich) v. r. se fier (à), compter (sur).

Verlegenheit f. embarras m., perplexité f.

verleben v. a. passer, écouler (des jours).

verlieben (sich) v. r. s'amouracher ou s'éprendre (de).

verliebt a. amoureux, épris.

verlieren v. a. perdre.

Verlobung f. fiançailles f. pl.

Verlust m. perte f.

vermählen v. a. marier, unir par le

Vermählung f. mariage m. [mariage.

Vermählungsgeschichte f. histoire f. de

vermeiden v. a. éviter, fuir. [mariage.

vermehren v. a. augmenter, accroître.

vermitteln v. a. servir de médiateur, interposer son influence, arranger par sa médiation, s'employer en faveur de (qn).

Vermittler m. conciliateur, médiateur m.

Vermögen n. fortune f., biens m. pl.

Vermummung f. déguisement m., mascarade f. [conjecturer.

vermuthen v. a. supposer, présumer,

vermuthlich adv. probablement, selon toute apparence.

Vermuthung f. supposition, conjecture f.

vernarrt a. engoué ou qui raffole (de qn ou qc).

vernünftig a. raisonnable, judicieux.

Vernunft f. raison f.

verordnen v. a. ordonner, prescrire.

verpflanzen v. a. transplanter.

verpflichten v. a. obliger; rendre service (à qn).

verpuffen v. n. faire détoner.

Verräther m. traître m.

Verrath m. trahison, perfidie f.

verrathen v. a. trahir.

verrufen a. discrédité, décrié, malfamé.

Vers m. vers m. [famé.

versäumen v. a. négliger, manquer.

versammeln v. a. rassembler, réunir, recueillir.

Versammlung f. assemblée, réunion f.

verschaffen v. a. procurer, fournir.

verschieden a. différent, divers.

Verschlechterung f. corruption f.

verschleiern v. a. voiler.

verſchmähen v. a. dédaigner;faire fi (de).
verſchreiben v. a. faire venir, commander. [apparenté.
verſchwägert a. allié par mariage,
Verſchwägerung f. alliance f. par mariage. [silence.
verſchweigen v. a. taire, passer sous
Verſchwiegenheit f. discrétion f.
verſchwören (ſich) v. r. conjurer, conspirer (contre qn.) [ration f.
Verſchwörung f. conjuration, conspiverſehen v. a. pourvoir (de).
Verſicherung f. assurance f. [tifier.
verſichern v. a. assurer, affirmer, cerverſperren v. a. fermer, barricader.
verſpotten v. a. railler, ridiculiser, persifler.
verſpüren v. a. sentir, ressentir.
verſtändigen (ſich) v. r. s'entendre avec (qn). [duit m.
Verſteck n. cache, cachette f., réverſtecken v. n. cacher. [déguisé.
verſteckt a. caché, dérobé, secret,
verſtehen v. a. comprendre, entendre, s'entendre à, savoir.
verſteigern v. a. vendre à l'enchère.
verſtimmt a. de mauvaise humeur, mal disposé, contrarié, maussade.
verſtohlen a. furtif, dérobé; adv. en secret, en cachette.
verſtopfen v. a. boucher, fermer.
Verſuch m. essai m., tentative f.
verſuchen v. a. tenter, essayer.
verſunken a.plongé(dans),absorbé(par.)
vertauſchen v. a. échanger, troquer.
Vertrag m. contrat, traité m.
vertilgen v. a. détruire, exterminer.
vertrauen v. n. se fier (à), se confier (en); 2. v. a. confier.
Vertrauen n. confiance f.
vertrauend a. confiant.
vertraulich a. intime, familier.
Vertrauter m. confident m.
Vertreter m. représentant m.
verurtheilen v. a. condamner.
Verurtheilung f. condamnation f. [ver.
vervollſtändigen v. a. compléter, acheverwalten v. a. administrer, gérer, conduire. [dant m.
Verwalter m. administrateur, inten-
Verwaltung f. administration, gestion, conduite, intendance f. [rente f.
Verwandte m. et f. parent m., pa-
Verwandtſchaft f. parenté f.

verwechſeln v. a. confondre.
verweiſen v. a. réprimander.
verwenden v. a. détourner; 2. appliquer,employer,consacrer (qc à qn.)
verwerfen v. a. rejeter, refuser.
verwerflich a. condamnable, de mauvais aloi.
verwickeln v.a.compliquer, embrouiller.
verwildert a. sauvage, inculte, indiscipliné, farouche.
verwirken v. a. encourir (une peine).
verwirklichen v. a. réaliser.
verwünſcht a. maudit, satané.
verzeihen v. a. pardonner. [sespérer.
verzweifeln v. n. être au désespoir, dé-
Verzweiflung f. désespoir m.
Victoria i. victoire!
vielleicht adv. peut-être.
vierte a. quatrième.
Viertelſtunde f. quart d'heure.
vierzehn a. quatorze.
vierzehnte a. quatorzième.
vierzigtauſend a. quarante mille.
Virtuoſe m. virtuose m.
völkerrechtswidrig a. contraire au droit des gens ou au droitinternational.
völlig adv. tout à fait, entièrement.
Volk n. peuple m., gent f.
Volksaufwiegler m. factieux, agitateur, boute-feu, séditieux m.
voll a. plein. [parfaitement.
vollkommen a. complet, parfait; adv.
vorangehen v. n. précéder, devancer.
vorarbeiten v. n. anticiper sur un travail; travailler d'avance.
vorausbeſtellen v. a. arrêter, retenir.
vorbereiten v. a. préparer, disposer.
Vorbereitung f. préparatif m.; pré-
Vorbild n. modèle, type m. [paration f.
vordere a. de devant, antérieur.
vorenthalten v.a.refuser de céder, détenir injustement; priver (qn de qc.)
vorfallen v. n. arriver, survenir. [seur m.
Vorgänger m. devancier, prédécesvorgehen v. n. dépasser, arriver, avoir lieu, survenir.
Vorgemach n. antichambre f. [jet (de).
vorhaben v. a. se proposer, avoir le projet (de).
Vorhang m. rideau m., toile f. (de théâtre). [l'heure.
vorhin adv. auparavant; 2. tout à
vorkommen v. n. survenir, arriver, avoir lieu; 2. paraître, sembler.
vorlaſſen v. a. admettre, introduire.

vorläufig adv. provisoirement.
vorlesen v. a. lire à haute voix; faire la lecture (de).
vormachen v. a. faire (qc) en présence de (qn), faire voir (qc) à (qn).
Vormund m. tuteur m.
vorn adv. devant.
Vorposten m. avant-poste m.
Vorrang m. préséance f., pas m.
Vorsaal m. antichambre f., vestibule m.
vorschreiben v. a. prescrire, ordonner.
vorschreiten v. n. avancer; faire des progrès. [dre m., ordonnance f.
Vorschrift f. instruction, règle f., or-
vorschriftsmäßig adv. suivant l'ordonnance.
vorsetzen v. a. (sich) (se) proposer (qc).
Vorsicht f. prudence, prévoyance, circonspection f. [conspect.
vorsichtig a. prudent, prévoyant, cir-
vorspielen v.a. jouer en présence de (qn).
vorstellen v. a. présenter; 2. représenter, figurer, jouer.
Vorstellung f. représentation f.
Vortheil m. avantage m. [leçon f.
Vortrag m. discours public, cours m.,
vortrefflich a. excellent, parfait, achevé; adv. bravo! à merveille!
vorüber adv. passé.
vorübergehen v. n. passer.
Vorübung f. exercice m. préparatoire ou préliminaire.
Vorurtheil n. préjugé m.
vorwärts adv. en avant. [avisé.
vorwitzig a. curieux, indiscret, mal
Vorzeit f. antiquité f.
vorziehen v. a. préférer.
Vorzimmer n. antichambre f.
Vorzug m. préférence f., avantage m.
vorzugsweise adv. de préférence, surtout, en particulier.
Vulkan m. volcan m. [naire m.
Wache f. garde; sentinelle f., faction-
wachhabend a. de garde.
wachsen v.n. croître, pousser, grandir.
Wachsthum n. croissance, crue f.
Wachtmeister m. maréchal des logis.
Wachtpost m. poste m. de garde.
Wächter m. garde, gardien m.
Wäsche f. linge m.
Waffe f. arme f.
wagen v. a. oser, risquer, aventurer.
Wahlverwandtschaft f. affinité élective.
wahrhaft, wahrhaftig adv. vraiment,

Wahrheit f. vérité f.
Waisenkind n. orphelin m.
Wales n. Galles.
walten v. n. gouverner, régir, diriger.
Wand f. mur m., muraille f.
Wanderstab m. bâton de voyage.
Wange f. joue f.
wanken v. n. hésiter, faiblir.
warnen v. a. avertir, prémunir, engager à la prudence.
Warnung f. avertissement m.
warten v. n. attendre.
warum adv. pourquoi.
Weg m. chemin m., route f.; in ben — kommen, contrarier, contrecarrer.
weglegen v. a. mettre de côté.
wegnehmen v. a. soustraire, dérober, enlever, prendre.
wegspotten v. a. faire cesser, ou dissiper par des railleries.
wegwenden v. n. a. détourner.
weben v. a. souffler.
Weibchen n. fam. petite femme.
weiblich a. femelle, féminin. [fuser(de).
weigern (sich) v. r. se refuser (à), re-
Weigerung f. refus m.
weilen v. n. s'arrêter, séjourner, tarder.
weisen v. n. (auf) montrer.
weiß a. blanc.
weissagen v. a. prédire, prophétiser, tirer l'horoscope (de qn), dire la bonne aventure.
Weissagung f. prophétie, prédiction f.
weitläufig a. détaillé, circonstancié, en détail; 2. prolixe, diffus.
Weltbegebenheit f. événement, qui change les destinées du monde, événement politique d'une haute portée.
Weltgeschichte f. histoire (du monde) f.
Weltlust f. amour du monde, plaisir mondain, mondanité f.
Weltton m. ton, usage m. du monde.
wenden v. a. tourner.
wenig adv. peu, ne... guère.
wenigstens adv. du moins, au moins.
Werk n. œuvre f., ouvrage m.
Werth m. valeur f.; 2. a. digne (de).
Wesen n. être m.
Westentasche f. poche f. de gilet.
Wetterwolke f. nuage orageux ou gros d'orages. [steeple-chase f.
Wettrennen n. course f. au clocher,
wichtig a. important, considérable.

Wichtigkeit f. importance, gravité f.
widersprechen v. n. contredire.
Widerspruch m. contradiction f.
Widerwärtigkeit f. contrariété, adversité f., contretemps m.; 2. mauvaise grâce.
widmen v. a. vouer, consacrer.
wiedererwachen v. n. se réveiller.
wiederfinden v. a. retrouver.
wiedergeben v. a. reproduire, représenter, rendre.
wiederholen v. a. répéter.
wiederlieben v. a. payer de retour.
wiedersehen v. a. revoir.
Wiege f. berceau m.
wild a. turbulent, bouillant, vif.
Wildpret n. gibier m.
Willen m. volonté f.
willkommen a. bienvenu; — heißen, souhaiter la bienvenue (à qn).
Willkür f. arbitraire m.
willkürlich a. arbitraire.
Windbeutel m. tête évaporée, fanfaron, gascon m.
Windhund m. lévrier m.
winken v. n. faire signe.
wirklich a. réel; adv. réellement, effectivement.
Wirklichkeit f. réalité f.
Wirkungskreis m. sphère f. d'activité.
Wirthschaft f. ménage, intérieur m.
wissen v. a. savoir.
Wissenschaft f. science f.
Wittwe f. veuve f.
Wittwensitz m. domicile assigné comme
Witz m. esprit m.   [douaire.
witzig a. spirituel, ingénieux.
Woche f. semaine f.
wöchentlich adv. chaque semaine, une fois par semaine.
wohlbehalten a. en parfaite santé.
Wohlthäter m. bienfaiteur m.
wohlthätig a. bienfaisant, charitable.
wohnen v. n. demeurer, loger.
wohnlich a. confortable.
Wohnung f. demeure, habitation f.
wollen v. a. et n. vouloir.
wohlwollend a. bienveillant.
Wolf m. loup m.
Wolke f. nuée; fig. nue f.
Wort n. parole f., mot m.
wozu adv. à quoi bon?
Wuchs m. taille, tournure f.
wünschen v. a. désirer, souhaiter.

wünschenswerth a. désirable, souhaitable.
Würde f. dignité f.   [table.
würdig a. digne.
würdigen v. a. juger ou réputer digne.
Würfel m. dé m.
wüst a. rude, brutal, dissolu.
wüthen v. n. être hors de soi.
wüthend a. furieux, hors de soi, enragé.   [Néron m.
Wütherich m. tyran sanguinaire,
Wunder n. miracle, prodige m.
wunderbar a. merveilleux, surprenant, étonnant; adv. merveilleusement.
Wunsch m. désir, souhait m.
Wuth f. fureur, rage f.
zählen v. a. compter, calculer.
zähmen v. a. apprivoiser, dompter.
zärtlich a. tendre, sentimental.
Zärtlichkeit f. tendresse f.
Zahl f. nombre; 2. chiffre m.
Zahn m. dent f.
zart a. tendre, délicat.
Zauber m. charme, prestige, enchantement m.
zaubervoll a. magique, enchanté.
zehnmal adv. dix fois.
Zeichen n. signe, signal m.; 2. marque, preuve f.
zeichnen v. n. dessiner.
zeigen v. a. montrer, faire voir.
zeitgemäß a. convenable, opportun.
Zeitgenoß m. contemporain m.
Zeitschrift f. journal m., revue f.
zergliedern v. a. disséquer.
zerreißen v. a. déchirer.
zerren v. a. tirer, tirailler.
zerspringen v. n. se briser, éclater.
Zerstreuung f. distraction, récréation f.
zerstückeln v. a. découper, démembrer,
Zettel m. affiche f.   [dépecer.
Zeuge m. témoin m.
Zierde f. ornement m., parure f.
Zimmer n. chambre f., appartement m.
Zimmerarrest m. arrêts m. pl. dans la chambre.
Zipfel m. coin, bout m.
Zirkel m. cercle m. fig.; réunion, soirée f., cercle m.
zittern v. n. trembler.
Zoll m. pouce m.
Zollvisitator m. visiteur m. des douanes.
Zopf m. queue f.
Zorn m. colère f., [courroux, emportement m.

zottig a. en touffes ou houppes.
Züchtigung f. correction, leçon f., châtiment m. [mer, passionner.
zünden v. a. enflammer, enthousias-
zürnen v. n. se fâcher, s'irriter.
Zufall m. hasard m.
zufällig adv. par hasard.
zufrieden a. content, satisfait.
Zufriedenheit f. contentement m., satisfaction f.
zuführen v. a. amener, conduire (vers).
zugestehen v. a. avouer; 2. concéder, accorder. [tionné.
zugethan a. attaché, dévoué, affec-
zuhören v. n. écouter; prêter l'oreille
Zukunft f. avenir m. [(à).
zulassen v. a. donner accès (à qn), admettre, recevoir.
zuletzt adv. a la fin, au bout du compte.
zumuthen v. a. prétendre, exiger, demander (qc de qu).
zunehmen v. n. s'accroître, augmenter.
zurechtlegen v. a. disposer, arranger, préparer, tenir prêt (pour qn).
zurückblicken v. n. regarder en arrière.
zurückhalten a. réservé, retenu.
zurückhaben v. a. ravoir, reprendre.
zurückhalten v. a. retenir.
zurückkehren v. n. (s'en) retourner, revenir, rentrer.
zurückkommen v. n. revenir, retourner.
zurückstoßen v. a. repousser.
zurückschwanken v. n. reculer en chancelant. [repousser.
zurückweisen v. a. rejeter, refuser,
zusammen adv. ensemble.
zusammenflechten v.a. entrelacer,tresser.
zusammengenommen adv. y compris.
zusammenhängen v. n. avoir des rapports (avec), s'enchaîner.

Zusammenhang m. liaison f., en-
chainement m.
zusammennehmen (sich) v. r. se recueillir; rassembler toutes ses
forces; s'observer avec soin.
zusammenpassen v. n. aller ensemble;
se convenir, sympathiser.
zusammenschlagen v. a. fig. die Hände —,
être stupéfait, sauter aux nues.
zusammenschnüren v. a. étrangler.
zusammentreffen v. n. se rencontrer, se
trouver (par hasard).
zuschauen v. n. regarder; être spectateur (de).
Zuschauer m. spectateur m.
zuschreiben v. a. attribuer.
Zustand m. état m.
Zustimmung f. assentiment m.
zutheilen v. a. assigner (pour sa part).
zutrauen v. a. croire (qn) capable de
(qc). [obligeant.
zuvorkommend a. prévenant, attentif,
Zuvorkommenheit f. prévenance f.
zuweilen adv. quelquefois, parfois.
zwangsweise adv. par contrainte.
Zweck m. but m.
zweckmäßig a. utile, à propos, bien
choisi, heureux.
zweideutig a. équivoque, ambigu.
Zweideutigkeit f. équivoque m., mot
à double entente.
Zweifel m. doute m. [hésitant.
zweifelnd adv. avec hésitation, en
zweihundertundsiebzig a. deux-cent-
soixante-dix.
zweitausend a. deux mille.
Zwerchfell n. diaphragme m.
zwingen v. a. forcer, obliger, . contraindre, mettre dans la néces-
zwischen adv. entre. [sité (de).
Zwischenballet n. ballet m. d'intermède.

www.ingramcontent.com/pod-product-compliance
Lightning Source LLC
Chambersburg PA
CBHW020409030726
47496CB00007B/2381